Bisher war Busfahren sein Traum gewesen. Doch nun weiß Kalle, dass dieser Traum zu Ende ist und er einen neuen finden muss. Die anderen sagen, er hätte einen »Burnout«, doch Kalle weiß es besser. Er macht sich auf den Weg ans Meer, immer den Wolken nach, immer Richtung Norden, um Wörter zu finden für die eine, große Geschichte.

Patricia Koelle versteht es meisterhaft, mit schlichten Worten gewaltige Bilder zu malen. Mit Kalles Augen sehen wir die Schönheiten der Natur, wir blicken in die Wolken, riechen das Meer, spüren den Wind, schauen nachts in die Sterne und staunen über das Nordlicht. Seine Geschichte weckt die Sehnsucht nach Meer und macht Mut, dieser Sehnsucht zu folgen. Mit einer Sprache, die einlädt, den Blick für die vielen kleinen Dinge zu schärfen, die das Leben so liebenswert machen.

Patricia Koelle ist eine Berliner Autorin mit Leidenschaft fürs Meer – und fürs Schreiben, in dem sie ihr immerwährendes Staunen über das Leben, die Menschen und unseren sagenhaften, unwahrscheinlichen Planeten zum Ausdruck bringt. Wir sind nur ein Teil der Natur, Erde ist Natur

Weitere Informationen finden Sie auf www.fischerverlage.de

Die Menschen sind auf der Erde die einzigen Lebewesen, die unnatürlich leben und bewusst

Patricia Koelle

Die eine, große Geschichte

Roman

Keine Pflanze, kein Tier trägt Kleidung wie wir Menschen

FISCHER Taschenbuch

Keine (a) braucht soviel [illegible] zum Leben

ihren Lebensraum aus Profit zerstören.

MIX
Papier aus verantwortungsvollen Quellen
FSC® C083411

2. Auflage: September 2016

Erschienen bei FISCHER Taschenbuch
Frankfurt am Main, September 2016

Erstmals als E-Book erschienen im
Ronald Henss Verlag, Saarbrücken 2012

Satz: Fotosatz Amann, Memmingen
Druck und Bindung: CPI books GmbH, Leck
Printed in Germany
ISBN 978-3-596-29601-9

1

Nichts Ungewöhnliches schlug eine Welle auf der Oberfläche des Tages, an dem Kalle Brennicke mit seinem Fahrzeug zum ersten Mal im Leben von der vorgeschriebenen Route der Buslinie 141 abwich.

An der viertletzten Haltestelle stieg wie an jedem späten Nachmittag die schmale Frau aus, die in ein Eckhaus schlüpfte. Es wirkte ebenso von Jahren gebeugt wie sie. Ihr dunkler Faltenrock und ihre wollenen Kniestrümpfe erschienen Kalle wie eine Uniform, die sie zusammenhielt und durch die Tage trug. Es hätte ihn beunruhigt, wenn diese Frau in einer Hose erschienen wäre. Heute trug sie zärtlich einen selbstgepflückten Strauß in der Hand. Mohnblumen, Rainfarn, Weizen- und Roggenähren. So etwas fand man jetzt wieder in der Stadt, um die Straßenbäume herum. Vogelfutter fiel von Fensterbrettern, wuchs mit dem Sommer. Die Stadt hatte kein Geld mehr, um Wildwuchs zu entfernen.

Trotz der sehnsüchtigen Behutsamkeit der alten Dame streifte sie die scharfkantig aufgefaltete Bustür mit einer reifen Ähre, die abbrach und zwischen die schlammigen Fußabdrücke fiel.

Es war kein Fahrgast mehr im Bus. Kalle starrte eine Weile auf die blonde Ähre, die so widersprüchlich perfekt aussah auf dem schmutzigen Blechboden, dann bückte er sich und hob sie vorsichtig auf. Er sah der Frau nach, die sich in ihre Haustür fädelte, dann lief sein Blick an der Fassade hoch. Alte Antennen noch auf dem Dach, Skelette einer anderen Zeit. Dazwischen fingen Satellitenschüsseln den Himmel ein. Schwere Wolken jagten über den First, der Wind ahnte schon den Herbst. Nach Norden, pfeilgerade nach Norden waren diese Wolken unterwegs. Kalle kannte die Himmelsrichtungen. Er hatte nie woanders gelebt als in dieser Stadt, er hatte nie etwas anderes werden wollen als Busfahrer und mit dem »Großen Gelben« Doppeldecker durch die vertrauten Straßen kreuzen. Auch wenn sein Vater, der ewige Oberschullehrer, das nie verstanden oder verziehen hatte.

Einen langen Moment sah Kalle diesen eiligen Wolken nach. Nie zuvor war ihm aufgefallen, wie zielstrebig Wolken reisen können, wenn der Wind stimmt. Dann kehrte er zurück auf seinen Sitz, drückte auf den Knopf, der die Türen zuschob, und gab Gas. Es war sechzehn Uhr. An der nächsten Haltestelle stand ein

Pärchen. Kalle hielt nicht an. Der Mann schüttelte die Faust. Seine stummen Schimpfwörter prallten an der Heckscheibe ab. Auch an dem nächsten gelben Schild, an dem drei Frauen warteten, fuhr Kalle vorbei, und den Rest der Route kürzte er ab, indem er eine ganz andere Straße nahm, in der es gar keine Haltestellen gab. Die Ähre hatte etwas in ihm geweckt, das es ihm unmöglich machte, noch ein einziges Mal zu halten. Endlich erreichte er das Betriebsgelände, stellte den Bus ordnungsgemäß ab.

Er ging einmal von vorn bis hinten, wie immer, um nachzusehen, ob niemand auf einer Sitzbank eine Leiche oder eine Million vergessen hatte. Beides war schon vorgekommen, zum Glück nicht in seinem Dienst. Vorsichtshalber faltete er seine lange, dünne Gestalt neben jeder Bank einmal zusammen und spähte darunter, teils weil er ein gründlicher Mensch war, teils weil ihm diese Gymnastik nach dem Tag im Sitzen wohltat. Ein kleines Stück Bezug hing von der Ecke einer Bank herunter. Der Stoff hatte ein gewollt wildes Muster, auf dem man die allgegenwärtigen Schmierereien nicht sehen konnte. Sie waren darauf ebenso unsichtbar wie alle Spuren, die Kalles Fahrten Jahr für Jahr in dieser Stadt hinterlassen hatten. Kalle riss das Bruchstück vollends ab und legte es in seine Brieftasche.

»Schon Feierabend, Kalle?« Wer hier fünf Minuten zu früh war, fiel den Kollegen auf. Alles ging seinen geregelten Gang.

»Wenig los auf der Strecke«, gab Kalle zurück, wurstelte sich aus seiner Uniform und in seinen Lieblingspullover. »'n schönen Abend, Fritze.«

Er hängte die Uniform auf, suchte auf dem Tisch im Aufenthaltsraum nach Zettel und Stift, schrieb etwas. Er klopfte an die Tür des Chefs.

»Herein!«, rief eine vertraute Frauenstimme.

»Tach, Anneliese. Chef nicht mehr da?«, fragte Kalle die mütterliche Frau mit der Vorliebe für enge Jeanswesten.

»Schon lange weg. Wat kann ick für dir tun? Kaffee?« Sie zupfte ein Herbstblatt aus seinen kurzen silbergrauen Locken, dort wo die Geheimratsecken ausliefen.

»Gib ihm das morgen, bitte, ja?« Kalle schob ihr ein zusammengefaltetes Blatt, Fahrzeugpapiere und einen Schlüsselbund hin. »Tschüss, Anneliese!«

Weg war er. Stellte sich vor, wie Anneliese verwundert auf den Schlüssel starrte, überlegte, was das jetzt sollte. Der Zettel steckte nicht in einem Umschlag. Also würde sie ihn lesen.

Kurze Zeit später flog die Bürotür auf. »Kalle? Det kannste doch nich machen, Junge! Wieso …?«

Kalle war schon um die Ecke, halb auf der Straße. »Da hat der doch einfach jekündigt!«, hörte er Anneliese fassungslos in die Leere rufen, ahnte, wie sie mit dem Papier wedelte. Ihre hilflose Geste würde sich im Linoleum spiegeln, das auch von Kalles Schritten blankgewetzt war.

»Fristlos!«, sagte Anneliese anklagend zu ihrem Schatten.

2

»Hallo Jens«, grüßte Kalle den Kollegen, dessen Buslinie ihn täglich vor seiner Wohnung ausspuckte.

»Hallo, Kalle, alles klar?«

Kalle saß auf dem Sitz hinter Jens wie jeden Tag und sie hielten ein Schwätzchen über den Verkehr und das Pokalspiel.

»Bis morgen!«, sagte Jens, tippte an seine Mütze, als Kalle ausstieg.

Vor der Haustür legte Kalle den Kopf in den Nacken. Auch hier waren die Wolken über dem First schnurgerade auf dem Weg nach Norden.

Warum sollte er noch hinaufgehen? Im Kühlschrank lagen nur Pumpernickel und ein Stück Butter. Seine morgendliche Schrippe aß er immer in der Bäckerei Hanne, seine mittägliche Currywurst bei Wurst-Emil und die Feierabend-Pizza bei Mutlu. Manchmal kellnerte Kalle dort abends, wenn viel los war. Die Bewegung tat ihm gut nach dem langen Tag im Fahrersitz. Es lag eine gewisse Ästhetik darin, die vollen Teller unbeschadet und eilig durch die Schwingtüren zu jonglieren. Kalle fand das entspannend.

Mutlu war Türke, aber er wollte nie Döner verkaufen. Er wollte Pizza backen, so wie Kalle Bus fahren wollte, und er wurde der beste Pizzabäcker im Wedding. Kalle fragte sich, ob Mutlu jemals aufhören würde, Pizzen zu backen, ob er irgendwann doch Döner verkaufen würde oder Currywurst oder eines Tages einfach gehen und Gärtner werden.

Anneliese hatte inzwischen wahrscheinlich das gesamte Band des Anrufbeantworters vollgepredigt. Kalle drehte sich um, stieg hinunter in den U-Bahnhof.

Während der Zug ihn unter dem brausenden Wuseln der Stadt hindurchtrug, lehnte Kalle in einer Ecke und betrachtete die Ähre in seiner Hand. Im Neonlicht des Waggons ging ein sommerwarmes Leuchten von ihr aus. Susanna hatte ihren honigfarbenen Zopf so geflochten, Ährentechnik nannte sie das. Das war noch länger her als seine erste Busfahrt.

Später war er zehn bunte Jahre mit Kerstin verheiratet gewesen. Seit ihrem Tod vor vier Jahren hatte er sich noch immer nicht daran gewöhnt, dass zu Hause niemand mehr auf sein Klingeln öffnete.

Aber nicht einmal Kerstin hatte gewusst, dass er gelegentlich Gedichte schrieb, in den Pausen im Bus, an der Endstation. Manchmal auch Geschichten. Kalle sah so viel auf seinen Touren, dass sein Hirn überlief. Er ließ nur Dampf ab, sagte er sich. Dann hatte er im Radio von einem Wettbewerb gehört, in einer Frauenzeitschrift. Aus Spaß hatte er ein Gedicht eingeschickt und einen Römertopf gewonnen, den er Kerstin zu Ostern schenkte. Das Gedicht wurde gedruckt und später eine Geschichte von einem Penner und einem Punker, die sich auf einer Busfahrt angefreundet hatten. Kerstin hatte sie in der Zeitung gelesen und ihm gezeigt. »Hier, lies mal, da kommt ein Busfahrer drin vor!«

Er hatte ihr nicht gesagt, dass er der Bruno Bernhard war, der das geschrieben hatte. Seine Worte waren sein Geheimnis, sein Schatz, den er unbemerkt in der Großstadt aufstöberte. Bruno Bernhard, der Klang hatte ihm einfach gefallen, grundlos. So hatte er diesen Namen als Pseudonym in das Formular der Redaktion eingetragen. Kerstin hätte es nicht für sich behalten können und der Gang über den Flur im Betrieb wäre zum Spießrutenlauf geworden. Anneliese wäre begeistert gewesen und hätte unabsichtlich dafür gesorgt, dass der Spott der Kollegen nie versiegte.

Zufrieden war er nicht mit dem, was er in dem alten Haushaltsbuch seines Vaters zusammenschusterte. Die zweite Hälfte des abgegriffenen grünen Notizbuchs war noch frei gewesen, und er füllte Seite um Seite mit literarischen Versuchen, gleich nach dem letzten Eintrag des alten Hubert Brennicke von Socken für zwei Mark fünfzig und einer Zigarre für etwas mehr. Das dunkle Gefühl trieb Kalle um, dass es EINE, große Geschichte gab: so wenig perfekt wie seine schmutzige, großartige, geschundene Stadt, aber eben richtig, voll der Farben, die wie ein Herzschlag pulsten, der dichten Gerüche, des aufbrandenden, verzweifelten Lachens, des trotzigen Lebens um ihn herum. Nicht nur die Gesichter der Menschen, die in den vielen Jahren an ihm vorbei durch seinen Bus gegangen waren: alles, einfach alles müsste in dieser Geschichte vorkommen, scharfgezeichnet und doch versöhnlich, mit heiterem Ernst und liebevollem Ärger, bodenlos wahr und zärtlich. Es war die Geschichte, die unruhig durch seine Adern floss, in seiner Schläfe pochte, seinen Magen knurren ließ und seine Füße hungrig machte auf Ferne und Nähe zugleich. Die Geschichte, die Farben hinter die geschlossenen Lider zauberte, die Sehnsucht auf seine Haut brannte und nach Lindenblüten und Benzin duftete, die nach Asche, Kartoffeln und Currywurst schmeckte.

Man bräuchte die richtigen Wörter für diese Geschichte, voll stummer, gnadenloser Musik, und sie müssten sich nahtlos ineinanderfügen zu einer sinnvollen, klaren Form, ein sattes Ganzes ergeben, genau wie Susannas Zopf und die Körner in der Ähre, die in seiner Handfläche so leicht wog.

Doch er hatte keine Zeit mehr, auf die Wörter zu warten. Genau heute, um fünfzehn Uhr achtundfünfzig hatte er gewusst, dass er nicht mehr warten konnte, bis sie ihm begegneten. Er würde sie in der Stadt nicht erkennen unter all den anderen. Sie war erstickend eng geworden, zum Platzen voll, dröhnend laut. Die Wörter verschwanden in einem immer schneller werdenden Strudel, der Kalle gleich mit verschlingen würde. Ab heute würde er den Wörtern entgegengehen, sie suchen, überall, nur nicht mehr hier, wo ihn alles bedrängte, wo sie sich versteckten, wo er sich zu winzig fühlte für sie.

Die Ähre kitzelte seine Haut. Er fühlte sich lebendig wie seit damals nicht mehr. Vielleicht würde er auf der Suche nach den Wörtern Susanna wiederfinden, Susanna mit dem langen Zopf – aber er wusste nicht einmal mehr ihren Nachnamen.

Drei Gründe sind Grund genug, um sich auf einen Weg zu machen, dachte er.

Die Wörter für die eine, große Geschichte suchen.

Den Anfang eines neuen Traumes entdecken, der auf

den vom Busfahrer folgen und füllen konnte, was von seinem Leben blieb.

Und noch einmal das längst verlorene Gefühl von damals wiederfinden, als er, achtzehnjährig, mit Susanna auf der Wiese am Teufelsberg gesessen hatte.

Am zentralen Busbahnhof kaufte er sich Zahnbürste, Seife und andere Kleinigkeiten, Wäsche und Schlafanzug, Äpfel und Brot, ein neues grünes Notizbuch und eine Fahrkarte für den ersten Bus, der wie die Wolken Richtung Norden über Land fuhr. Morgen früh um 7 Uhr dreißig. Warnemünde. Warum nicht? Mündung. Ein Ende, ein Anfang. Passte. Oder sollte er die Warnung beachten, die auch in dem Namen steckte?

Er aß schweigsam eine Currywurst an einer Bude und ging früh schlafen in einer schlichten Pension, deren Zimmer so neutral eingerichtet waren, dass er sich angenehm anonym fühlte. Sollten Anneliese, der Chef oder die Kollegen mit vorwurfsvollem Zeigefinger in einem Albtraum bei ihm hereinschauen wollen, würden sie ihn hier kaum finden. Es war nicht seine Absicht gewesen zu verschwinden. Er wollte nur woanders hin. Doch als ihm klarwurde, dass niemand wusste, wo er war, machte ihm diese Tatsache solchen Spaß, dass er bar bezahlte und mit »Bruno Bernhard« unterschrieb, als müsse er Spuren verwischen. Nur seine

Nachbarin rief er an, um ihr zu sagen, dass er einige Tage in dringender Angelegenheit fort sein würde, und sie zu bitten, ob sie bei Bedarf den Briefkasten leeren und vielleicht einmal die Topfpflanzen gießen könne.

Mit dem Geld auf seinem Konto würde er einige Zeit klarkommen, so sparsam wie er in den letzten Jahren gelebt hatte. Dann war da der Erlös aus dem Verkauf des von seinem Vater geerbten Oldtimers. Er hatte das Geld nie gebraucht. Den Wagen hatte er an einen Kenner abgegeben, der ihn zu schätzen wusste. Kalle hatte kein schlechtes Gewissen deswegen. Was sollte er damit, er fuhr ja sowieso den ganzen Tag.

Er schlief tatsächlich traumlos, bequatschte die Pensionswirtin, ihm seine nagelneue Thermoskanne mit Tee zu füllen – endlich würden die Kollegen ihn nicht mehr auslachen, weil er Tee statt Kaffee trank –, und saß pünktlich im Bus, der ihn seltsam weich durch die Landschaft trug. Er kam sich ohne seine Uniform in einem Bus zuerst unvollständig vor. Das ständige Stoppen an den Haltestellen fehlte ihm, das Trampeln der Fahrgäste auf dem Oberdeck, auch das sirenengetupfte Brummen, Quietschen und Hupen des Stadtverkehrs. Hier draußen verschlang das Fahrzeug so zielstrebig die Kilometer wie die Wolken von gestern, die heute ähnlich unterwegs waren, nur nicht mehr so eilig. Mit dem Fahrstil des Kollegen war er nicht immer einverstanden. Erst ein Druck im Fuß ließ Kalle merken, dass er die ganze Zeit abwechselnd auf ein eingebildetes Gaspedal und die Bremse trat. Er legte den Fuß hoch, auf eine Strebe vor ihm, entspannte sich, vergaß die Zeit, die hinter ihm auf der Autobahn liegenblieb.

Die Felder waren abgeerntet. Braune Zeilen zogen sich durch blonde Stoppeln. Nur am Straßenrand beugten sich vergessene Ähren in den Fahrtwind. Rainfarn setzte gelbe Doppelpunkte dazwischen. Kalle dachte an die alte Dame. Heute würde Holger den Bus fahren, Holger, der immer einsprang, wenn einer fehlte. Die Dame würde es wohl nicht bemerken, so gebückt, wie sie ging.

Der Himmel wirkte nach drei Stunden unvermittelt anders, höher, heller, durchsichtiger. Leichter. So als reichten die Ränder nicht mehr ganz bis zur Erde. Kalle musste über sich selbst schmunzeln.

»Das Meer ist schon ganz in der Nähe«, sagte ein Mann neben ihm, in rotem Anorak und weißem Bart. – Wie ein Weihnachtsmann, dachte Kalle. – »Sie sehen es am Himmel. Man sieht es immer am Himmel.«

3

Der Gedanke an den Weihnachtsmann war es nicht, der eine Aufregung wie früher an Heiligabend in Kalles Bauch kribbeln und seine Hände fester um die Thermoskanne greifen ließ. Es war der Gedanke an das Meer. Er glaubte es sich fast selbst nicht, aber er war nie dort gewesen. In seiner frühen Kindheit, als seine Mutter noch lebte, fuhren sie in den Sommerferien zu den Großeltern in den Harz. Nachdem sich der letzte Weg seiner Mutter mit dem eines betrunkenen Abiturienten auf einem Motorrad gekreuzt hatte, waren sie nicht mehr verreist, der Vater saß lieber über seinen Büchern, und Kalle kickte im Kiez mit den Nachbarskindern. Kerstin hatte ihn später stets zu ihrer Tante in die Heide gelockt. Sie liebte die Heide, es war billig, und gegen Heidehonig und Tante Linas Heidschnuckenbraten hatte Kalle nichts einzuwenden. Über das Meer hatte er nicht nachgedacht. Manche seiner Kollegen sparten auf einen Urlaub in Thailand. Wenn sie wiederkamen, erzählten sie vom Markt, vom leckeren Essen und preiswerten Sternehotels, von hübschen Mädchen und goldenen Buddhas. Vom Meer redeten sie nicht. Kalle fiel das jetzt erst auf. Warum nicht? Sah der Himmel dort nicht so hell und geträumt aus?

Kalle zog sein Notizbuch aus der Tasche. »Leichter Himmel«, schrieb er. Die ersten Wörter für seine Geschichte, die große Geschichte, die in seinem Puls klopfte und gerade jetzt bewirkte, dass er sich ebenso merkwürdig gewichtslos fühlte, wie der Himmel aussah.

Dann hielt der Bus, und Kalle stieg aus und ließ sich mit der Menge der anderen Passagiere treiben. Er sah Häuser, erst normale, dann kleine, merkwürdige, wie Spielzeug standen sie da, aneinandergereiht. Als er Kind war, gab es solche Häuser als Zugabe in den Packungen der Kondensmilch, die sein Vater im Kaffee mochte. Schnörkelige Giebel und bunte Fassaden mit Bärten aus Geranien. Sie standen an einem Fluss, auf dem Boote schaukelten. Kalle fand sich auf einer Promenade wieder, die zwischen der Reihe Spielzeughäuser und dem Strom entlangführte. Er sah Geschäfte und Cafés in den winzigen Häusern, kaum zu glauben, dass sie dort hineinpassten.

Die Wolken, die es so eilig gehabt hatten, nach Norden zu kommen, hatten sich hier versammelt. Es nieselte, und trotzdem war der Himmel hell. Die meisten Menschen flüchteten vor den feinen silbernen Tropfen in die Läden. Kalle spürte die Feuchtigkeit durch seine Strickjacke nach ihm tasten, aber er beachtete sie nicht. Er dachte an die Wolken von gestern, folgte ein paar unter Regenschirmen versteckten Gestalten den schnurgeraden Weg entlang.

Dann lag das Meer vor ihm.

Der Himmel berührte tatsächlich an den Rändern nicht mehr die Erde. Er schwebte auf einem Ring aus Licht. Horizont, Kalle, das ist der Horizont, mahnte er sich. Auch wenn er nie am Meer gewesen war, gehört hatte er einiges, da kam man nicht drum herum als Sohn eines Pädagogen, der auch nach dem Zähneputzen und vor dem Frühstück Lehrer war.

Der Ring aus Licht war unten aprikosenfarben, darauf lag schmales Grün, und dann kam Blau bis zum Rand der tiefhängenden Wolken. Aber nicht nur ein Blau. Kalle senkte den Blick vor diesem gewaltigen Chor aus Blau und schrieb das Wort in sein Notizbuch. »Blau!« Er würde dann schon wissen, was er gemeint hatte. Das Ausrufezeichen würde seine Erinnerung bewachen. Blau gehörte auf jeden Fall in die eine, große Geschichte, die er in diesem Moment ganz um sich herum spürte. Das klang nicht nach viel, aber es war ein neues, großes Blau, das nicht das Geringste mit dem Blau der Trikots von seinem Verein Hertha BSC zu tun hatte oder Annelieses engen Jeanswesten.

Er war froh über das vertraute Wolkengrau, das einen Deckel auf das Blau legte und dessen Regen den Staub der zurückgelassenen Stadt zusammen mit dem kleinen Erschrecken von seinem Gesicht wischte.

Erst zaghaft, dann mutiger lief er die Mole bis zum Ende. Niemand außer ihm war mehr hier, die anderen Touristen waren umgekehrt oder gleich zwischen Cappuccino und Torte in den Cafés hängengeblieben.

Am Ende stand ein Leuchtturm, grün, und in der Ferne entdeckte er einen zweiten, roten. Zwillingswächter an einem Tor zur Welt, zur Ferne, zum Blau. Dazwischen fuhren Schiffe, riesige Fähren, kleine Segelschiffe, ein Motorboot der Polizei auf Schaumkronen. Kalle lehnte sich an den Leuchtturm, ihm war schwindelig von dieser bewegten Weite. Sie löschte für den Augenblick die Straßen der Stadt, die Menschenmengen, den Benzingeruch, alles Vertraute aus ihm und den Boden unter seinen Füßen.

Er vergaß die Zeit; hier war sie überflüssig. Als er müde wurde, setzte er sich auf den äußersten der Felsen, die um das Ende der Mole aufgeschüttet waren, um die Gewalt der Wellen zu brechen.

Ein weißes, klobiges Schiff fuhr aus dem Hafen, so dicht an der Mole und an Kalle vorbei, dass er es fast hätte berühren können. Menschen lehnten an der Reling, manche sahen nach vorn, andere zurück, einige winkten. Kalles Blick traf einen anderen, einen aus grauen Augen unter entschiedenen Brauen. Dazu gehörte ein Lächeln, dessen Mundwinkel sich leicht nach unten bogen und das dadurch umso heller wirkte. Der Blick einer Frau mit schulterlangen dunklen Haaren, in denen der Fahrtwind eine Extraschleife drehte, einer zierlichen Frau in taubenblauer Jacke und weißen Hosen. Sie gehörte nicht zu denen, die winkten. Sie warf ihren Blick wie ein Tau über die Armlänge Meer, und er machte sich mit einem doppelten Knoten in Kalles Erinnerung fest.

Das Schiff nahm Fahrt auf, entglitt diesem Kalles ungewöhnlichsten Tag. Kalle suchte nach einem Wort für diesen Augen-Blick, nach einem Wort, das in sein Notizbuch passen würde. Er war sich sicher, ohne dieses Wort wäre die eine, große Geschichte unmöglich.

4

Stundenlang blieb er sitzen an diesem Rand des Landes, von dem aus es überallhin ging. Für eine Weile war ihm, als könnte er sich einfach auflösen in der durchsichtigen Weite. Bis ihn das Knurren in seinem Magen an sich selbst erinnerte. Etwas mühsam stand er auf, seine Beine waren steif geworden, seine Finger klamm.

»Alles in Ordnung mit Ihnen?«, fragte eine Frau besorgt.

»Alles bestens, danke!« Kalle tippte an seine Mütze. Seine Stimme kam ihm eingerostet vor, als wäre er lange fort gewesen.

Langsam ging er die Mole entlang zurück in Richtung der kleinen Häuser, der anderen Menschen. Einige davon standen Schlange an einem Kutter, der im Strom lag. Eine hölzerne Brücke führte zu ihm. »Krabben-Udo«, stand oben auf dem Kahn. Kalle erkannte, dass es eine Art Currywurstbude war, nur dass hier Backfisch, Matjes und Krabbenbrötchen verkauft wurden. Er stellte sich mit an, setzte sich dann auf eine Mauer und teilte sein Krabbenbrötchen mit einer zutraulichen Möwe, die ihm besser gefiel als die verfetteten grauen Tauben in Berlin. Die Krabben waren eine erfrischende Abwechslung von der Currywurst. Sie schmeckten nach Salz und Sehnsucht wie die Luft draußen am Leuchtturm, von der er nicht hatte genug bekommen können.

»Der Geschmack von Krabben«, notierte er in seinem Heft.

Dann war ihm nach Tee. Er schlenderte mit den Touristen die Promenade entlang, musterte die Cafés, bis ihm eines gefiel. Jetzt war ihm ausgelassen zumute, wie früher in den Sommerferien. Ein Junge wieder, vor dem ganze Wochen der Freiheit lagen, in denen er tun und lassen konnte, was er wollte, sofern er seinen Vater nicht störte. Kalle atmete tief ein und pfiff ein Liedchen, um seine freudige Aufregung zu bändigen. Er entschied sich für einen winzigen freien Tisch in einem Café mit blau gestreiften Markisen und einem Möwenmuster auf den Stuhlkissen.

»Was darf es sein, bitte?« Etwas in dem halb mütterlichen, halb aufreizenden Lächeln der Wirtin erinnerte ihn an Anneliese.

»Ein Kännchen Assam, bitte.«

»Kommt. Einen Moment bitte, ich bringe Ihnen sofort Ihre Omeletts!« Der zweite Satz war an ein Paar am

Nachbartisch gerichtet, das wild gestikulierte. Auch andere Gäste schnippten ungeduldig mit dem Finger, bemerkte Kalle.

»Probleme?«, fragte er.

»Mein Kellner ist krank. Und jetzt auf einmal dieser Ansturm. Gestern war hier nix los und nun das. Ich weiß nicht, wo mir der Kopf steht!« Hektisch lief sie ins Haus.

Kalle folgte ihr gelassen. »Nun mal ganz ruhig«, sagte er, nahm ihr die beiden Teller mit den Omeletts aus der Hand. »Ich weiß ja, wer die bekommt.«

Schwungvoll jonglierte er durch die schmale Tür, zog dabei instinktiv den Kopf ein und hatte mit den drei steilen Stufen kein Problem.

»Guten Appetit, die Herrschaften! Verzeihen Sie die Verzögerung, aber Sie werden schmecken, dass das Warten sich gelohnt hat!« Beim Rückweg prägte er sich die Nummern der Tische ein. Viele waren es ja nicht.

Die Wirtin stand mit offenem Mund an der Durchreiche zur Küche. »Sind Sie denn Kellner?«

»Gelegentlich«, sagte Kalle fröhlich, griff nach zweimal Matjes mit Kartoffelsalat. »Ich bin der Kalle. Welcher Tisch bekommt die?«

»Sieben.« Erleichtert überließ sie ihm den Fisch. »Ich bin Monika.«

Das Tragen, Laufen, Servieren, der Austausch von Höflichkeiten holte ihn auf den Boden zurück. Genau das hatte er gebraucht.

Am Spätnachmittag wurde es ruhiger.

»Jetzt setz dich und trink deinen Tee. Ich muss deinen Lohn ausrechnen. Danke für die Hilfe, du hast uns gerettet!« Monika wischte sich theatralisch über die Stirn.

»Hat mir Spaß gemacht. Ich brauche keinen Lohn.«

»Aber ich muss mich doch revanchieren.« Monika blickte bekümmert. Dann hellte sich ihre Miene auf. »Ich weiß. Wenn du später noch einmal vorbeikommst, serviere ich dir ein anständiges Abendessen.«

»Wenn es so schmeckt, wie die Teller die ganze Zeit geduftet haben, sag ich nicht nein.« Kalle strahlte sie an.

»Wo wohnst du? Machst du Urlaub? Wo kommst du her?« Jetzt, da sie zu Atem gekommen war, wurde sie so neugierig wie Anneliese.

»Urlaub … ja. Ein spontaner Entschluss.«

»Spontan, auweia. Glaub man nicht, dass du hier einfach so ein Zimmer bekommst. Hier ist alles ausgebucht, wie immer. Ich sag dir was.« Eifrig beugte sie sich vor. »Wenn du mir morgen noch einmal aushilfst, kannst du im Zimmer von meinem Sohn übernachten. Der ist gerade ausgezogen. Will studieren, in Bremen.«

So hatte er also einen Job und eine Bleibe. Einfach so.

Aber bleiben wollte er nicht, diesmal nicht. Nur diesen einen Tag, zum Durchatmen. Auch Monika zuliebe, die das Lächeln von Anneliese trug. Ein Lächeln aus seinem alten Leben.

Pfeifend schlenderte Kalle an den Schaufenstern vorbei. Die meisten Läden waren so klein, dass sie ihre Ware draußen auf der Promenade anboten. Er stieß gegen einen Ständer mit Rucksäcken, richtete ihn hastig wieder gerade, hielt inne. Das wäre es doch! Viel praktischer als seine alte Schultertasche.

Als er wieder aus dem Laden kam, besaß er nicht nur einen geräumigen Rucksack, sondern auch eine Regenjacke, eine Schirmmütze und Sportschuhe. Er fühlte sich neu. In ihm war wie ein Pfirsichkern noch immer Kalle, der Busfahrer, aber er war über seine Doppeldecker hinausgewachsen, fühlte sich größer, weiter, frei. Er wusste nicht mehr über seine Zukunft, als dass er heute am Meer in einem Spielzeughaus schlafen und morgen in dem winzigen Café Teller tragen würde. Alles, was darüber hinausging, war offen. Alles war möglich. Der Gedanke an graue Augen, ein helles Lächeln mit herabgezogenen Mundwinkeln und wirre dunkle Haare im Wind fuhr durch seine Gedanken wie ein Schiff mit gebauschten Segeln.

Blaue Dämmerung flutete die Promenade. An Schiffsmasten und in Fenstern gingen Lichter an. Vertraute Klänge drangen an Kalles Ohr.

»My Bonnie is over the ocean …«, sang eine angenehme Stimme dazu.

Kalle blieb stehen, musterte den jungen Drehorgelspieler mit dem Halstuch und der Schiebermütze, das alte Instrument auf dem hochrädrigen Karren. »Ein Leierkastenmann. Ich dachte, die gibt es nur auf dem Ku'damm«, sagte er, mehr zu sich selbst.

»Ich bin ja Berliner«, sagte der junge Mann fröhlich. »Sie auch?«

»Jawoll. Kalle, der Busfahrer.«

»Haste dir verfahren, wa?«

Kalle musste lachen. »Nee, war Absicht. Ich bin richtig hier.«

Ein Mädchen tauchte hinter dem Drehorgelspieler auf, legte einen Arm um seine Schultern. »Orje auch. Der ist auch richtig hier. Ganz richtig.«

Kalle starrte auf ihren langen honigblonden Zopf. Ährentechnik. »Susanna«, sagte er unwillkürlich. Der Name entstieg immer wieder leicht und schnell den Tiefen seiner Gedanken wie die Luftblasen vorhin an der Mole dem unsichtbaren Meeresboden. Er fand in seiner Erinnerung kein Gesicht mehr dazu, nur dieses Gefühl. Ein Gefühl wie an einem Junimorgen, an dem

Amseln sangen, es nach reifen Erdbeeren duftete und alles möglich war, weil alles erst begann.

»Susanna, kein Problem«, sagte Orje, drehte kurz an seinem Instrument und dann mit Schwung an der Kurbel. Eine neue Melodie erklang, auch die war Kalle bekannt. »Oh Susanna, oh don't you cry for me, I've come from Alabama with my banjo on my knee …«, sang Orje, und das Mädchen stimmte ein.

Bruchstücke des Liedes folgten Kalle bis zu Monikas Stube.

»Dein Hirsch ist gerade fertig«, empfing sie ihn, »setz dich!«

Der Hirsch, unwirklich zart und würzig, verschlug Kalle glatt die Sprache.

»Da staunste«, sagte Monika stolz. »Der ist vom Darß. Aufgewachsen zwischen Meer und Bodden. So einen Geschmack findest du auf der ganzen Welt nicht. Es gibt weitgereiste Kapitäne, die kommen extra deswegen.«

Dieser ihm bislang unbekannte Saum seines Landes war voller Überraschungen. Das Hirscharoma verweilte wohlig auf seiner Zunge, noch als Kalle zum gedämpften Meeresrauschen, das etwas von der einen, großen Geschichte flüsterte, in den Schlaf fiel.

5

Möwenschreie zogen ihn aus einem pastellfarbenen Traum in einen sonnigen Morgen. Die Wolken waren weitergereist oder hatten sich über dem Meer aufgelöst. Er trank Monikas Tee vor dem Haus und sah sich an den Stockrosen wach, die dicht an der Wand Spalier standen, in einem unbekümmerten aufrechten Durcheinander von Rosa, Weinrot, Gelb und Violett. Er fragte sich, was an ihnen so besonders war, dass sie seine Aufmerksamkeit dermaßen anzogen, und kam zu dem Schluss, dass er nie etwas gesehen hatte, das so sehr genau dahin gehörte, wo es sich befand. In Berlin war alles einfach irgendwo, das Leben mischte sich, wie es eben geschah: Hier wurde ein Straßenbaum gepflanzt, weil er billig und widerstandsfähig war, dort wurde eine öffentliche Toilette gebaut, weil es ein Gesetz dafür gab, und woanders ein Haus, weil sich eine Lücke fand. Die Stockrosen an Monikas Hauswand aber waren an dem Platz, an den sie gehörten, an dem sie sein konnten, was sie waren, und mit ihrer Umgebung ein Ganzes bildeten.

»Ich möchte einmal an einem Ort wohnen, an dem ich Stockrosen an die Wand pflanzen kann«, machte sich Kalle eine Notiz, diesmal nicht in sein Heft, sondern in seine Erinnerung. Er pflückte einige reife Samen, von jeder Farbe, wickelte sie in eine leere Kaugummihülle und verstaute sie in seiner Brieftasche.

An diesem Tag trug er Teller hin und her, wenn das Restaurant voll war, und verbrachte die ruhigeren Zeiten am Ende der Mole beim grünen Leuchtturm. Er wusste mit absoluter Sicherheit, dass dies für immer einer seiner Lieblingsplätze sein würde: Anker und Ausrufezeichen, ein Fixpunkt in seinem Leben. Ein Punkt, von dem aus alles möglich war. Die blaue Weite stand ihm offen. Ihm war, als hätte sich die Mauer, die schon vor über zwanzig Jahren Berlin freigegeben hatte, heute erst auch um ihn gelöst.

Am Abend brach ein erneuter hungriger Ansturm von Touristen über sie herein, so dass Kalle kaum anders konnte, als noch eine Nacht zu bleiben. Beim Frühstück setzte sich Monika zu ihm und den Stockrosen. »Der Kellner kommt heute wieder«, sagte sie. »Ich weiß nicht, was ich ohne dich gemacht hätte. Was wirst du jetzt tun?«

Kalle überlegte. »Ich weiß es nicht.« Er fand diese Tatsache erst komisch, dann wunderbar. Er wusste nur, dass er sich von dem allgegenwärtigen Blau und dem schwerelosen Himmel noch nicht trennen mochte. Warum auch. »Ich werde weiter die Küste entlangbummeln«, beschloss er.

»Wie gesagt, es ist eigentlich alles ausgebucht«, gab Monika zu bedenken. »Höchstens auf den Campingplätzen könntest du Glück haben. Nicht mit einem Wohnwagen, aber mit einem Zelt. Eine Zeitlang war schlechtes Wetter, da sind viele abgereist. Da fände sich sicher hier und da ein Plätzchen.«

»Ein Zelt!« Kalle starrte sie an. Eine Erinnerung aus seiner Jugendzeit blitzte auf. Bei den Großeltern im Harz, da war er mit den Nachbarskindern einmal zelten gewesen. Eine taufeuchte Wiese, dann ein Lagerfeuer. Unheimliches Rascheln in der Nacht und eine Stimme, die Gespenstergeschichten erzählte. Eine eigene kleine Welt unter einer Plane, geborgen und abenteuerlich zugleich.

»Ein Zelt«, wiederholte Kalle, schmeckte dem Wort nach und wusste, dass dies, obwohl er es soeben noch nicht einmal geahnt hatte, genau das war, was er jetzt wollte. Ein Zelt – wie das Haus einer Schnecke, immer dabei, unabhängig von Hotels. Er hatte die Schnecken seiner Kindheitssommer immer beneidet. In Berlin waren die Schnecken nackt und wehrlos inmitten des

Gewühls. Im Harz gab es Weinbergschnecken mit einem großen, stabilen Gehäuse, und wenn ihnen etwas zu viel wurde, zogen sie sich zurück. Eine Woche lang war Kalle mit einer befreundet gewesen. Sie wohnte am Fuß des alten Apfelbaums. Er taufte sie Amanda und erzählte ihr seine Sorgen.

»Da ist noch was«, sagte Monika. »Mein Sohn hat sein altes Fahrrad zurückgelassen. Ich soll es verkaufen, er will es nicht mehr. Ich würde es dir gerne schenken als kleinen Dank für deine Hilfe. Wenn du möchtest. Es ist alt, aber in Ordnung. Fahrrad fahren hier in der Gegend, das ist eine feine Sache. Musst dich nur mit dem Wind vertragen. Mal schiebt er dich, ein andermal ist er wie eine Wand, gegen die du fährst.«

»Solange er immer so schmeckt wie heute«, sagte Kalle glücklich.

Das Fahrrad war weiß, mit Schrammen, hatte stabile Gepäckträger vorn und hinten und Reifen, denen nur Luft fehlte. Auf dem Lenker neben der Klingel saß ein verschlafener Marienkäfer, auf dem Sattel noch einer. Monika ließ sie auf ihren Finger krabbeln, setzte sie auf einer Geranie ab. »Wir hatten eine Marienkäferplage an der Küste diesen Sommer«, erklärte sie.

»Ich wusste nicht, dass Glückskäfer eine Plage sein können.«

»Oh, doch. Wenn es so viele sind, dass die Leute gar nicht anders können, als darauf zu treten.«

Das Fahrrad strahlte Zuverlässigkeit und Unternehmungsgeist aus. Kalle verstand sich sofort mit ihm. Probehalber fuhr er die Promenade auf und ab. »Es geht noch!«, jubelte er Monika zu, die lachte, weil er anfangs schwankte, als hätte er auf einem solchen Fortbewegungsmittel noch nie gesessen. »Ist halt lange her«, verteidigte sich Kalle. »Der Bus hat 'ne andere Straßenlage.« Bald hatte er sein Gleichgewicht gefunden.

»Da steht ja Möwe drauf«, stellte er fest. Der silberne Schriftzug war ungelenk, aber mit stolzem Schwung auf den Rahmen gepinselt.

»Ja, so hat mein Sohn es mal getauft.«

»Ich nehme es sehr gerne.« Kalle umarmte Monika spontan.

Er pumpte die Reifen auf, wischte zärtlich mit einem Tuch über den Rahmen, schraubte die Gepäckträger fester und machte sich dann, von erwartungsvoller Aufregung geflutet, in das Geschäft von gestern auf. Er hatte Glück mit dem Händler, der ihn sachlich beriet, anstatt ihm etwas aufschwatzen zu wollen.

»Sie brauchen ein Ein-Mann-Zelt, leicht aufzustellen, aber wetterfest. Hier, sehen Sie, dieses. Sie müssen nur die flexiblen Stangen hier durchstecken, schon entsteht eine stabile Kuppel …«

So einfach hatte er sich das nicht vorgestellt. Die schlichte, zweckmäßige Konstruktion begeisterte ihn.

»Haben Sie einen Schlafsack?«, erkundigte sich der Händler.

Kalle war verblüfft. Er hatte sich das Zelt als eine nette Hülle für seine Gedanken vorgestellt. Dass sein Körper auf etwas liegen musste, hatte er völlig vergessen. Amüsiert über sich selbst ließ er sich Isomatten vorführen, befühlte Schlafsäcke und dachte zuletzt sogar an eine Badehose.

Aufgeregt wie ein Kind an Weihnachten verließ er bepackt den Laden und führte Monika vor, wie genial klein das Zelt im verpackten Zustand war, wie leicht die Isomatte. Es passte alles problemlos auf das Fahrrad, zusammen mit dem neuen Rucksack. Ein neues Leben auf zwei Rädern, ein geliehenes Leben für einige Wochen. Was danach kam, würde sich zeigen. Dies war weder ein Anfang noch ein Ende, es war ein notwendiges Geschenk von Kalle an sich selbst, außerhalb aller gewohnten Zeit. In einem Postkartenlädchen erstand er eine Radwanderkarte der Küste. Nun war er gerüstet.

Er umarmte Monika zum Abschied und machte sich

auf. Die Promenade entlang schob er das Rad, das Touristengedränge war zu dicht. In einem anderen Café sah er Orje und seine blondbezopfte Freundin sitzen, der Welt entrückt. Kalle hielt an und winkte die Kellnerin herbei, drückte ihr einen Schein in die Hand. »Ich übernehme die Rechnung von den beiden dort«, sagte er leise.

»Und Ihr Name? Was soll ich den jungen Leuten ausrichten?«

»Nichts. Sie sollen sich einfach freuen.«

»Na, dann. Gute Fahrt!«, erwiderte sie erstaunt, sah ihm lange nach.

6

Kalle fühlte den Wind, der in seine Ohren fuhr, wie um herauszufinden, wer er war. Genoss es, sich mit eigener Kraft voranzutreiben, ohne Motor. Ohne Brummen. Spürte die Straße unter sich, dann Sandwege, ohne die komfortable Federung des Sitzes im Bus. Nach einer Weile setzte er sich aufrechter, entspannte das Klammern seiner Hände um die Griffe. Er kam an eine Weggabelung, stieg ab. Ganz neu das Wissen: Er hatte die Wahl. Zum ersten Mal war die Route nicht vorgegeben. Kein Fahrplan, der eingehalten werden, keine bestimmte Station, an der er zu einer bestimmten Uhrzeit sein musste. Für einen Moment war ihm wie an einem Abgrund, dann brandete Glück in ihm auf über die fremde Freiheit. Er ließ sich davontragen, fuhr einfach nach Westen, immer so nahe an der Küste entlang wie möglich. Probierte, welches Tempo ihm lag. In einem Ort namens Nienhagen überkam ihn Hunger. Er kaufte sich eine doppelte Portion Bratkartoffeln und Backfisch an einer hölzernen Bude, vor der einfache Holzbänke an langen Tischen schief im Sand standen. Der Blick flog von hier über das Meer wie die Möwen, die auf Brocken warteten.

Als ihm bewusst wurde, wie hastig er die Kartoffeln verschlang, wurde er verlegen und sah verstohlen nach den Sitznachbarn, ob jemand seine Gier bemerkt hatte. Neben ihm saß ein Mann mit einem Cowboyhut aus Segeltuch. Er schmunzelte in sich hinein. Dessen Nachbar grinste Kalle offen an.

»Macht Appetit, die Seeluft. Hau rein, Junge, das ist in Ordnung. Geht uns nach Jahren noch so.« Er reichte Kalle um den Hutmann herum die Hand. »Hallo, ich bin der Erhardt, und der hier ist Oliver. Wo kommst'n her?«

Kalle schüttelte Hände. »Kalle aus Berlin.«

»Und wo willste hin?« Erhardt schielte auf die Karte, die Kalle unter seinen Teller geschoben hatte. »Die sieht neu aus. Vielleicht fragste lieber uns, wenn du dich nicht auskennst.«

»Wir fahren im Urlaub die Küste herauf und herunter, seit wir mit der Schule fertig sind«, erklärte Oliver. »Es wurde zur Tradition. Das sind jetzt fünfunddreißig Jahre. Wir bilden uns ein, auf diese Weise immer zwanzig bleiben zu können, jedenfalls für drei Wochen im Jahr.«

Fünfunddreißig Jahre. Damals hatte Kalle noch mit Susanna getanzt.

»Er ist Professor«, erklärte Erhardt und zeigte mit dem Daumen auf Oliver. »Für So-zio-o-lo-gie. Aber er ist trotzdem ein netter Kerl.«

»Ein o zu viel, Hardy«, sagte Oliver milde. »Er repariert Autos.« Oliver nickte in Erhardts Richtung. »Aber noch ist bei ihm keine Schraube locker.« Die beiden Männer grinsten sich an. Kalle musste mitgrinsen.

»Ich fahre Bus«, sagte er, »das heißt, bis vor zwei Tagen.«

»Nee, wirklich?« Erhardt beugte sich vor, fiel fast von der Bank vor Begeisterung. »So'n Großen Gelben, so'n Berliner Doppeldecker? Echt?«

Oliver interessierte sich mehr für die zweite Hälfte des Satzes.

»Wieso bis vor zwei Tagen? Hat man Ihnen gekündigt? Weshalb?«

»Nein. Ich habe gekündigt. Freiwillig. Es war eine spontane Entscheidung.«

»Darf ich fragen, was diese Entscheidung ausgelöst hat?«, bohrte Oliver.

Kalle sah sich als Punkt in einer soziologischen Statistik erscheinen.

»Echt? Einfach hingeschmissen? Mensch, das ist mutig. Wollte ich auch schon oft.« Erhardt war begeistert.

»Wirklich?« Oliver musterte ihn verblüfft.

»Na klar, wer nicht? Sag schon, was war es. Haben sie dich gemobbt?«

Kalle dachte an die abgebrochene Ähre, die blond zwischen den schlammigen Fußabdrücken lag. Wie sie Susannas Geruch in seine Erinnerung gerufen hatte, ihren Zopf und die Hoffnung lang vergangener Sommermorgen. Die wiederaufgetauchte Sehnsucht, noch einmal solche Morgen zu erleben. Und wie zu der vergessenen Hoffnung eine ganz neue gekommen war: Wörter zu finden, die sich ineinanderfügten zu einem stimmigen Ganzen wie die Körner in der Ähre: die Wörter der einen, großen Geschichte. Er dachte daran, wie zielstrebig die Wolken nach Norden gereist waren.

»Es war der richtige Moment«, sagte er einfach.

Oliver zog an seiner Pfeife, nickte. »Das gibt es.«

Der Tabakduft kräuselte über den Tisch, zog eine Schleife um die Männer. Kalle fand die flüchtige Kameradschaft am Tisch angenehm, obwohl er sich schon wieder auf sein Fahrrad sehnte, auf die Möwe, um mit ihr den Nachmittag entlangzufliegen.

»Was sagt'n deine Frau dazu?«, wollte Erhard wissen.

»Kerstin ist vor Jahren gestorben. An Krebs.«

»Oh. Tut mir leid. Ich wollte nicht neugierig sein.« Erhard war zerknirscht.

»Doch. Wolltest du. Aber das ist keine schlechte

Eigenschaft.« Oliver klopfte seine Pfeife aus. »Dann sind Sie richtig hier. Das Meer gibt Antworten auf Fragen, von denen man gar nicht wusste, dass man sie gestellt hat.«

»Ich geb'n Kaffee aus«, sagte Erhardt. »Oder trinkste etwa Tee, wie der Professor hier?«

»Ja«, sagte Kalle. »Tee, gerne. Danke.«

Kopfschüttelnd verschwand Erhardt in der Bude.

»Dieses Blau«, sagte Kalle mehr zu sich selbst. »Ich kann dieses Blau einfach nicht fassen. In Berlin ist es … verbraucht.«

Es lag noch dichter auf dem Horizont jetzt, das Blau, nicht mehr so leicht wie gestern, dafür noch leuchtender.

»Das wird sich nicht ändern. Das ist nicht zu fassen. Noch nie am Meer gewesen?« Oliver sah ihn durchdringend an.

»Nein.«

»Dann haben Sie jetzt den Salat.« Oliver lächelte. Ein Netz aus übermütigen Fältchen legte überraschende Jugend in sein Gesicht. »Das Meer lässt Sie nicht mehr los. Nicht einen, der im Blau das Unverbrauchte sieht.«

Erhardt kam wieder, stellte triumphierend dampfende Tassen vor sie. »Das wird zu voll hier«, sagte er, »lass uns bald wieder los. Willste mit, Kalle?«

Kalle zögerte.

»Lass ihn in Ruhe, Hardy«, sagte Oliver. »Der Mann will allein sein. Er hat Fragen, aber nicht an uns.«

»Doch, eine habe ich«, sagte Kalle. »Könnt ihr mir ein paar Campingplätze empfehlen?«

»Na klar. Wir kennen jeden davon. Zeig mal deine Karte«, schon hatte Erhard sie in der Hand, zog einen Bleistift aus der Tasche. »Welche Richtung?«

»Westen.«

»Nicht die großen mit den Batterien von Wohnwagen«, mahnte Oliver. »Er braucht die kleinen, wo man sich denken hören kann.«

»Klar.« Erhardt malte eifrig Kreuze. »Haste auch 'n anständiges Zelt?« Er schien Kalle adoptiert zu haben und ließ sich die Neuerwerbung zeigen.

»Doch, ja, das ist gut. Vielleicht sehen wir uns ja mal wieder, irgendwo auf der Strecke. Mach's fein!«

»Auf Wiedersehen und alles Gute«, sagte Oliver mit einem förmlichen Händedruck. Kalle sah den beiden Punkten nach, die auf ihren eigenen Fahrrädern kleiner wurden, bis sie sich im Blau auflösten. Er ließ ihnen einen Vorsprung, bestellte sich einen zweiten Tee und zog sein Notizbuch heraus.

»Wege, deren Ende man nicht kennt«, schrieb er. »Fahrtwind. Wörter von Fremden.«

Das Gespräch war ein neues Erlebnis für ihn gewesen. Er war es gewohnt, »der Busfahrer« zu sein. Er brachte an grauen Tagen über das Mikrophon die Fahrgäste mit einem derben Berliner Witz zum Lachen. Sein Vater hatte ihm streng Hochdeutsch antrainiert, aber im Bus berlinerte er, sonst wäre er an die Leute nicht herangekommen. Er rief sie mit geübter Autorität zur Räson, wenn sich ein Streit anbahnte. Stammgäste kannten sein Gesicht, aber dennoch war er für sie nur »der Busfahrer«. Niemand fragte nach seiner Geschichte, niemand wusste, wer er war.

Jetzt auf einmal war er nur Kalle aus Berlin, und Fremde fragten ihn aus nach dem, der er war, sein wollte oder sein würde. Aber da war er selbst nicht auf dem neuesten Stand.

Gut, dass das Meer laut Oliver Antworten hatte.

Kalle stieg wieder auf sein Rad. Hier flogen ihm die Mücken scharf ins Gesicht, anstatt gegen die Scheibe zu klatschen. Hier hörte er die Reifen auf der Straße rauschen, auf dem Sand knirschen. Hier wartete niemand darauf, dass er pünktlich an der Haltestelle ankam. Er hatte kein Mikrophon und keinen Plan.

Alles war offen, nur der Wind rief ihn.

7

Am späten Nachmittag spürte er ein Ziehen in den Oberschenkeln. Na klar, diese Muskeln hatte er seit Jahren nicht beansprucht. Der Fahrradsattel fing an, unangenehm zu werden. Aber er musste ja keine Rekorde aufstellen. Er hielt an einer Wegkreuzung unter einer windschiefen Kiefer, betrachtete die Karte. Wenn er Erhards Kritzeleien richtig deutete, gab es ein Stück nach Heiligendamm einen der empfohlenen kleinen Campingplätze. Er sah zu den Wegweisern auf. Die Richtung stimmte. Es konnten höchstens zwei Kilometer sein.

Noch einige hundert Meter an der grünen Kante, links Wiesen, rechts dunstiges Blau. Er hätte diesem schmalen Pfad den Rest seines Lebens folgen können, wäre nicht der Muskelkater gewesen. So war er dankbar, als er das Schild zum Campingplatz entdeckte.

Am Eingang stieg er ab, stand hilflos da, bis der Platzwart aus seinem Häuschen spähte und ihn freundlich heranwinkte.

»Ich kenne mich nicht aus mit Campingplätzen«, sagte Kalle.

»Kein Problem, ist nicht kompliziert, das ist ja das Schöne daran. Sie haben Glück, normalerweise wäre hier um die Zeit kaum ein Plätzchen frei. Aber der Sommer war schlecht, sehr schlecht. Die, die hier waren, sind abgereist. Andere sind gar nicht erst gekommen. Alte Camper halten eine Menge aus, aber das – das war sogar denen zu viel. Und Sie – macht Ihnen das nichts aus?«

»Ich habe nicht darüber nachgedacht«, erklärte Kalle. »Aber – es ist doch wunderschön?« Er schwenkte einen Arm gegen das allgegenwärtige Blau und kam sich gleich albern vor. Als ob man das mit einer Geste erfassen konnte!

Der Platzwart sah mit zusammengekniffenen Augen zum Horizont. »Ja, jetzt gerade. Das ändert sich bald. Sie sind nicht von hier, oder?«

»Nein. Aus Berlin.« Kalle fragte sich, ob er sich ein Schild auf die Stirn kleben sollte. Es sah aus, als würde er oft gefragt werden. Warum war es so wichtig, wo einer herkam?

»Ach so!«, sagte der Platzwart, als wäre damit alles klar.

Kalle dachte an früher, als Berliner sich mit der Hupe

grüßten, wenn sie im Westen aneinander vorbeifuhren und sich am Nummernschild erkannten. Es verband, in einer ummauerten Stadt zu leben. Als seltsam hatte man den anderen gegolten.

Er bekam einen Campingausweis, und weil der Platzwart Zeit hatte, führte er Kalle herum, zeigte ihm die Toiletten, die Dusche und den kleinen Laden und schließlich die Wiese, auf der er sein Zelt aufstellen konnte.

»Aber Sie wissen, wie das geht, ja?«

»Bestimmt.« Kalle war zuversichtlich.

»Na ja. Dann guten Aufenthalt.«

Kalle streckte seine schmerzenden Muskeln, sah sich um. Ein paar Quadratmeter Wiese, umgeben von geduckten Heckenrosenbüschen, auf denen späte rosa Blüten flatterten wie die Möwen im Aufwind.

In diesem himmelwärts strebenden Wind segelte in der Ferne noch etwas Buntes, seltsam Eckiges. Kalle versuchte, gegen die tiefstehende Sonne etwas zu erkennen. Ein Drachen! Irgendwo da unten am Strand ließ ein Kind einen Drachen fliegen. Wann hatte er so etwas das letzte Mal gesehen? Als Junge war er mit seinen Freunden dazu im Herbst auf den Teufelsberg gegangen. Und später – ja, da war er einmal mit Susanna dort gewesen, an eben so einem Junimorgen, dessen Grundgefühl er jetzt zurückerobern wollte.

»Komm, wir nehmen den Drachen mit«, hatte er damals gesagt.

»Drachen lässt man im Herbst steigen«, protestierte Susanna.

»Sag mir einen Grund, warum man das nicht im Juni tun kann? Der Wind ist genau richtig.«

Susanna wusste keinen Grund, und der Wind war tatsächlich genau richtig – für vieles. Die Amseln sangen in den wilden Himbeeren, der Tag und der Sommer begannen erst, und alles war möglich.

Sie hatten ein Picknick mit, er erinnerte sich an den Geruch von Erdbeeren, an den Geschmack von Marmorkuchen und Fassbrause, und dann waren sie über die Wiese gerannt, bis Susannas Zopf sich löste, hatten den Drachen dazu gebracht, oben zu bleiben. Danach lagen sie auf dem Rücken im nassen Gras, lauschten gegenseitig ihrem Atem und sahen auf das gestreifte Viereck nahe unter den Wolken. Blau, grün und gelb waren die Streifen. Wie das Land, durch das er jetzt reiste und das ebenso voller Wind war.

»Was meinst du, wie hoch muss er fliegen, um glücklich zu sein?«, fragte Susanna. »Los, gib ihm mehr Schnur! Das reicht nicht!«

Doch so viel Freiheit schien den Drachen zu erschrecken, denn er stürzte in die Himbeerranken.

Das Gummi, das aus Susannas Zopf gefallen war, hatte Kalle jahrelang in seiner Brieftasche aufgehoben. Es war ein normales Schnipsgummi, kein Haargummi. Mit der Zeit verhärtete es sich zu einem Ring, den er sich einmal nur so an den Finger steckte. Da wusste er schon längst nicht mehr, in welche Stadt Susanna gezogen war. Sie hatte es ihm nie gesagt, nur dass sie mit einem Freund weggehen würde und ihm Glück wünschte. Bald darauf zerfiel der Ring zu Staub, und er schüttelte die Krümel in eine Wiese, auf der Kinder Drachen steigen ließen.

Kalle packte sein Zelt aus, entleerte den Nylonsack, ordnete die Teile. Er breitete ordentlich die schlaffe Plane aus, die eine Kuppel werden sollte, begann, die langen, biegsamen Stangen zusammenzustecken, die ihr Halt geben würden. Anfangs ging das gut, dann schien eine zu wenig da zu sein – oder eine zu viel? Auf einmal sah es aus wie ein Mikadospiel. Im Laden war es doch so einfach gewesen. Jetzt fuhr eine Windböe vom Meer herauf unter die Plane, hob sie mühelos an und trug sie über die Rosenbüsche. Kalle jagte hinterher, hörte ein Lachen. Zwei fröhliche Gesichter tauchten hinter der Hecke auf.

»Brauchen Sie Hilfe?« Ein silberhaariges Ehepaar hielt das Zelt hoch. Kalle zog es dankbar herüber.

»Ich stelle mich ungeschickt an. Es ist das erste Mal.«

»Na, kommen Sie. Zu zweit geht das besser.« Der rundliche Mann stieg über die Büsche. »Ich bin Benedikt.«

»Und ich die Lili«, fügte seine Frau hinzu.

»Kalle.« Er klemmte die Plane unter den Arm und schüttelte Hände. »Haben Sie eine Ahnung, ob hier eine Stange fehlt?«

Benedikt betrachtete das Chaos, das Kalle angerichtet hatte, und bückte sich nach einer Stange, die dicker war als die anderen. »Hier drin«, erklärte er und zog die fehlende aus dem Inneren hervor.

»Sehr praktisch. Man muss es nur wissen«, staunte Kalle.

»Nun fassen Sie mal da drüben die Ecke an und schieben diese Stange durch – so«, dirigierte Benedikt. »Jetzt alles hinlegen und die andere Stange von dort.«

Kalle erschien es wie Zauberei, und doch war es einfach. Die Stangen bekamen Spannung und schon stand die Kuppel.

»Sofort die Heringe einklopfen, sonst fliegt es wieder weg.« Benedikt hob einen Stein auf, schlug die metallenen Stifte durch die Ösen am Zeltboden in die Wiese. »Der Boden hier ist ideal. Auf purem Sand wird es kniffelig. Aber mit etwas Übung bekommt man es hin. So, nun können Sie sich einrichten. Wenn Sie Fragen haben, wir sind nebenan.«

Lili und er zogen sich zurück. Angenehm unaufdringlich, diese Nachbarn auf Zeit.

Kalle schob seinen Rucksack vorsichtig in das Zelt, rollte die neue Isomatte aus und den Schlafsack, mit dem Fußende zum Eingang hin. Er setzte sich darauf, sah sich um in seinem neuen Reich. Beglückte Aufregung erfüllte ihn, eine zitternde Erwartung, ein aufschäumender Triumph. Sein Blick folgte der Krümmung der Kuppel, sah die Öffnung, in der die Welt draußen ein weichgezeichnetes Bild war. Alles schien seinem Traum vom Schneckenhaus erschreckend ähnlich. Hier gab es nichts Unnötiges. Nur ihn, seine Gedanken, die Wörter in seinem Heft und die, die dort noch fehlten. Wundersame Stille, nur Wind- und Wellenrauschen drängte ungeniert durch die offene Zeltklappe und fing sich in der Kuppel.

Wie das Rauschen, das man in einer Muschel hören soll, dachte Kalle. Ob das stimmt?

Er kroch hinaus, zog mit Besitzerstolz den Reißverschluss hinter sich zu und seine Schuhe an. Graue Wolkenschleier hatten sich über das Meer gelegt, aber noch war es nicht dunkel. Kalle wagte sich bis an die Kante der Wiese, stellte fest, dass die Steilküste nicht so hoch war, wie es aus der Ferne gewirkt hatte. Ein paar Meter unter ihm befand sich ein felsiger Streifen Strand, links gab es eine verwitterte Holzstiege. Er kletterte vorsichtig hinunter und zog die Schuhe prompt wieder aus. Den Sand wollte er spüren, das kühle Wasser, welches das sinkende Licht des Himmels widerspiegelte und weiße Zungen nach ihm ausstreckte. Und eine Muschel wollte er finden und horchen, ob darin die Wellen zu hören waren, wie man erzählte.

Niemand außer ihm war hier unten. Er war allein mit der Ahnung von Herbst, die sich mit dem Abendnebel näherte. Kalle konnte sich nicht erinnern, in Berlin jemals irgendwo allein gewesen zu sein. Was für ein grandioses, beängstigendes, erhebendes Gefühl! Ein Stück Strand für sich allein, und sei es nur eine Dämmerung lang, das war etwas, das zweifellos in die eine, große Geschichte gehörte.

Dann sah er, dass andere, wortlose Wesen die Gegenwart mit ihm teilten. Quallen trieben im Wasser, zarte rosa Kreise schimmerten in ihnen. Möwen saßen still auf einer Buhne, den Kopf unter dem Flügel, nur eine davon zog ihn noch einmal hervor und traf Kalles Blick aus gelben Augen.

Das Meer kam ihm entgegen, ohne dass er einen Schritt gemacht hatte, eiskalt das Wasser unter seinen

Sohlen. Was für eine klare, sprudelnde Kälte! Sekt von unten. Kalle lief, lauschte dem Platschen seiner Füße, spürte den Sand unter sich nachgeben, rannte in kindlichem Rausch am Flutsaum entlang, bis er auf etwas Hartes trat. Es schimmerte weiß in der Dämmerung. Eine Muschel! Schlicht, so wie Muscheln in seiner Vorstellung aussahen, und gerade nur groß genug, um sie ans Ohr zu halten. Ob die Stimme des Meeres darin wohnte, ließ sich nicht feststellen, nicht hier, wo sie ohnehin um ihn war. Aber die zarte Schale fühlte sich gut an in seiner Handfläche.

Die fallende Dunkelheit spülte ihn zurück in sein Zelt. Stolz legte er die Muschel neben seinen Schlafsack, auch ein Stück Treibholz, das würzig nach Sehnsucht roch und einen Hunger in ihm weckte, der nicht nur mit dem Knurren in seinem Magen zu tun hatte. »Oh, Susanna …«, die Töne aus Orjes Drehorgel trieben durch seine Gedanken, zusammen mit der Erinnerung an die Ähre auf dem schlammigen Boden seines Busses. Ohne die alte Frau, die sie verloren hatte, wäre er nicht hier – und er wollte nirgendwo anders sein als hier, nicht in diesem Moment. Und doch war das Alleinsein, das ihn gerade so glücklich erfüllt hatte, auf einmal zu groß für ihn. Er dachte an Annelieses fröhliches »Juten Morgen« mit dem seine Tage stets begonnen hatten. Wurst-Emils Klatsch und Tratsch, dem er nie zuhörte, flog ebenso durch seinen Kopf wie Mutlus abendlicher Gesang beim Pizzabacken. Und ein Bild von Mundwinkeln, die sich beim Lächeln nach unten bogen, und von dunklem, windverwehtem Haar.

8

»Kalle? Hallo?« Es dauerte einen Moment, bis er begriff, dass die Stimme aus dem Dunkel kein Gedankenspiel, sondern wirklich war. Sie gehörte Lili.

Er steckte den Kopf aus dem Zelt. »Ja?«

Sie hockte sich vor ihn. »Guten Abend. Ich habe zu viel Suppe gekocht. Mögen Sie rüberkommen?«

»Sehr gerne.« Er hatte keine Lust auf das zerdrückte Brot und den Apfel in seiner Tasche gehabt.

Vor dem Zelt nebenan warf eine Laterne einen lockenden Lichtkreis um einen Topf, der über einer kleinen Flamme brodelte. Als der Duft von Kartoffeln, Hühnchen und Gewürzen mit dem Unterton salzigen Seewinds Kalles Nase traf, fragte er sich, ob er schon einmal einen solchen Appetit verspürt hatte.

»Setzen Sie sich!« Benedikt wies auf einen Holzklotz. Lili schöpfte Suppe in Blechteller, reichte Kalle einen. Der Dampf darüber leuchtete im Laternenlicht auf.

Schweigend aßen sie, schmeckten der Wärme nach und dem Herbstabend.

Kalle beugte sich vor, betrachtete den Campingkocher. Genial, wie einfach das Leben sein konnte. Eine Flamme, Trockenspiritus, ein Topf, dessen Deckel man als Pfanne benutzen konnte.

»Das gibt es noch kleiner, für eine Person. Sogar hier auf dem Platz, in dem Laden«, sagte Benedikt.

»Wie sind Sie denn darauf gekommen, jetzt zu zelten, wenn Sie das nie gemacht haben?« Lili war neugierig geworden.

Im Dunkeln kamen die Worte leicht, stiegen weich in den späten Abend auf wie Motten. Kalle erzählte von seinem Leben. Im Schein der Laterne wurden die großen gelben Doppeldeckerbusse für Lili und Benedikt lebendig.

Als Kalle ein kleiner Junge war, der seine ersten Bilderbücher las, erschienen ihm die schnaufenden Riesen wie Dinosaurier. Sie waren nicht ausgestorben, wie die Erwachsenen schrieben und sein Vater bestätigte. Nein, sie bewegten sich in alle Richtungen durch die Stadt, verschluckten Menschen und spien sie wieder aus. Es waren freundliche Riesen. Gut sichtbar überragten sie den Verkehr. Später verglich er sie mit Blutkörperchen, die durch die Adern der Stadt gespült wurden. Solange sie sich bewegten, war das Leben im Gange, auch wenn die Stadt von einer Mauer eingeschnürt war. Die Männer, die am Steuer saßen, trugen ihren Teil dazu bei. Kalle wollte unbedingt einmal einer von ihnen sein.

Wenn seine Familie nach einer Reise die beiden Grenzen der DDR passiert hatte und von den Soldaten wieder durchgewunken wurde in den Westen, war es wie ein Willkommen, wenn er den ersten Großen Gelben fahren sah und ihm die vertrauten Abgase in die Nase stiegen. Die Busse waren mit dem Gefühl, zu Hause zu sein, untrennbar verbunden.

Kalles Traum fiel zunächst nicht weiter auf. Jeder dritte Achtjährige aus seiner Klasse wollte Busfahrer werden. Doch das Problem mit Kalles Traum war, dass er sich nicht wie andere Träume mit der Zeit in etwas anderes verwandelte. Er beugte sich keiner Mode, geriet nie in Vergessenheit. Er klebte selbst in Kalles Pubertät fest wie das Kaugummi unter seinem Pult, sosehr Kalles Vater ihn auch mit einer Handbewegung wegwischte. Kalle sollte etwas Anständiges werden.

Was an den Busfahrern so unanständig sein sollte, verstand Kalle nicht. Dass der Vater seinerseits Kalles Traum nie begriff, machte es nicht einfacher zwischen ihnen.

Das Gute an Kalles Traum war, dass er leichter wahrzumachen war als andere Träume. Als seine einstigen Klassenkameraden noch darum kämpften, Arzt zu werden oder Schauspieler, oder überlegten, wie sie in die Dominikanische Republik auswandern könnten, saß Kalle schon am Steuer und transportierte Menschen durch die Schlagadern seiner Stadt. Gestikulierende, schwatzende, schweigende, verschlafene, nervöse oder glückliche Menschen, die ein Ziel hatten, sich über seine Scherze freuten oder über eine persönliche Begrüßung. Kalle bereute nichts. Sein Leben fühlte sich richtig an.

»Beneidenswert«, sagte Benedikt in die Dunkelheit hinein, »wenn ein Traum so klar, so beständig und so machbar ist.«

»Ja«, sagte Kalle. »Aber am Donnerstag so ungefähr um sechzehn Uhr bin ich am Ende das Traumes angekommen. Passenderweise an einer Haltestelle.«

»Was ist passiert?«, fragte Lili.

»Da war eine alte Frau. Sie ist schon oft dort ausgestiegen. An diesem Tag hatte sie einen Strauß gepflückt, Mohn und Rainfarn und Getreide. Eine Ähre brach ab und fiel zu Boden, zwischen die schlammigen Fußabdrücke.«

Kalle wischte sorgfältig die Reste seiner Suppe mit einem Weißbrot aus dem Teller.

»Und?« Benedikt lehnte sich gespannt nach vorn.

»Sie erinnerte mich an etwas, das vor dem Traum

war. Bevor ich Busfahrer wurde. Es war wie bei einem Buch. Man klappt den Deckel auf und die Geschichte beginnt. Irgendwann kommt man am hinteren Deckel an und klappt ihn zu. Beide Buchdeckel sehen sich ähnlich. Die Ähre erinnerte mich an den Anfang, und dadurch wusste ich, dass ich am Ende meiner Geschichte als Busfahrer angekommen war.«

»Das verstehe ich«, sagte Lili.

»Einen Schluck Wein?« Benedikt schwenkte eine Flasche. Kalle sah es nur an seiner Silhouette, hörte dann das Plopp des Korkens und das Gluckern von Flüssigkeit, die in eine Blechtasse gegossen wird. Die bergende Dunkelheit schützte alle drei vor dem Beängstigenden ihrer eigenen Geheimnisse.

»Nennt man das heutzutage nicht Burnout?«, fragte Benedikt. »Was werden Sie jetzt tun?«

»Burnout?« Kalle kostete das Wort. Er hatte es oft in den Nachrichten gehört, hatte die leeren Gesichter von Menschen gesehen, die in sich selbst auf Grund gelaufen waren. Bei ihm war es anders. In ihm herrschte keine Ebbe, in ihm war ein Meer in Bewegung, und er war entschlossen, darauf zu segeln. Nein, kein Burnout. »Ich habe meinen Traum gelebt, und er war gut. Nun brauche ich einen neuen – oder ich finde heraus, was hinter den Träumen liegt.« Von seiner Hoffnung, die eine, große Geschichte in Worte zu fassen, mochte er an diesem Abend nicht erzählen. Er nahm einen Schluck Wein. Das Aroma lag auf seiner Zunge wie der Herbst, golden und würzig. »Was ist Ihr Traum, Lili?«

Lilis Lachen fiel hell in den Abend. »Ich wollte immer einmal Kampffische züchten.«

»Kampffische? Was um Himmels willen ist das? Und warum weiß ich nichts davon?« Benedikts Stimme war ein einziges Fragezeichen.

»Ein asiatischer Aquarienfisch. Wunderschön, mit schimmernden roten und blauen Flossen. Man darf sie nur paarweise halten, denn zwei Männchen vertragen sich nicht. Das Tolle ist, sie bauen Nester aus Schaum. Sie spucken Luftblasen unter die Wasseroberfläche und in die Blasen kommen die Eier. Ich finde das einen wunderbaren Beginn für ein Leben, in einem wirklichen Luftschloss geboren zu werden, zwischen Wasser und Himmel. Das wollte ich schon immer einmal miterleben, als Zeugin oder sozusagen als Patentante. Übrigens betreiben hauptsächlich die Männchen die Brutpflege.«

»Das müssen ja erstaunliche Wesen sein.« Benedikt klang immer noch überrascht. »Aber Lili, wenn das dein Wunsch ist, kaufen wir gleich zu Hause ein Aquarium. Warum hast du das nie gesagt?«

»Es erschien mir nicht wichtig genug.«

»Nimm dir ein Beispiel an Kalle. Er hat seinen alten Traum gelebt und nun macht er sogar eine Reise, um einen neuen zu finden. Da werden wir wohl ein Aquarium aufstellen können.«

»Aber nur, wenn wir auch etwas für deinen Traum tun.«

»Was ist Ihr Traum, Benedikt?« Kalle stellte seinen Weinbecher vorsichtig in den Sand.

»Der ist nicht so ungewöhnlich. Ich möchte ein Hausboot steuern. Damit über die Seen fahren, anlegen, wo es mir gefällt, und über diesem Gluckern schlafen. Zelten auf dem Wasser sozusagen.«

Kalle setzte sich gerade. »Aber das geht doch! Ein Kollege von mir hat das gemacht. Man kann ein Hausboot mieten, dafür braucht man keinen Schein. Der Skipper fährt die erste Strecke mit und bringt einem bei, was man wissen muss, und dann darf man auf bestimmten Gewässern allein damit fahren. Das ist nicht mal besonders teuer.«

»Wirklich? Ich hatte nie die Entschlusskraft, mich damit ernsthaft zu beschäftigen.« In Benedikts Stimme stahl sich eine junge Aufregung. »Ich dachte, dafür muss man Prüfungen machen und teure Bescheinigungen beantragen.«

»Und du dachtest auch, es sei nicht wichtig genug«, merkte Lili an. »Kalle, ich glaube, Sie haben uns an etwas erinnert. Sie sind für uns, was die heruntergefallene Ähre für Sie war.«

»Ein Dominoeffekt«, meinte Benedikt.

Kalle war verblüfft. Er hatte sich auf einen Weg gemacht, den Weg, der mit der Ähre begonnen hatte. Aber dass dieser Weg andere Wege kreuzen und ihre Richtung ändern würde, daran hatte er nicht gedacht. Fast machte ihm das Angst. Wenn die eine, große Geschichte so groß war und sich an den Rändern immer weiter ausdehnte wie das Universum, dann wusste er nicht, ob er sie jemals in die Worte hineinbekommen würde.

»Geschichten, die andere Geschichten berühren«, schrieb er später bei Taschenlampenlicht in sein Notizbuch.

»Ich habe einmal ein Märchen gelesen, darüber, dass das Glitzern auf dem Wasser die Träume sind, die die Menschen dort vergessen haben«, sagte Lili. »Und wenn sie sie nie wieder abholen, gehen sie unter, lösen sich auf und werden zu Sand.«

»Ich erinnere mich«, sagte Benedikt. »Das Buch hieß ›Traumnest‹. Wir haben es unseren Enkeln vorgelesen. Deshalb gibt es bei Sonnenschein diese silbernen Funken im Sand, weil sogar die verlorenen Träume nie ganz ihren Glanz verlieren.«

»Unsere kleine Katja hatte Angst, das Wasser könnte eines Tages nicht mehr glitzern, wenn alle Menschen ihre Träume vergessen«, fiel Lili ein.

»Dagegen tut ja nun Kalle etwas.« Benedikt schlug Kalle auf die Schulter. Beide gähnten gleichzeitig.

Lili lachte, blies die Flamme im Kocher aus und hob die Laterne von ihrem Platz. »Jetzt tut offenbar erst mal der Sandmann etwas. Sagen Sie, Kalle, wie weit nach Norden werden Sie fahren? Glauben Sie, Sie werden Nordlichter sehen? In dem Märchen hieß es, Nordlichter sind die Träume der Erde. Das muss wunderschön aussehen.«

Zurück in seinem Zelt und einer Stille ohne Stimmen lag Kalle angenehm müde auf der dünnen Isomatte. Sie war überraschend bequem, doch darunter spürte er Buckel und Kuhlen, die Haut der Erde. Nie war er ihr so nahe gewesen. Unvorstellbar weit unter ihm drehte sich ihr feuriger Kern. Ob er ihre Träume tatsächlich einmal sehen würde? Im Einschlafen verschmolz der Gedanke daran mit dem Echo von Lilis Laternenlicht. Das Flackern zeichnete bizarre Formen an die Zeltkuppel. Kalle fragte sich, was für unentdeckte Träume es wohl waren, die diese Schatten warfen.

9

Er hatte Zeuge sein wollen, wie der Morgen hinter dem Meer hervorschlich, aber Kalle ruhte so ungestört in seiner Kuppel, dass die Sonne schon den Nebel beleuchtete, als er aus der Zeltklappe kroch. Zu seiner Erleichterung war auf den ihm so fremden Gemeinschaftstoiletten wenig Betrieb. Auf dem Rückweg stattete er dem kleinen Laden einen neugierigen Besuch ab, erstand Brötchen und einen Kocher, wie ihn Lili empfohlen hatte. Er fühlte sich als König in seinem kleinen Reich, als er diesen problemlos entzünden konnte und über den warmen Funken Tee kochte.

Zu seinem Erstaunen gelang es ihm sogar, das Zelt allein abzubauen und alles in den Packtaschen zu verstauen. Er sah sich um. Nichts blieb von seinem Aufenthalt außer einer zu glatten Stelle im Sand, auf der das Zelt gestanden hatte. Er schmunzelte über sich selbst, als er mit einem abgebrochenen Kiefernzweig auch diese Spur verwischte. Es war ein befriedigendes Gefühl von Leichtigkeit, nichts, gar nichts zu hinterlassen.

Von Lili und Benedikt hatte er sich am Abend verabschiedet. Sie wollten früh zu einer Tagestour aufbrechen. Doch als er an ihrem Platz vorbeikam, war auch ihr Zelt verschwunden. Unter einem Stein lag ein Zettel. »Wir sind nach Hause gefahren. Ein Aquarium kaufen und ein Hausboot suchen. Danke und liebe Grüße!«, stand da.

So hatte sein beendeter Traum vom Busfahren tatsächlich wie ein fallender Dominostein in einer Reihe den vergessenen Traum anderer in Bewegung gebracht. Der Gedanke gefiel ihm und erschütterte ihn zugleich. Er hatte das gern gespielt, früher, die Dominosteine in einer langen kurvigen Reihe aufzustellen und dann den ersten anzutippen. Doch die letzten waren oft von der Tischkante gestürzt und auf dem steinernen Küchenfußboden zerbrochen.

Kalle atmete tief ein und schob sein Rad durch den Sand auf die Straße. Vorfreude kribbelte in seinem Magen. Ein Tag, an dessen Anfang man nicht wusste, wo man das Ende treffen würde, war für ihn so neu. Ein Geschenk, das er kaum wagte auszupacken und von dem er doch ungeduldig das Papier abreißen wollte. Er trat so eifrig in die Pedale, dass ihm bald der Atem ausging und er das Tempo drosseln musste, zumal ihm aufkommender Wind die Luft streitig machte. Der

Nebel lichtete sich, wurde dann zu Regen. Kalle zog die Kapuze seiner neuen Jacke hoch, doch der Fahrtwind war dagegen und schob sie ihm ins Genick. Auf Kalles Wimpern sammelten sich silberne Tropfen. Durch sie hindurch sah er den Weg vor sich funkeln, und dieses weiche Funkeln hing auch im Dünengras am Wegrand, breitete sich über das Meer. Unwirklich, diese Landschaft, nur der Geruch überzeugte ihn, dass alles kein Traum war.

Aus dem Meer, sagte man, ist alles Leben gekommen. Der Blick aufs Meer war nicht nur der Anfang seiner Zukunft, sondern auch der Anfang aller seiner Vorfahren. Doch wie gültig ist ein Anfang? Und wie kam das Leben in das Meer? Die Stoffe, aus denen es entstanden war, stürzten mit Meteoriten aus dem Weltall, hieß es. So waren auch die Sterne, die er gestern Abend so klar und zahlreich gesehen hatte wie nie, seine Vorfahren und die Muscheln am Strand seine Verwandten. Er war gar nicht allein auf dieser Reise! Auf diesem sagenhaften Gefühl kam er vorwärts wie auf Flügeln. Vielleicht war es auch der Wind, der seine Jacke aufblies und ihm im Vorbeiwehen seine Kraft lieh.

An einer Ampel, die überraschend einsam in der Landschaft stand, musste er absteigen und warten. Für einen Augenblick ärgerte ihn dies, als ob ihm der Wind uneinholbar entwischen könnte. Dann fiel ihm ein, wie viel Zeit er hatte.

»Was für ein Sauwetter«, sagte ein Mann zu ihm, der in ein graues Regencape geduckt neben ihm stand. Kalle wunderte sich. Erst über den Mann, danach über sich selbst. Er fand das Wetter beglückend. Wenn er den grauen, gebeugten Mann und seine wortlose Frau betrachtete, war diese Sichtweise nicht selbstverständlich. Er hatte nie darüber nachgedacht, aber schon in Berlin hatte er regnerische Tage gemocht. Sie warfen einen zarten, schimmernden Mantel über die Stadt, nahmen ihr die Müdigkeit und den Staub. Die Scheinwerfer und Rücklichter spiegelten sich auf dem nassen Asphalt, die Reifen rauschten durch die Pfützen, brachen die Bilder, ließen neue in ihren Spuren zurück und mischten eine ganz eigene Musik in den Großstadtlärm. Damals war da immer das große Steuerrad gewesen, sein Schild zwischen ihm und der Welt und sein Anker, an dem er sich hielt. Seine Hände ruhten darauf, bewegten den riesigen Blechdinosaurier auf einen leichten Druck hin auf vertrauten Wegen durch den Großstadtdschungel. Morgens wusste er, wenn er aufwachte, seine Tagesroute schon im Halbschlaf.

Mit dem Fahrrad war das anders. Hier steuerte er mit offenen Armen, fing die Welt ein, auf die er zufuhr. In seinem Bus saß Kalle warm und trocken und brachte die dampfenden Passagiere ihrem Ziel entgegen. Jetzt, auf dem Fahrrad, gab es keine Scheibenwischer mehr, die im Einklang mit seinem Herzschlag den Regen aus dem Weg fegten, keine Windschutzscheibe, die ihn vom Wetter trennte – und trotzdem fühlte er sich wohl unter den Tropfen. Hier trug nicht nur die Stadt allein den silbern schimmernden Mantel. Nun trug er ihn selbst, gemeinsam mit der Landschaft. Die Ampel war längst grün, aber Kalle stieg nicht auf, um den Wind einzuholen, sondern trug erst »Silbernes Wetter« in sein Notizbuch ein. Dieses zärtliche Leuchten fand er unverzichtbar in der einen, großen Geschichte. Vielleicht war das sogar der Stoff, der sie zusammenhielt, fein und haltbar wie Spinnweben.

Er verlor jedes Zeitgefühl, fuhr immer schneller, wurde eins mit dem nassen Rauschen. Über ihm jagten die Wolken, seine wilden Begleiter, die daran schuld waren, dass er überhaupt hier war. In Berlin hatten sie still und drängend gerufen, dass er ihnen folgen sollte. Aber war das richtig gewesen? In den Wind mischten sich jetzt Stimmen. Er hörte Anneliese: »Kalle, wat machste? Wie kannste eenfach verschwinden? Hab ick dir jemals schlecht behandelt? Hier jehörste hin, zu uns!«

Er trat noch schneller in die Pedale. Hinter der nächsten Kurve begegnete ihm ein Echo seines Vaters. »Du wolltest doch unbedingt Busfahrer werden. Jetzt kannst du nicht mal das durchhalten. Sei vernünftig, Junge! Was soll aus dir werden?«

Ein Baum am Wegrand streckte einen Ast aus wie einen mahnenden Zeigefinger. An der nächsten Wegkreuzung bog Kalle scharf nach rechts ab, doch auf diesem Pfad lauerte unsichtbar Helmut, sein Chef. »Kalle, womit habe ich das verdient? Ich brauche dich hier! Du hättest mir das wenigstens erklären können. Eine Kraft wie dich ersetzt man nicht einfach so. Die andern sind gute Jungs, aber sie hören auf dich.«

Kalle duckte sich in den Wind, ließ die Räder laufen. Hier ging es bergab, er brauchte nicht einmal zu treten. Aus dem Graben wirbelte eine Böe ein Stück Plastikplane über den Weg, in demselben zerknitterten Olivgrün, das Frau Nowitzki, seine Nachbarin, oft trug. »Wat glooben Se denn, wie lang ick die Post noch rinholen soll, un die Blumen jießen? Ick hab oooch anderet zu tun.« Die Vorwürfe hallten lautlos in ihm nach, mischten sich mit Annelieses Traurigkeit, mit Helmuts Ratlosigkeit, mit seines Vaters Enttäuschung.

Er floh vor diesem Chor in einen weiteren schmalen Pfad nach Norden, sah plötzlich hinter einer Reihe gebeugter Kiefern das Meer wieder auftauchen. Über dem Horizont verlief ein Riss im Himmel, ein strahlend blauer Spalt, durch den ein Hoffnungsschimmer auf das Wasser entwischte und ein Funkeln darauf warf. Gleichzeitig ließ der Wind nach. Der Regen war über dem Land zurückgeblieben.

Kalle schwitzte unter seinem Anorak. Die Puste war ihm ausgegangen. Er stieg ab, schob sein Fahrrad den Bohlenweg, in dem der Pfad endete, hinunter zum Strand und lehnte es gegen einen leeren Papierkorb, der an einen windschiefen Pfahl genagelt war. Der Wolkenspalt weitete sich. Dorthin, wo das Silber auf dem Wasser glühte, dorthin wollte Kalle. Jetzt sofort! Er streifte die Jacke ab, Hemd und Jeans, kramte eilig in seinen Fahrradtaschen nach der nagelneuen Badehose, die annähernd passte. Ohne nachzudenken rannte er auf die Wellen zu. Der sanfter gewordene Wind riss runde Schaumfetzen von ihnen ab und trieb sie Kalle entgegen. Das Meer streut Konfetti für mich, dachte er übermütig. Er fühlte sich so leicht wie diese Flocken. Die Stimmen waren im Regen geblieben und das Rauschen der Wellen war Musik ohne Missklänge. Die Kälte spürte er nicht, erst als er sich ins Wasser warf wie zu Hause in den Wannsee. Da traf sie ihn ganz und überraschend. Ihm blieb die Luft weg, dann fühlte er sich glasklar, durchsichtig und hellwach wie nie zuvor.

Er streckte sich, nahm mit Erstaunen wahr, wie die Wellen ihn in ihr Schaukeln einbezogen, ihn unter dem Himmel auf und ab hoben. Nicht als Fremdkörper fühlte er sich, sondern wie Treibholz oder eine Möwe: eins mit allem, das sich hier bewegte. Dann begann er zu schwimmen, auf das ferne Glitzern unter dem Wolkenloch zu. Kalle war ein guter Schwimmer, der auf dem Wannsee schon manche Wette gewonnen hatte, aber er musste über sich selbst schmunzeln, dass er sich einbildete, diese lockende Stelle erreichen zu können dort draußen in der unfassbaren Weite. Doch dann tauchte die Sonne ganz unter der Wolkenbank hervor und das Glitzern rollte wie ein Teppich Kalle entgegen bis zum Strand. Nun umfing es ihn. Am liebsten hätte er die Luft angehalten, um es nicht zu stören. Eine Weile paddelte er glücklich in kleinen Kreisen, dann die ruhiger werdenden Wellen entlang, kostete das Wasser, dessen Geschmack ihm geheimnisvoll vorkam.

So plötzlich, wie sie erschienen war, fiel die Sonne wieder in eine Wolke, die schwer auf dem Rand des Tages lag. Kalle bemerkte die Erschöpfung von der langen Radfahrt wieder, und seine Beine waren so kalt, dass er sie kaum spürte. Er war froh, als er wieder Boden unter den Füßen fand und stehen konnte. Einen Blick noch auf das grau gewordene Meer, auf das jetzt aprikosenfarbene Wolkenband, dann drehte er sich um – und erstarrte.

Etwas raste auf ihn zu, den Flutsaum entlang. Etwas Großes, unter dessen Schritten das Wasser hoch aufspritzte. Kalle schob es erst auf seine Müdigkeit, dann auf die Dämmerung, die seine Augen täuschte.

Aber es war keine Täuschung. Es war ein Elefant mit erhobenem Rüssel und angelegten Ohren.

Es war ein Herbstabend an der Ostsee – und auf Kalle stürmte ein Elefant zu.

10

Kalle stand erstarrt. Er überlegte, ob er zurück ins Meer oder auf den Strand flüchten sollte, aber seine Gedanken waren vor Kälte steif. Dann gewahrte er hinter dem Tier einen Mann, der rief und winkte. »November! Steh!« Gleichzeitig bemerkte Kalle, dass es sich zwar zweifellos um einen Elefanten handelte, aber um einen, der nicht sehr groß war – für einen Elefanten. Da Kalle keine bessere Idee hatte, blieb er, wo er war, und breitete die Arme aus. »Halt!«, sagte er und kam sich sehr dumm dabei vor.

Der Elefant verlangsamte seinen unbeholfenen Galopp und senkte den Rüssel. Seine Ohren klappten nach vorn, um Kalles albernes kleines Wort einzufangen. Kurz vor Kalle blieb er stehen. »Dass der November einen aus solchen Augen mit so langen Wimpern ansehen kann«, dachte Kalle. Für einen Moment sah er andere Augen vor sich, die seinem Blick von einem Schiff aus begegnet waren. Augen mit ebenfalls langen Wimpern, umweht von wirren dunklen Haaren.

Der Mann hatte sie eingeholt, schnaufend kam er neben dem Elefant zum Stehen. »Danke! Vielen herzlichen Dank!«, japste er. »November ist heute übermütig. Sie wollte nicht davonlaufen, sie ist einfach nur zu schnell geworden.«

»Kein Wunder«, sagte Kalle. »Den anderen Monaten passiert das auch. Je älter ich werde, desto schneller laufen sie. Heißt November so, weil sie grau ist?«

»Ja, meine Tochter fand das passend. Ich bin Piet. Piet vom Zirkus Strandzauber. Danke noch einmal. Kann ich mich irgendwie revanchieren?«

»Ich heiße Kalle. Ja, warten Sie bitte.« Kalle stapfte zu seinem Fahrrad, schlüpfte eilig in seinen Pullover und zog die schon zerknickte Karte aus seiner Fahrradtasche. »Ich habe mich verfahren. Können Sie mir sagen, wie ich zu diesem Campingplatz komme?« Er wies auf das nächste Kreuzchen.

Piet bemerkte, dass Kalles Hand vor Kälte zitterte. »Das ist ziemlich weit, und es ist fast dunkel. Ich habe eine bessere Idee. Kommen Sie mit, sehen Sie sich die Vorstellung an, und dann können Sie heute Nacht im Wohnwagen schlafen. Bei Neptun ist eine Koje frei. Der hat nichts dagegen.«

Kalle fiel kein Grund ein, dieses Angebot abzulehnen. Er zog sich fertig an, während November der aufsteigenden Dunkelheit eine Fahne aus Tang entgegenschwenkte. Dann schob er sein Fahrrad mühsam durch den Sand neben dem Elefanten her, der sich jetzt dem Tempo der Menschen anpasste.

»Es ist die letzte Vorstellung, bevor wir uns auf den Weg in das Winterquartier machen«, erzählte Piet. »Vielleicht ist es überhaupt die letzte Vorstellung. Im Frühling sind wir sehr wahrscheinlich insolvent. Die Menschen interessieren sich nicht mehr für den Zirkus. Ihre Träume sind größer geworden und passen nicht mehr in ein Zelt.«

»Meine schon«, sagte Kalle und dachte daran, wie glücklich er sich gefühlt hatte in seinem Zelt, allein mit der Nacht und seiner Lampe und den Worten in seinem Notizbuch, den Worten aus der einen, großen Geschichte, die er irgendwann schreiben würde. Ob ein Elefant hineingehörte? Auf jeden Fall ein Blick, von langen Wimpern umrahmt.

»Wir dachten, wir hätten eine Nische gefunden«, sagte Piet. »Wir spielen die Küste rauf und runter und auf den Inseln. Wir haben keine Clowns, sondern eben Neptun. Es gibt Meerjungfrauen, und die Jongleure benutzen keine Bälle, sondern Muscheln. Der Feuerschlucker arbeitet nicht mit Feuer, sondern mit Wasser. Mit Tieren arbeiten wir fast gar nicht mehr. Die Menschen wollen nicht mehr, dass Tiere im Zirkus gehalten werden. November und ihre Mutter haben wir von einem anderen Zirkus übernommen, der uns Geld schuldete und nicht bezahlen konnte. Sie mussten aufgeben. Der Himmel weiß, was sonst aus den Elefanten geworden wäre.«

»Und das mit der Nische hat nicht funktioniert?«

»Eine Zeitlang ja. Wir passten in die Urlaubsstimmung. Ein Lichtblick am Ende des Tages, nach dem Sonnenbad. Doch jetzt kommen immer weniger Menschen. Fünfundzwanzig sind viel. Manchmal spielen wir vor zehn Leuten. Oft fällt die Vorstellung aus, weil nicht einmal so viele da sind.«

»Was werden Sie tun, wenn Sie den Zirkus verlieren?« Kalle stellte fest, was für ein Glück er hatte. Sein Traum vom Busfahrer war zu Ende gelebt gewesen. Er hatte diesen Punkt selbst finden dürfen. Aber was, wenn ein Traum mittendrin zerbrach, weil er nicht mehr gebraucht wurde?

»Ich habe keine Ahnung.«

Die Dünen zu ihrer Rechten waren Wiesen gewichen. Nebel legte sich dicht über sie und ebenso schwer die Traurigkeit in Piets Stimme. »Wir wollten es alle nicht wahrhaben. Haben immer wieder aufgeschoben, uns einzugestehen, dass es vorbei ist. Ich wollte, dass meine Eltern es nicht mehr erleben müssen. Meine Kinder sind noch klein, aber von ganzem Herzen Akrobaten. Sie werden einen anderen Weg finden – aber ich traue mich nicht, ihnen zu sagen, dass ihnen nichts anderes übrigbleibt. Unsere Art von Leben ist für sie selbstverständlich. Ist ihr Zuhause, auch wenn wir ständig umherziehen. Aber die Zeit hat uns überholt. Wir sind jetzt schon ein verblichenes Bild im Fotoalbum der Geschichte.«

Kalle sah Lichter im Nebel auftauchen, dann die Silhouette eines riesigen Zeltes, die Umrisse von Wohnwagen. Piet straffte die Schultern. »Was soll's«, sagte er, »heute ist noch eine Vorstellung und in dem Moment, in dem sie stattfindet, ist sie gültig. Da gibt es kein Gestern und kein Morgen. Da gibt es nur die Träume und den Glanz.«

Er klopfte an die Tür eines Wohnwagens, öffnete. »Xaver?« Keine Antwort. »Macht nichts«, sagte Piet, winkte Kalle die Stufen herauf. »Legen Sie Ihr Zeug da in die Koje, und dann sehen Sie sich draußen um, so viel Sie möchten. Ich muss los, die Vorstellung beginnt in einer halben Stunde.«

Inzwischen war es dunkel. Auch vom Meer rollte nun Nebel herein. In den würzigen Duft von See und Herbst mischte sich der von Popcorn, Zuckerwatte und kandierten Äpfeln zusammen mit dem Geruch nach Elefant und Aufregung. Die Zeit hatte für den Moment aufgehört davonzulaufen und jemanden zu überholen. Stattdessen kehrte sie um. Kalle war wieder neun Jahre alt, stand am hölzernen Rand einer Manege. Der Himmel war ein Zelt, das die Hochhäuser des hässlichen Stadtviertels um den Fetzen Brachland, auf dem es stand, verschwinden ließ und mit ihnen den Ärger des Vaters über Kalles Zensuren und die Sammlung von Spielzeugbussen auf seinem Kinderschreibtisch. Eigentlich mochte er Zirkus nicht. Nicht die Tiger und Affen mit den traurigen Augen, die auf Hocker herauf- und wieder hinunterhopsen mussten. Nicht die müde grinsenden Clowns mit der hässlichen Schminke im Gesicht. Aber ihm gefiel das Gefühl der Geborgenheit im Zelt, der Wirrwarr aus Gerüchen und der Sand in der Manege, in dem alles Spuren hinterließ. Er liebte Sand. Und er mochte Zuckerwatte. Es faszinierte ihn, dass etwas, das in seiner Kinderhand so groß war, so leicht sein konnte, und dass, wenn er hineinbiss, fast nichts davon übrig blieb bis auf einen geheimnisvollen Geschmack, der schon wieder auf der Flucht war, ehe er ihn ergründet hatte.

Kalle schloss sein Fahrrad an den Wohnwagen und machte sich auf die Suche nach dem Zuckerwatteverkäufer. So groß wie früher wirkte seine Beute nicht mehr in seiner Hand, doch der Geschmack hatte nichts von seiner Flüchtigkeit und seiner Faszination verloren. Lili und ihre Fische fielen ihm ein, die ihre Nester aus Schaum bauten. Nachdenklich löste er ein Ticket, wanderte durch knöcheltiefe Sägespäne, die den Matsch aufsaugen sollten, in das Dunkel des Zeltes. Dort herrschte nicht wie früher Tuscheln, Kichern, gespannte Erwartung, in der sich die Menge zwischen engen Stuhlreihen gegenseitig auf die Füße trat. Es herrschte Schweigen, und alle Stühle waren für Kalle.

Luftschlösser. Schaumnester. Zuckerwatte. Diese Dinge waren es nicht, worüber er die eine, große Geschichte hatte schreiben wollen. Doch sie gehörten dazu wie bunte Bilder auf einem Schutzumschlag.

»Das, was von der Zuckerwatte bleibt«, notierte er in sein Heft.

Im Zelt wurde es dunkel. Die Zeit hielt den Atem an. Kalle vergaß sie ganz. In einem blauen Lichtkreis erschien Neptun. Würdevoll und wortlos dirigierte er mit seinem Dreizack erst eine leise fließende Musik, dann lockte er damit bunt gekleidete Fische auf dünnen Kinderbeinen in die Manege, die mit schmetterlingsflügelgleichen Flossen wedelten und ihn glücklich umschwärmten. Dann änderte sich die Musik, die Töne stiegen perlend auf wie Luftblasen und platzten fröhlich, während die kleinen Fische Seifenblasen produzierten. Im Licht bunter Lampen wirkte jeder wie ein tanzendes Glühwürmchen.

Unter den Fischen vermutete Kalle Piets Kinder. Es schmerzte ihn, dass die Zeit ihnen die Flossen nehmen würde. Aber vielleicht wurden ja Flügel daraus, mit deren Hilfe sie in einer anderen Geschichte landen konnten.

Nach dem Fischballett wurde Kalle Zeuge, wie ein dicker Walfisch funkelnde Fontänen in den künstlichen Sternenhimmel stellte und wieder verschluckte oder Kerzen damit löschte. Später jonglierten singende Meerjungfrauen mit Muscheln. November und ihre Mutter bauten mit überdimensionalen Förmchen eine erstaunliche Sandburg.

Bittersüß war der Zauber, denn die Akteure spielten mit einer trotzigen Selbstvergessenheit vor den leeren Stuhlreihen. Nur zwei Familien lehnten inzwischen links neben Kalle am Rand der Manege und betrachteten kritisch das Geschehen.

Ein Junge beäugte misstrauisch die Schlange um den Hals einer Meerjungfrau. »Papa, die Schlange bei Harry Potter ist aber viel größer!«

»Schh…«, machte Papa, in dessen eigener Kinderzeit

die Schlangen wahrscheinlich nicht größer gewesen waren.

»Warum kann der Elefant nicht fliegen? Wie Dumbo in dem Film?«, fragte ein Mädchen.

Mit einer eleganten Pantomime bedankte sich schließlich Neptun beim Publikum und bei den unsichtbaren Mitwirkenden hinter dem Vorhang. Ausholende Gesten seines Dreizacks löschten einen nach dem anderen die künstlichen Sterne, ließen ein paar letzte Seifenblasen platzen und die Musik verstummen.

Kalle schluckte, versuchte, allein einen aufbrandenden Applaus zu erzeugen, und stand mühsam auf. Die Zeit atmete weiter und mit ihr war sein Muskelkater zurückgekehrt. Auch wenn es bald keine kleinen Zirkusse wie diesen mehr geben würde, tröstete er sich: die Musik und die Lichter, die Gerüche und der Geschmack würden bleiben – als Spuren im Sand, als Funkeln in den Erinnerungen und am Ende auf jeden Fall in den Geschichten.

11

Kalle erwachte davon, dass Eicheln auf das Wohnwagendach knallten und seinen Traum von einer Berliner Straßenkreuzung durchschlugen. Vor dem kleinen Fenster schimmerte blauer Himmel. Die zweite Koje war leer. Xaver war gewiss schon dabei, mit den anderen das Zelt zusammenzupacken. Gestern Abend war Kalle entzückt gewesen, als sich der würdige Neptun ohne Kostüm als ein spindeldürrer Schweizer herausstellte, dessen Dialekt nur mit Mühe verständlich war. Allein dies wäre ein Grund gewesen, den Zirkus zu erhalten, fand Kalle. Ohne einen echten Schweizer Neptun wäre die Welt ärmer. Doch auch wenn der seinerseits Plattdeutsch schwatzende Zauberer gestern Seesterne aus seinem Hut hatte aufsteigen lassen, so würde er darin wohl kein Publikum finden.

Kalles Haut roch noch immer nach Meer. Er hatte gestern den Nachklang des kalten Wassers so genossen und fühlte sich dermaßen sauber, dass er eine Dusche nicht über sich gebracht hatte. Er zog sich an und ging auf die Suche nach Piet. Den fand er bei November, an deren Käfig eine Befestigung gesichert werden musste. Zwischen zwei Werkzeugkisten plärrte ein Radio.

»Danke für alles. Ich wünsche euch ein Wunder«, sagte er und steckte Piet einen Umschlag in die Tasche, in dem sich eine Spende befand. »Wo sind wir hier eigentlich genau?«

»Dort oben ist die Straße. Ein paar Meter nach rechts und Sie sind am östlichen Ende von Boltenhagen.« Piet wies in Richtung einiger Bäume hinter der ansteigenden Wiese. »Ich danke auch. Gute Reise weiterhin und keine Elefanten mehr auf Ihrem Weg, die Sie erschrecken.«

»Dagegen hätte ich nichts«, meinte Kalle.

Die blecherne Radiomusik brach plötzlich ab. »Achtung! Eine Suchmeldung!«, verkündete eine strenge Frauenstimme. »Eine gewisse Anneliese aus Berlin sucht Kalle Brennicke. Wenn er diese Meldung hört oder ihn jemand kennt, möge er sich bitte dringend melden. Anneliese und seine Freunde machen sich Sorgen. Ich wiederhole: Anneliese aus Berlin sucht Kalle Brennicke. Bitte melden Sie sich!«

Piet sah Kalle durchdringend an.

»Ich muss los«, sagte Kalle hastig und wandte sich zum Gehen.

»Gute Reise«, wiederholte Piet.

Das Fahrrad flog wie schwerelos über den Asphalt. Seinen Namen im Radio zu hören hatte Kalle erschüttert. Nach dem Zauber des gestrigen Abends stieß die Stimme der Nachrichtenfrau seine Nase wieder gnadenlos auf die Wirklichkeit. Warum erschreckte ihn das so? Schließlich war er vor dem Elefanten nicht davongelaufen. Im Gegenteil.

Aber er war längst nicht bereit dafür, seinen spontanen Ausflug schon zu beenden. Er hatte nur wenige Worte für seine Geschichte gefunden und keinen neuen Traum. Und auch das Gefühl hatte er noch nicht wieder aufstöbern können, das Gefühl eines Junimorgens, an dem die Amseln sangen, es nach Erdbeeren und jungem Gras duftete, ein Mädchen mit einem Zopf neben ihm saß und alles möglich war. Das Gefühl, von dem er glaubte, dass die eine, große Geschichte damit beginnen oder enden müsste.

Die Windrichtung hatte sich nicht geändert. Die Wolken zogen immer noch nach Norden wie an jenem Morgen in Berlin, und es drängte ihn immer noch und immer stärker, ihnen zu folgen.

Noch ein wenig wollte er genießen, dass keiner wusste, wo er sich befand, was er machte, wie es ihm ging. Solange niemand etwas von ihm wusste, konnte

Kalle keine Erwartungen enttäuschen. Er war frei wie der Drachen, der ihm und Susanna vor so langer Zeit in den Frühsommerhimmel davongeflogen war. Wenn er Tempo machte, würde er am späten Nachmittag in Travemünde ankommen. Dort wollte er einiges erledigen und dann erst Anneliese anrufen.

Das mit dem Tempomachen war nicht so einfach. In ihm war nichts, das ihn in eine Stadt zog. Die Herbstsonne malte Schattenspiele auf die schmale Straße, auf der er fast allein unterwegs war, und er fuhr kleine alberne Umwege zwischen diesen Bildern, um mitzuspielen. An einem gemächlich fließenden Graben machte er eine Pause, um aus Ästen und Steinen einen Damm zu bauen, wie er es als Junge im Urlaub getan hatte. Manchmal war es so einfach, den Fluss der Dinge zu ändern. Er sah zu, wie sich ein Teich sanft ausbreitete wie ein Gedanke und das gelbe Herbstgras zu einer Unterwasserlandschaft wurde. Sorgfältig entfernte er den Damm wieder und entließ das befreite Wasser in seine vorbestimmte Zukunft. Schließlich wollte er die Straße nicht fluten.

Mit der Priwall-Fähre setzte er nach Travemünde über. Die kurze Fahrt auf der Fähre entzückte ihn. Travemünde weniger. Es war Berlin in nichts ähnlich, doch nach der herbstlichen Ruhe an den Stränden und auf den Campingplätzen erschien es ihm laut, wirr und schmutzig. Er ertrug es wie einen kratzenden Pullover. In der nächstbesten Bank druckte er seinen Kontoauszug aus. Er war nicht erstaunt, aber doch erschrocken, wie schnell sich Geld selbst dann verbrauchte, wenn man kaum etwas abhob. Die Erinnerungen der vergangenen Jahre, die zu Hause in der Wohnung geblieben waren, kosteten auch ohne ihn die Miete. Oder würden sie sich auflösen ohne ihn? Sich einen neuen Ort suchen?

Kalle überwies etwas von seinem Sparkonto auf sein Gehaltskonto, kaufte sich Rasierklingen, Zahncreme und andere Kleinigkeiten, aß eine Pizza, die nicht schmeckte, wie er es in Berlin bei Mutlu gewohnt war, und stieg schließlich vor einer Telefonzelle ab. Zögerte, den Lenker loszulassen und nach dem Telefonhörer zu greifen. Er schämte sich. Anneliese machte sich seit Tagen Sorgen und die Kollegen und Helmut wahrscheinlich auch. In der Pizzeria würde es nicht anders sein. Fair hatte er sich nicht verhalten. So einfach war es nicht. Er konnte nicht eine Vollbremsung in seinem Leben machen, an einer Haltestelle halten und aus allem aussteigen. Es war Zeit für eine Entschuldigung.

Dann dachte er an November, den Elefanten, der in

einer ihm völlig wesensfremden Umgebung einfach losgelaufen war, voller Freude einen Augenblick losgelöste Auszeit genommen, mit ausholenden Schritten im Galopp am Flutsaum den Sand aufgewirbelt, das Wasser in den Abendhimmel geworfen und Tangfahnen geschwenkt hatte. Kalle lachte auf, fühlte sich ausgerechnet durch dieses Erinnerungsbild an einen Elefanten befreit.

Nun hatte er den Mut, Annelieses Stimme zu begegnen.

Sie klang älter, als er sie in Erinnerung hatte.

»Kalle! Endlich!« Ihre Sorge und Erleichterung landeten so nachdrücklich in Kalles Ohr, dass er den Hörer ein Stück auf Entfernung brachte. Der vorwurfsvolle Unterton, den er erwartet hatte, war nicht dabei. »Bin ick froh det du dir meldest. Und der Helmut erst. Junge, wie jeht et dir bloß? Warum haste denn nie wat jesacht?«

»Anneliese, ich weiß, das war nicht fair von mir, euch so im Stich zu lassen, einfach abhauen – ich hätte das nicht tun dürfen. Ich entschuldige mich. Ist bei euch alles in Ordnung?«

»Aber Junge, det macht doch nix. Wir wussten doch nicht, det es dir so schlecht jeht.«

»Wieso denn schlecht? Ich …«

»Der Chef hat mir det erklärt, du hast'n Burnout, so heißt det … er hat mir det ausjedruckt, hier: Zustand körperlicher, psychischer und geistiger Erschöpfung, der durch normale Erholungszeiten nicht mehr kompensiert werden kann. Das kann zu ernsthaften Erkrankungen führen«, las Anneliese mühsam vor. »Warum hast'n det nich jesacht, det du so müde bist, hättste dir doch hier ab und zu hinlegen können und ick hätt … Wart ma, hier is der Chef, will dich unbedingt …«

»Kalle, Mensch! Ein Glück!« Helmut hatte Anneliese offenbar den Hörer entrissen. »Bin ich froh, von dir zu hören. Wie geht es dir? Wir hätten doch über alles reden können. Wo steckst du bloß?«

»Aber, Helmut, Chef, ich …«

Kalle schluckte. Mit allem hatte er gerechnet – Vorwürfe, Wutausbrüche, Fragen. Aber nicht mit Sorgen und Mitgefühl.

»Ich hätte es mir denken können. Immer pünktlich gewesen, Überstunden gemacht, eingesprungen. Urlaubstage verfallen lassen. Jahrzehntelang. Nie hast du gejammert, nie gefehlt, außer die drei Tage nach Kerstins …« Helmut räusperte sich.

Warum traut sich nie jemand, das Wort Tod auszusprechen, dachte Kalle. Es hat noch nie etwas genützt, es nicht auszusprechen.

»Jedenfalls, das hält kein Mensch aus, du hast das Recht, dich mal auszuruhen«, beendete Helmut seinen Redefluss.

Kalle konnte förmlich durch das Telefon sehen, wie er sich mit seinem riesigen, karierten Taschentuch die Stirn wischte.

»Chef, ich habe kein Burnout!«, protestierte Kalle. »Ich bin nur …« Verflixt, wie sollte er das erklären? Er hatte keine einzige Haltestelle mehr ertragen, keinen Meter mehr weiterfahren können als gerade noch bis ins Depot. Aber er war nicht erschöpft, nicht ausgebrannt. An jenem Tag hatte sich schlicht und einfach ein Kreis geschlossen. Die Trennung von Susanna vor so vielen Jahren war das Ende seiner Jugend und der Anfang davon gewesen, dass er seinen Traum vom Busfahrer lebte. Mit der Ähre, die er vom Boden aufhob, kam die Sehnsucht zurück nach etwas, das außerhalb dieses Traums lag, und beendete diesen damit, wie der letzte Punkt eine Geschichte beendet.

Wie aber sollte er Helmut und Anneliese verständlich machen, dass er sich, ohne auch nur eine Zahnbürste aus seiner Wohnung zu holen, mit grauen Schläfen und dreiundfünfzig Jahren noch einmal auf die Suche nach einem Gefühl gemacht hatte, das er mit achtzehn gespürt hatte? Warum er meinte, im Herbst die Stimmung eines Junimorgens finden zu müssen, und warum er sich jetzt nach unendlichen Buskilometern erst zum zweiten Mal in seinem Leben wirklich auf den Weg machte?

Nein, ausgebrannt fühlte er sich nicht. Der Traum vom Busfahren lag in seiner Vergangenheit wie eine runde, glänzende Kugel, fertig und schön, und gab ihm Zufriedenheit und die Kraft, nun nach den Worten für die eine, große Geschichte zu suchen.

Doch all das passte nicht durch den Telefonhörer.

»Es geht mir gut, Chef«, sagte er schließlich lahm. »Ich musste nur mal raus. Es tut mir leid, dass ich nicht rechtzeitig Bescheid gesagt habe. Hoffentlich hat es nicht zu viele Probleme gegeben.«

»Das kriegen wir schon hin«, sagte Helmut. »Obwohl, es haben noch zwei andere aufgehört. Hotte hat seinen Traum wahr gemacht und ist zu seiner Schwester nach Malle gegangen, um ihr im Hotel zu helfen. Und Uwe macht jetzt auf Hausmann, weil seine Frau einen gut bezahlten Job gefunden hat. Aber ich habe ein paar Vertretungen auf Zeit eingestellt.« Helmut räusperte sich erneut. »Weißte, Kalle, jemanden wie dich findet man nicht so schnell wieder. Pass auf, du hast Zeit bis Ende März. Unbezahlter Urlaub. Erhole dich und mach dir keine Gedanken bis dahin. Ich hoffe, dass du dann wieder frisch und munter am Steuer sitzt. Wenn nicht, muss ich einen von den anderen fest anstellen. Haben wir einen Deal?«

»Das … das ist sehr großzügig von dir.« Kalle musste das erst verdauen. Hotte und Uwe hatten schon jahrelang von ihren Plänen geredet. Er hatte nicht gedacht, dass sie jemals Ernst machen würden. War er daran schuld? War das wieder ein Dominoeffekt, von ihm ausgelöst? Er konnte sich weder Hotte als Hotelgehilfe noch Uwe am Herd vorstellen. Wahrscheinlich wären die beiden ebenso erstaunt, wenn sie Kalle auf dem Rad oder mit dem Stift in der Hand sehen würden.

Und Helmut? Kalle konnte sich nicht vorstellen, auf den Fahrersitz zurückzukehren. Aber das würde ihm Helmut jetzt nicht glauben. Und der Kontoauszug, den er sich gerade hatte ausdrucken lassen, war nicht sehr ermutigend. Wer weiß, was im Frühling sein würde. Von etwas musste er ja leben.

»In Ordnung, Helmut. Ich sage dir rechtzeitig Bescheid. Und vielen Dank für alles. Passt auf euch auf!«

»Du ooch, Junge«, sagte Anneliese, die wieder den Hörer erobert hatte. »Wo biste denn nu?«

»Am Meer, Anneliese, und es ist wunderschön hier.« Kalle dachte eilig nach. Niemand hatte ihm Vorwürfe gemacht. Er fühlte sich von der Leine gelassen. Vielleicht hatte er im Frühling alle Worte für die eine große Geschichte beisammen. Er konnte bei Tag Bus fahren und nach Feierabend schreiben. Und bis dahin … »Anneliese, könntest du mir einen Gefallen tun?«

»Na klar, schieß los, Junge!«

Er gab ihr Name und Telefonnummer seiner Nachbarin und bat Anneliese, gelegentlich bei ihm zu Hause vorbeizugehen, nach dem Rechten zu sehen und die Post nach Wichtigem durchzugucken. Sie war begeistert von der Aussicht, der Nachbarin auf die Finger zu schauen.

Danach rief er die Nachbarin an, erzählte ihr von Anneliese und dass er noch eine Weile fort sein würde.

Erleichtert verließ er schließlich die Telefonzelle, schwang sich auf sein Rad und strampelte sich die Spannung aus der Seele. An einem Imbiss mit Blick auf den Hafen kaufte er sich einen Tee. Irgendwo auf den Booten lief ein Radio, warf ihm ein Lied entgegen, dessen Worte ihn aufhorchen ließen. »*Setz ich meine Segel, bist du für mich da … oh, große Freiheit, ich hab mich nach dir gesehnt, es ist schön, dich wiederzusehen …*« »Unheilig«, die sangen das, er hatte es oft genug im Radio gehört, wenn er seine Pause gemacht hatte im Bus. Dass ihm selbst dieses Gefühl noch einmal gehören könnte, darauf war er nie gekommen. Jetzt stieg es in ihm auf wie Brause, schmeckte kindisch aufregend nach Abenteuerbüchern, nach Salz und Wind, Geheimnissen und Aufbruch. Wohin diese Schiffe wohl alle fahren würden?

Und er? Was sollte er mit seiner Freiheit anfangen? Einen Flug in den Süden nehmen, so wie Hotte, und den Winter im Warmen verbringen? Nein. Über ihm zogen die Wolken noch immer nach Norden. Er hatte sich längst entschieden. Er sehnte sich nach mehr Sturm, gegen den er ankämpfen oder von dem er sich treiben lassen konnte, der ihm über leere Strände Schaumflocken entgegentrieb oder ihn mit Silberfunkeln auf dem Wasser überraschte. Er wollte die Einsamkeit kosten und in seinem Zelt allein mit der Lampe und den Sternen die Worte und die Stille einfangen. Was sollte er im Süden, wenn es hier Augenblicke gab wie den, der ihn in Warnemünde von einem Schiff herunter getroffen hatte.

Entschlossen trank er seinen Becher aus und machte sich auf den Weg zurück in die Innenstadt. Er kaufte sich ein Handy, eines von den schlauen, mit denen man auch Radio hören kann. Dazu einen besseren Sattel für die Möwe, eine Luftpumpe und Flickzeug für die Reifen und eine Fahrradkarte für Dänemark. Handschuhe, Mütze, Thermounterwäsche, eine dicke Weste und Stiefel. Schließlich einen Rasierapparat mit besserem Akku, denn obwohl er in den ersten Tagen seines Abenteuers versucht hatte, sich aus Bequemlichkeit und zur Abwechslung einen Bart wachsen zu lassen, konnte er sich doch nicht daran gewöhnen. Mit einiger Anstrengung verstaute er alles in den Taschen und den Überschuss unter einem Riemen obendrauf. Ohne Bedauern ließ er die Stadt hinter sich und schaffte es noch im Abendlicht, sein Zelt auf einem kleinen Campingplatz aufzubauen. Im Licht der Taschenlampe studierte er die Karte.

Er würde dem Fernradweg Nummer Fünf bis zum nördlichsten Punkt Dänemarks folgen.

Später saß er vor seinem Zelt, kuschelte sich in die Dämmerung und versuchte, von der haltlosen Freude, die in ihm groß und glänzend wurde, nicht so leicht zu werden, dass er mit ihr vom Rand des Tages fiel.

12

Am Morgen machte er sich auf. Er kürzte über Land ab, rastete bei Plön und Eckernförde, ohne sich irgendwo länger als nötig aufzuhalten, und war drei Tage später in Flensburg. Bis zur dänischen Grenze und dem Beginn des Fernradwegs Nummer Fünf waren es von dort nur wenige Kilometer. Er wechselte Geld und trat dann eifrig in die Pedale. Jetzt erst, außerhalb Deutschlands, hatte er das Gefühl, richtig in seinem Abenteuer angekommen zu sein. Er wunderte sich noch immer über diesen neuen Zustand, eine Zeitlang sorglos zu sein. Gab es so etwas, und stand es ihm zu? Anscheinend kam er darauf gut vorwärts. Sein Tagesziel war ein Campingplatz kurz hinter der Stadt, die wie ein erstaunter Ausruf klang: Aabenraa. Diese erreichte er, noch ehe seine Gedanken dort waren.

Die Wörter für die große Geschichte, dachte er, liegen nicht auf der Straße. Ich muss mir Zeit nehmen und sie in den Winkeln suchen. Auf seiner Karte war ein Museum eingezeichnet, dort verbrachte er zwei

Stunden damit, eine Sammlung von zweihundert Buddelschiffen zu betrachten. Jedes einzelne davon trug jemandes Traum von der großen Freiheit durch die Zeit. Kalle war fasziniert von dem handwerklichen Geschick und der Liebe, die in den filigranen Details steckte. So ähnlich sollte seine Geschichte am Ende wirken – zerbrechlich und doch stabil, ein aufrechtes Ganzes, mit jedem Faden und jeder Schraube am richtigen Platz, mit von einem zeitlosen Wind gefüllten Segeln und blanken Bullaugen, die Licht in mit Schätzen gefüllte Laderäume ließen.

Draußen musste er sich erst wieder an die Helligkeit gewöhnen und daran, dass er nun in einem Meer aus Zeit schwamm, einer kühlen Zeit langer Schatten und tiefen Lichts.

Verfahren würde er sich so schnell nicht mehr. Die blauen Schilder mit dem Fahrrad und der roten Fünf waren kaum zu übersehen. Durch einen Wald fuhr er jetzt, dann eine überraschend hügelige Strecke bis zu dem Naturcampingplatz, auf dem er sein Zelt auf einer kleinen Lichtung aufstellte, die er ganz für sich allein hatte.

In den folgenden Tagen lernte er, das Zelt fast im Dunkeln aufzubauen, denn die Tage wurden merkbar kürzer. Wenn er abends in seinem Schlafsack lag, gegen seine Packtaschen gelehnt, und im Schein der Lampe in sein Notizbuch kritzelte, während draußen der Wind und das Meer im Rausch ihre eigenen Geschichten erzählten und der Sand gegen die Plane flüsterte, fiel ihm nichts ein, was in seinem Glück fehlte. Außer vielleicht den grauen Augen, die ihn einmal über eine Handbreit Meer hinweg angesehen hatten, aus einem Rahmen von kurzen dunklen Haaren, in denen der Wind wohnte.

Die Hügel, die er in Dänemark nicht vermutet hatte, verlangten ihm alles ab, vor allem, da ihm der Wind nun meist entgegenkam. Aber nach den Jahren, die er im Bus gesessen hatte, war die körperliche Anstrengung eine Offenbarung. Er spürte, wie er sich veränderte, lernte seine Muskeln kennen, begegnete sich neu.

In der Stadt Grenaa kaufte er ein und wollte sich gerade wieder aufs Rad schwingen, als er aus dem Augenwinkel bemerkte, dass sein Glück doch eine winzige Lücke hatte. Vor dem Kiosk auf der anderen Straßenseite stand ein Eimer mit Drachen. Und während die meisten davon komplizierte Figuren darstellten wie Raubvögel oder Mickymäuse, war einer ein schlichtes blau, gelb und grün gestreiftes Viereck, haargenau wie der, den er an jenem Junimorgen, als die Amseln sangen und es nach Erdbeeren duftete, mit Susanna hatte steigen lassen.

Für überflüssiges Gepäck hatte er keinen Platz, aber der Drachen war nicht überflüssig.

Kalle baute sein Zelt im Schutz einer Düne auf einem fast leeren Campingplatz auf. Der Himmel lag grau und schwer über der Küste, aber der Wind war stetig, genau richtig, und Kalle konnte keinen Moment länger warten. Der Strand von Grenaa war breit und er hatte ihn für sich allein. Mehrere Male musste er auf und ab rennen, sich einmal befreien, weil der lange Schwanz sich, von einer aufmüpfigen Böe getrieben, um ihn wickelte, doch dann machte sich der Drachen eifrig auf. Mächtig riss er an der Schnur, nicht zu vergleichen mit dem zögerlichen Aufstieg damals auf dem Teufelsberg. Heute zogen ihn stärkere Kräfte in den Himmel. Kalle lauschte auf das Knattern, das das Plastik im Wind erzeugte, und vergaß, dass seine Füße noch im Sand standen. Er flog mit dem Drachen nahe unter den Wolken, verblüffte einen aufgeschreckten Vogelschwarm, duckte sich einmal vor dem Wind und ritt im nächsten Augenblick wieder darauf. Einmal geriet der Drachen in ein Luftloch und stürzte in die See, doch als Kalle eilig die Leine straffzog, hob ihn ein anderer Wind aus dem Wasser und trug ihn steil wieder empor. Jetzt war die Schnur mit dunklen Strähnen aus Tang dekoriert, und Kalle musste wieder an ein Lächeln im Vorbeigleiten denken und an dunkle Haare, aus denen sich wahrscheinlich auch abends der Wind nicht kämmen ließ.

»Entschuldigen Sie«, überfiel ihn eine Stimme von hinten.

Kalle fuhr zusammen, er war es nicht gewöhnt, dass seine Traumbilder ihn hörbar ansprachen. Er fand sich einer zierlichen Frau gegenüber, die einen Fotoapparat umhängen hatte und einen Notizblock unter den Arm geklemmt hielt. Über ihre Schulter war ein langer blonder Zopf nach vorn gefallen. Ährentechnik, stellte Kalle fest. Warum nur konnte er sich nicht an Susannas Gesicht erinnern, sondern nur an ihren Zopf, an ihr Lachen und die Fransen an ihren abgeschnittenen Jeans?

»Karla Anwander«, stellte sich die Frau vor. Ihr Händedruck war fest. »Sagen Sie, ich habe ein Foto von Ihnen gemacht. Ich würde es gerne veröffentlichen. Ich bin Journalistin und schreibe einen Artikel über Touristen, die sich hier zu dieser Jahreszeit noch aufhalten. Würden Sie mir eine Einwilligung unterschreiben?«

»Touristen?«, fragte Kalle verwundert. So hatte er sich gar nicht gesehen.

»Ach, sind Sie einheimisch?«

»Nein, nein«, wehrte Kalle hastig ab. »Ich habe eine Auszeit genommen.«

»Hatten Sie ein Burnout?«, fragte Karla Anwander

interessiert. »Darüber habe ich neulich eine Reportage geschrieben.«

»Kann man sich nicht auf einen neuen Weg machen, ohne ausgebrannt zu sein?« Kalle war irritiert. Er brannte doch ganz im Gegenteil darauf, die große Geschichte zu finden, und auf das Gefühl, an einem Junimorgen beinahe jung und dabei nicht allein zu sein.

»Erzählen Sie mir mehr. Sie haben mich fasziniert, wie Sie da so selbstvergessen mit dem Drachen am Flutsaum herumtobten. Nicht viele Erwachsene würden sich das trauen. Nicht ohne ein Alibikind. Sie haben mich neidisch gemacht. Meine Leser werden es auch sein. Was soll ich unter das Bild schreiben?«

»Halten Sie lieber die Schnur«, sagte Kalle und drückte sie ihr in die Hand. »Hier hat sich ein Knoten gebildet.« Seine Finger waren von der Kälte steif, es dauerte, bis er den Knoten aufgelöst hatte, indem er die Spule mehrfach hindurchsteckte.

»Mein Gott, ist das lange her, seit ich zuletzt den Himmel an der Leine hatte«, rief Karla Anwander gegen den Wind an. »Und was soll ich nun unter das Bild schreiben?«

»Sie gehören wohl zu den Journalisten, die nicht lockerlassen?«

»Berufskrankheit.«

»Schreiben Sie: ein Mann zwischen zwei Träumen«, schlug Kalle vor.

»Dann wollen die Leser wissen, was für Träume das sind.«

»Leser müssen nicht alles wissen. Sollen sie sich was ausdenken. Vielleicht finden sie dabei ihre eigenen wieder.«

»Und wie ist das so – zwischen zwei Träumen?«, fragte Karla und gab Schnur nach.

Der Drachen stieg noch höher. Klein war er jetzt, winzig unter den Wolken, die sich allmählich gewaltiger zusammenballten.

Kalle breitete die Arme weit aus, umfing den Horizont, die weite Sandfläche, das graue Meer mit den Schriftzügen aus Schaum, die Dünen und den Wald, seine Erinnerungen an Susanna, Kerstin und den Bus, seine Hoffnungen auf die richtigen Wörter und das Bild eines Lächelns, dem er unverhofft begegnet und das in ihm haften geblieben war.

»Viel Platz ist da. Wunderbar viel Platz!«

»Ein Fall von weißer Zeit«, sagte Karla mehr zu sich selbst.

»Weiße Zeit? Das müssen Sie mir erklären. Hoppla!«

Der Wind hatte zugenommen, fuhr weit oben in den Drachen und gleichzeitig in Karlas Anorak. Die doppelte Kraft riss sie fast um. Kalle fing sie auf. Ihr Duft mischte sich in den Seewind. Er fand, sie roch nach Tinte und nach Gras im Mai. Zusammen stemmten sie sich gegen den Druck.

»Geben Sie mir die Schnur.«

Angestrengt eroberte Kalle Meter für Meter der Leine zurück. Widerwillig näherte sich der Drachen der Erde. Karla half, an der Schnur zu ziehen, damit der Druck nachließ und Kalle alles ordentlich auf die Spule wickeln konnte. Dabei drehte sie sich zu ihm um und sah ihm in die Augen. Waren ihre tabakbraun oder seegrün? Er konnte sich nicht entscheiden.

»Woher hatten Sie den Mut zu dieser Auszeit?«

»Wieso Mut?«

»Viele Menschen träumen davon. Aber sie trauen sich nicht, eine Entscheidung zu treffen. Sie machen sich nicht einfach auf den Weg. Schon gar nicht bei Kälte und Sturm kurz vor dem Winter.«

Kalle musste lachen. »Sie können ja unter das Bild schreiben: Der den Sommer sucht.«

»Tun Sie das? Hier und jetzt, im Oktober?«

Er sah auf ihren blonden Scheitel, den Ring an ihrem Finger und den sich auflösenden Zopf, dessen Ende sich am Klettband seines Ärmels verfangen hatte. »Auch. Vorsicht!«

Der Drachen hatte aufgegeben und stürzte auf den letzten Metern ab. Seine Spitze bohrte sich direkt vor Karlas Zehen in den Sand.

»Und der Mut?«

Kalle schüttelte den Kopf. »Da war nix mit Mut. Mein bisheriger Weg war zu Ende, der alte Traum war fertig geträumt. Man kann auch kein Buch weiterlesen, wenn es zu Ende ist, und man braucht keinen Mut, ein neues anzufangen.«

»Und haben Sie schon einen neuen gefunden? Außer dem mit dem Sommer?«

»Wollten Sie mir nicht die weiße Zeit erklären?«

Ein Kräuseln lief über die Wasseroberfläche, dann fiel Regen, als hätte der Drachen oben etwas aufgerührt.

»Kann ich Ihnen einen Tee anbieten? Mein Zelt hat ein Vordach. Gleich da hinten.«

Sie liefen vor den Tropfen davon. Der lange Schwanz des Drachens flatterte hinter ihnen her. Karla rollte ihn im engen Schutz des Vorzeltes ordentlich zusammen, während Kalle den kleinen Kocher anwarf. Das Blubbern in dem Aluminiumtopf mischte sich mit dem Prasseln des Regens auf der Zeltplane. »Wie wenig man braucht, um es gemütlich zu haben«, dachte Kalle beglückt. Er sah zu, wie sich die goldene Farbe um den Teebeutel herum ausbreitete, kramte dann im Zelt nach

Keksen. Sosehr er sein Alleinsein nach dem jahrelangen dichten Strudel aus lärmender Lebendigkeit in Berlin genoss, sosehr gefiel ihm jetzt dieser kurze Abstecher in eine Stunde geliehener Zweisamkeit.

»Wie ist das nun mit der weißen Zeit?« Er reichte ihr einen dampfenden Becher und legte die Keksschachtel in die Lücke zwischen ihnen.

Karla griff sich eine Handvoll feinen Sand und hielt sie Kalle hin.

»Das hier.« Sie ließ den Sand zu Boden rieseln und nahm einen tiefen Schluck Tee. »Ich habe einmal eine ganz besondere Sanduhr für meinen Mann gebaut, eine, in die man selbst den Sand füllen kann. Als ich ihn kennenlernte, hatte er die Angewohnheit, eine Sanduhr zu starten, wenn er Besuch bekam. Wenn die abgelaufen war, musste der Besuch gehen. Ich fand sie viel zu klein, sie ließ mir keine Chance. Deshalb konstruierte ich eine flexible Uhr. Wenn lästiger Besuch kommt, wie zum Beispiel ein Handwerker, füllen wir roten Sand hinein, und davon nur wenig. Eine Menge gelber Sand ist für Besuch von guten Freunden. Der feine grüne ist für besondere Stunden, und der weiße – der ist für Zeit, die offen ist für alles, von der man noch nicht weiß, was für Überraschungen darin sind und worauf man sie verwenden möchte.«

»Die große Freiheit«, murmelte Kalle. Karlas Stimme war so warm und rauchig wie der Tee auf seiner Zunge.

»So ähnlich.«

Kameradschaftlich teilten sie eine Weile Schweigen.

»Da Sie Journalistin sind – was war der beste Artikel, den Sie je geschrieben haben?«, fragte Kalle.

»Der beste? Keine Ahnung. Aber mein Lieblingsartikel handelte von einem Mann, den ich in Berlin traf. Ein Ex-Sträfling, arbeits- und obdachlos, ein Riese von einem Mann und von oben bis unten tätowiert. Er hatte sich zur Aufgabe gemacht, Regenwürmer zu retten. Regenwürmer, die auf den Straßen entweder vertrockneten oder in den Pfützen zu ertrinken drohten oder die sich zwischen den Autos und den Fußgängerströmen in Gefahr begaben. Er sammelte sie ein und brachte sie in den Stadtpark oder reichte mit seinen langen Armen über einen Zaun und setzte sie zärtlich in irgendeinen Garten.«

Kalle stellte sich den Mann vor. Vielleicht war er einmal in seinem Bus gefahren.

Karla sah nachdenklich in den Regen. »Er war nicht gesprächig. Ich frage mich immer noch, was er im Winter macht, wenn es keine Regenwürmer gibt. Und ob ihm dann auch jemand einen trockenen Platz schenkt.«

Als Karla sich verabschiedete, hielt Kalle ihr eine

kleine, durchsichtige Tüte hin. »Hier, für Ihre Sanduhr. Am Vejlefjord fiel mir ein besonderer Sand auf, da habe ich welchen mitgenommen. Es sind eine Menge verschiedener Farben enthalten, helle und dunkle Körner. Vielleicht können Sie ihn brauchen – zum Beispiel für die gute Sorte Alltag. Und den Drachen – der ist auch für Sie.«

Karla strahlte. »Wie schön! Ich werde an Sie denken, wenn ich den Sand einfülle – an Sie und Ihre Entschlossenheit, sich Zeit zu nehmen, und dann werde ich meinen Mann zu etwas Besonderem überreden. Zum Beispiel zum Drachensteigenlassen. Wir werden uns bunte Zeit nehmen.«

Als er später die Spuren der Teestunde zusammenräumte, bemerkte er eine Handvoll trockener Gräser, die direkt neben seinem Zelt standen und reife Ähren trugen. Er dachte an den blau-grün-gelb gestreiften Drachen hoch oben im Himmel, an Karlas Lachen und daran, welche Farbe seine im Augenblick weiße Zeit wohl einmal in der Erinnerung haben würde.

Heute war er dem Gefühl eines Junimorgens, an dem die Amseln singen, für einen Augenblick schon recht nahe gekommen.

13

An Karlas Sanduhr dachte er häufig in nächster Zeit auf seinem Weg nach Norden. Der Radweg Nummer Fünf führte auf schmalen Straßen durch Dörfer, fahle Felder und herbstliche Wiesen, überquerte Fjorde auf Brücken und Moore auf rutschigen Pfaden. Zwischendurch erlaubte Kalle sich Spaziergänge und Mußestunden an weiten, menschenleeren Stränden. Manchmal blieb er einen oder mehrere Tage an einem Ort, der ihm besonders gefiel.

Wenn er dann aufbrach, bewegte er sich gegen den Strom von allem und allen. Trockener weißer Flugsand trieb vom Wind gejagt eine Handbreit über dem Boden auf ihn zu, zusammen mit der Brandung entrissenen Schaumflocken, als eile ihm die weiße Zeit entgegen. Die wenigen anderen Fahrradfahrer und Touristen, die er traf, waren ebenso nach Süden unterwegs wie die Formationen der Zugvögel, die Pfeile in den Himmel zeichneten. Tagsüber arbeitete er sich entschlossen vorwärts, oft unter Aufbietung all seiner Kraft gegen den Wind und all die verschiedenartige Bewegung um ihn und über ihm. Abends war umso mehr köstliche Ruhe in ihm. Sie war wie ein Geschmack, ähnlich dem der Zuckerwatte, süß, aber mit Salz unterlegt, ein bisschen verrückt.

Ob Karla wusste, dass weiße Zeit einen Geschmack hat?

»Es wird zu kalt«, sagten die wenigen anderen, die er auf den Campingplätzen traf. Kalle dagegen konnte von der klaren kühlen Luft nicht genug bekommen. So kalt war es gar nicht, zwölf Grad, manchmal sieben. Bei elf Grad Wassertemperatur ging er noch schwimmen, das Prickeln war ihm ein nadelscharfer Rausch und ein Sieg über sich selbst. Er kaufte sich zu seinen Packtaschen eine Tasche für seinen Lenker hinzu und eine, die man wie einen Koffer über den Gepäckträger legen konnte. Er gönnte sich eine zusätzliche Decke für die Nacht, schnallte sie als dicke Rolle noch obendrauf.

In der Tasche am Lenker sammelte er die von der Brandung glattgeschliffenen bunten Kieselsteine, denen er nicht widerstehen konnte, auch wenn das Gewicht die oft hügelige Fahrt zusätzlich beschwerte. Er sammelte sie wie die Wörter, denn sie hatten ihm alle etwas zu sagen, waren Teile der einen großen Geschichte, der er auf der Spur war. Auch Muscheln hob er auf und Vogelfedern und weitere Sandproben. Für ihn waren es Schätze, wie er sie nie gekannt hatte.

Mit dem fliegenden Sand und den Schaumflocken trieb der Oktober davon. In der ersten Novemberwoche hatte Kalle gerade sein Zelt aufgestellt und zog die Plane glatt, als er einzelne weiße Flocken darauf entdeckte. Auf dem olivgrünen Hintergrund konnte er die zarten Kristallsterne genau erkennen. Er blickte auf und spürte ein kindliches Glücksgefühl in sich aufsteigen, das den grauen Krümeln entgegenflog, die von oben auf ihn zukreiselten. Es hatte ihn schon immer fasziniert, dass Schnee von unten grau aussieht, wenn man in den Himmel guckt, und so weiß, wenn er gefallen ist. Hastig machte er sich auf zum Strand. Wie grandios musste Schnee am Meer aussehen! Im Vorübergehen kaufte er sich am Kiosk ein Eis am Stiel, Vanille mit Karamell und Schokoüberzug. Die Verkäuferin hatte blaugefrorene Finger, sah ihn verblüfft an. Er schenkte ihr ein strahlendes Lächeln und beeilte sich, zum Strand zu kommen. Vor Jahren schon hatte er festgestellt, dass ihm Eis am besten schmeckte, wenn er es in einem Schneegestöber aß.

Der Wind hatte nachgelassen, doch er spielte noch immer mit dem Sand, ließ ihn nun mit dem Schnee tanzen, steigen, fallen. Weiße Spiralen entstanden auf dem

Strand, und die Wellen leckten daran wie Kalle an seinem Eis. Die Kristalle, die auf das Wasser stürzten, trieben für einen winzigen Augenblick wie ein Gedanke darauf, bevor sie sich darin auflösten. Nie hatte Kalle so viel Platz gehabt, um mit einem Schneeschauer allein zu sein. Hin und her trieb der Wind die Flocken wie Tanzgeister, dann wieder wie Gardinen, die er auf- und wieder zuzog. Es war grandios. Kalle erinnerte sich daran, wie gern er früher mit Kerstin getanzt hatte, machte mit den Wirbeln aus Schnee und Sand ein paar Tanzschritte am Flutsaum, breitete die Arme aus, drehte sich um sich selbst. Schließlich schwindelte ihm leicht. Er setzte sich auf einen angespülten Baumstamm.

»Danke für die Inspiration«, sagte eine Stimme hinter ihm. »Darf ich?«

Kalle hätte fast sein Eis fallen lassen. Aus dem Schneetreiben tauchte eine hohe, schlanke Gestalt auf, die fragend auf den Platz neben ihm wies.

»Sicher«, sagte Kalle, »was für eine Inspiration?«

Der Mann neben ihm zündete sich in aller Ruhe ein Zigarillo an. Er trug keine Mütze. Sein bleigrauer Haarschopf war von Schneeflocken gekrönt und sein Schmunzeln von Lachfalten. Seine Nase war beeindruckend, ebenso seine eisblauen Augen, in denen ihrer Farbe zum Trotz Wärme lag. Als das Zigarillo brannte, streckte er Kalle die Hand hin. »Alex Stadler«, sagte er. »Komponist. Aus Bayern, aber ich lebe schon lange in Kalifornien. Auf der Suche nach Ideen zieht es mich immer wieder an diese Küste.«

»Hier finden Sie die Töne für Ihre Musik?«

»Die Töne, die Form, das Wesen. Es sind vor allem die Vogelschwärme.« Alex Stadler deutete mit einem langen Arm auf die Wolken schwarzer Punkte, die immer wieder vorbeizogen, innehielten, hin und her wogten, den Schneeflocken ähnlich im Kreis auf und ab stoben, tatsächlich wie zu einer geheimen Melodie, um dann pfeilgerade nach Süden weiterzuziehen. »Sie haben doch die Musik auch gehört, eben, als ich Sie tanzen sah.«

»Nein«, sagte Kalle, »Ich hörte die Stille unter dem Wind. Sie war großartig.«

»Genau das gehört auch zur Musik – die Stille«, behauptete Alex. »Was hat Sie hierher verschlagen?«

»Ich suche Wörter für eine Geschichte«, sagte Kalle. Alex war einer, dem man nach Minuten Geheimnisse anvertraute ohne nachzudenken.

»Ich glaube, hier kann man alles finden«, erwiderte Alex.

Einträchtig saßen die beiden Männer im Schneetreiben. Der eine genoss sein Zigarillo, schickte freche Dampfwölkchen in den Himmel und lauschte lautlosen

Noten nach, der andere leckte das letzte Eis vom Stiel, schmeckte darin Erinnerungen, Träume und das überraschende Glück der Gegenwart. Schließlich versteckte Alex seinen Tabakstummel unter dem Baumstamm, wo auch Kalle den Holzstiel beerdigt hatte, und zog aus einer Innentasche seines langen Mantels eine Blockflöte aus Ebenholz und Elfenbein. Kalle schien er vergessen zu haben. Den Blick nach innen gekehrt, streute er Töne in den Wind. Kalle sah, wie sie sich einreihten in die Spiralen aus Schnee und Sand und deren Tanz veränderten. Selbst die Vogelschwärme verweilten länger, vielleicht um zu hören, wer hier ihre Rufe mit anderem unterbrach. Alex probierte erst eine Tonfolge aus, dann noch eine, dann eine Mischung aus beiden, schließlich ein Echo dazu, einen neuen Anfang, ein helleres Ende, dann ein dunkleres.

Kalle wünschte sich, er könnte malen. Gern hätte er ein Bild von Alex festgehalten, wie der dort schmal und aufrecht auf dem weißen Strand auf der kleinen schwarzen Flöte gegen den Wind und Wellenrauschen anspielte, umweht von seinem schwarzen Mantel. Stattdessen zog Kalle sein Notizbuch heraus und schrieb: »Töne im Schnee.« Als er es wieder einsteckte, bemerkte er, dass Alex' Entwurf einer Melodie seine Füße schon wieder unruhig machte.

»Haben Sie sich erkannt?« Alex setzte die Flöte ab. »Diese Töne haben Sie in mir geweckt, als ich Sie da tanzen sah, allein in der Weite, mit dem Schnee und unter dem Vogelzug.«

Schwungvoll steckte er die Flöte wieder ein, setzte sich und zauberte ein kleines Netbook aus einer seiner unergründlichen Innentaschen. Den Computer auf den Knien, tippte er eilig etwas ein. Es schien ihn nicht zu stören, dass der Schnee Tropfen auf dem Bildschirm hinterließ. Kalle entdeckte Noten auf dem Monitor, wollte nicht stören und wanderte zum Flutsaum zurück. Er lief ein Stück nach Norden, sah zurück. Die lange dunkle Linie seiner Fußstapfen in einer Landschaft, die zunehmend schwarzweiß wirkte, sah aus, als reiche sie schnurstracks bis nach Berlin. Auf eine Weise war es so.

Der Schneefall hörte so unvermutet auf, wie er begonnen hatte. Über den Dünen, auf deren weißer Glatze einzelne schneegebeugte Gräser in den jetzt klaren, tiefdunkelblauen Himmel ragten, trieb die abnehmende Mondsichel empor. Die Vogelschwärme waren verschwunden, rasteten irgendwo an Land.

Alex hatte sein Netbook wieder in den Tiefen seines Mantels verschwinden lassen und folgte Kalle.

»Wo sind Sie denn untergekommen?«, fragte er.

»Mein Zelt steht auf dem Naturcampingplatz hinter den Dünen.«

»Beneidenswert. Dafür bin ich seit einigen Jahren zu alt geworden. Ich schlafe in der Pension eines Freundes im Ort.«

»Ich kann Sie auf dem Rückweg zu einer Blechtasse Tee einladen«, bot Kalle an.

Oben auf den Dünen drehte sich Alex noch einmal um, wies zum Horizont. »Sehen Sie, dort steht Orion. Er hat mir immer Mut gemacht. Egal was in der Welt passiert oder im eigenen Leben, im Winter steht Orion leuchtend am Horizont.«

»Wo?« Kalle wusste nichts über Sternbilder.

»Dort, sehr hell. Da, die Schultern aus den Sternen Bellatrix und Beteigeuze, den Gürtel bilden Alnitak, Alnilam und Mintaka mit dem Orion-Nebel als Schwertgehänge.« Alex' langer Arm zeichnete Linien in den Himmel. »Saiph und Rigel sind die Knie. In der griechischen Mythologie war Orion ein Jäger. Vielleicht bringt er uns Glück. Ich jage Töne und Sie jagen Wörter. Wir sind seine Kollegen, wenn auch nicht so langlebig.«

Während Kalle im Zelt rumorte, seinen Kocher und die Blechtassen und den Tee zusammensuchte und schließlich draußen Wasser aufsetzte, verschwand

Alex zwischen den Kiefern und kam kurze Zeit später mit einem Arm voll Holz wieder. »Ganz schön feucht. Mal sehen, ob es brennt.«

Unter der Zeltplane fand er eine Handvoll trockenes Gras, schichtete kundig kleine Zweige darüber und dann größere, und als Kalle den Tee fertig hatte, warf das Feuer schon die Schatten der beiden Männer an das Zelt. Sie waren sich seltsam ähnlich, nur war Alex' noch länger und dünner als Kalles. Kalle fragte sich, wie Alex seine langen Glieder jemals in ein Zelt bekommen hatte, da er doch selbst oft vorn und hinten anstieß.

Das Gespräch wand sich so leicht und harmonisch ineinander wie vorhin am Strand die Spiralen aus Sand und Schnee. Kalle erzählte davon, wie es gewesen war, mit dem großen gelben Bus in den Schlagadern der ummauerten Stadt zu kreisen und das Leben in Bewegung zu halten. Wie dann die Mauer gefallen war und die Menschen immer mehr wurden, wie die Hälften der Stadt zusammenwuchsen, ehe die Bewohner es begriffen, und wie die Narbe doch noch längst nicht verheilt war. Wie auch dort eine großartige Musik herrschte, eine ganz andere als am Strand, eine ohne Stille; dass für ihn aber diese Musik nicht aus einer Melodie, sondern aus Wörtern bestand, die er dort, ohne die Stille, in dem Gewirr nicht finden und nicht auf Papier bannen konnte.

Alex erzählte davon, was er in seine Musik wob, die Erinnerungen an Bayern, den Geschmack von Blaubeeren und die Farbe dunkler Moorseen, die erhabene Würde der Gipfelkreuze auf nackten Felsen, aber auch die schiere Größe der alten Eichen und der Mammutbäume in Kalifornien und das Grün der Wiesen dort im Januar.

Von dem Grün seiner Erzählung fand etwas in das Feuer, färbte die Flammen, wie es Kalle noch nie gesehen hatte.

»Salz. Das Salz auf dem Treibholz lässt die Färbung entstehen«, erklärte Alex.

Einmal krachte und knackte ein Scheit, ein Funkenwirbel stieg hoch auf. »Schh!«, sagte Alex, hob die Hand.

Kalle verstummte. Alex schloss die Augen, horchte in sich hinein, beschwor wieder die Flöte aus den Untiefen seines Mantels herauf und fügte dem Knistern eine Folge weicher, einsamer Töne hinzu, die höher stiegen als die Funken und Kalle eine Gänsehaut verursachten, als sie im Dunkel verschwanden. Das Ebenholz der Flöte war in der Nacht nicht zu sehen, nur die beiden elfenbeinernen Ringe schimmerten unter Alex' Händen, die an seinen ebenso unsichtbaren schwarzen Ärmeln gespenstisch am Rande des flackernden Lichtkreises schwebten.

»Das Stück hat mir noch gefehlt.« Alex tippte hastig auf seinem Computer herum.

Der Abend brannte sich in Kalles Erinnerung wie die Funken in den Nachthimmel.

Am Morgen war der Schnee verschwunden, als wäre er nur Teil eines Traumes gewesen. Es war deutlich milder. Während Kalle seinen Tee trank, versuchte er in Worte zu fassen, was er gestern am Strand empfunden hatte, als er am Flutsaum mit dem Eis in der Hand, dem tanzenden Schnee und der überraschend winterlichen Weite allein gewesen war. Doch wenn es Worte dafür gab, fand er sie nicht. Er hob ein Stück verkohltes Holz auf, das von Alex' Feuer übrig geblieben war. Müßig spielte er damit herum, bemerkte, dass seine Hand schwarz wurde. Versuchsweise setzte er die Kohle auf das Papier, zog einen Strich, einen Kringel. Ein Strichmännchen. Ein Strichmännchen, das ausgelassen den Strand entlanglief. Ein anderes Strichmännchen voller Freude, in einem Taumel aus Euphorie, eins mit dem Wind. Wenn die Worte nicht ausreichten, warum nicht Bilder zu Hilfe nehmen. Er wollte sie als Notiz benutzen, um das Gefühl in seinem Heft festzuhalten. Vielleicht fielen ihm die richtigen Worte später ein. Oder vielleicht ging die eine, große Geschichte nicht ohne

Bilder. Darüber hatte er nie nachgedacht. Zufrieden war er mit diesen nicht. Er begann von neuem, zeichnete nicht eines, sondern drei Strichmännchen, die am Rande der Wellen tollten, denn so war ihm gewesen: als ob der Kalle der Vergangenheit, der den alten Traum gelebt hatte, in diesem Augenblick ebenso ganz und glücklich gegenwärtig war wie der jetzige Kalle, der ohne Verpflichtungen in weißer Zeit unterwegs war, und ebenso der zukünftige Kalle, der noch nicht wusste, welcher neue Traum für ihn gelten würde.

»Die haben was.« Alex beugte sich über Kalles Schulter, zeigte auf die schlichten Kohlezeichnungen. »Da könntest du Postkarten draus machen. Wäre mal was anderes als bunte Fotos. Würde manchen Leuten bestimmt gefallen. Sag mal, hast du ein Handy oder einen Walkman?«

Kalle konnte sich gar nicht daran erinnern, dass sie zum »Du« übergegangen waren, aber ihm war es recht. »Ein Handy.«

»Wenn du möchtest, überspiele ich dir die Musik, die ich gestern noch fertiggestellt habe.«

Kalle staunte. Alex fummelte nur kurz mit einem Kabel, verband das Handy mit seinem kleinen Computer, drückte ein paar Tasten, stöpselte das Handy wieder aus, drückte auch da eine Taste und reichte es Kalle.

Die kleinen Lautsprecher des Handys klangen etwas blechern, und trotzdem griff die Melodie sofort nach ihm. Er erkannte ein paar von den Tonfolgen, die Alex gestern in das Schneetreiben geflötet hatte, doch nun waren sie verwoben zu einem Lied, in dem nicht nur die wirbelnden Flocken, sondern auch das Rieseln von Sand und das gedämpfte Wellenrauschen hörbar waren, sogar der flüchtige Glanz auf dem Wasser und in Kalles Seele, als er seine einsamen Tanzschritte gedreht hatte. Wehmut, Hoffnung, dunkle und helle Fragen, alles spielte darin mit. Als der Schlussakkord verklang, hatte Kalle alles noch einmal erlebt, auch die Begegnung mit Alex, und alles war irgendwie noch größer geworden.

»Ich habe auch die Piccolo- und die Altflöte verwendet und ein paar Aufnahmen von den Wellen vor ein paar Tagen daruntergelegt und von dem Wind, dem ich kürzlich über einem Fjord begegnet bin. Es ist einfach phantastisch, was man mit so einem Computer machen kann. Du solltest dir Kopfhörer für dein Handy besorgen, dann klingt es viel besser.«

»Wie heißt denn das Stück?«

»Ich denke, ich nenne es *Winterwellen.* Ich habe es schon an meinen Agenten in Kalifornien geschickt.«

Etwas in dem Stück erinnerte Kalle wieder an ein Lächeln mit leicht herabgezogenen Mundwinkeln und dunkle Haare, in denen der Wind ebenso zu Hause war wie in dieser Musik.

»Alex, ist es möglich, dass ein Gesicht, das man nur einmal im Vorübergehen gesehen hat, einen nicht mehr loslässt, sondern sich immer wieder in die Gedanken mogelt? Ist das nicht irgendwie – albern?«

Kalle bemerkte, dass Alex ein guter Zuhörer war. Wenn man ihn ansprach, setzte er sich unwillkürlich aufrechter und neigte den Kopf ein wenig zur Seite, damit nichts von Wichtigkeit seine Ohren verfehlte. Jetzt sah er, wie Alex in seiner Erinnerung blätterte. Was er fand, legte Sehnsucht in seinen Blick und ein Schmunzeln in seine Mundwinkel.

»Wenn ein Gesicht so in deinen Gedanken haften bleibt, dann ist das keineswegs albern. Dann ist es ein Geschenk und hat eine Bedeutung. Du solltest gut überlegen, was du damit machen willst. – Was hältst du von einem Spaziergang? Es gibt da einen Wald, den ich dir gern zeigen würde. Solche Wurzeln hast du nie gesehen.«

Am Ende war dies der Ort, an dem Kalle länger blieb als an allen bisherigen auf seiner Reise. Im Grunde hätte er keine Zeit verlieren dürfen, wenn er das nördlichste Ende Dänemarks erreichen wollte, ehe es endgültig zu kalt wurde. Aber mit Alex konnte er keine Zeit verlieren, er konnte nur Zeit gewinnen. Sie brannten noch viele Lagerfeuer in die kühlen Abende, zusammen mit Lars und Kristian, die sie auf einem Spaziergang trafen und die ihr Zelt ganz in der Nähe aufgestellt hatten. Sie waren dänische Studenten, die hier waren, um statistische Daten zum Vogelzug zu sammeln. Zu viert lagen sie in Decken gewickelt auf dem Rücken in den Dünen und führten Strichlisten, diskutierten über Verhaltensunterschiede von Gänsen und Enten und über die Bilder in den Wolken. Dabei lachten sie herzlich über Lars' und Kristians bruchstückhaftes Deutsch und Kalles rudimentäres Englisch. Manchmal trafen sie sich in Alex' Pension und spielten Skat. Oder Kalle und Kristian hielten Würste über das Feuer, während Alex Flöte spielte und Lars Gitarre. Kristian scheute sich nicht, aus vollem Hals dazu zu singen, und am dritten Abend verlor Kalle seine Scheu und stimmte ein. Er fragte sich, wann er das letzte Mal gesungen hatte, um festzustellen, dass das nie vorgekommen war.

Zehn Tage vergingen, Tage, die so genau in die eine große Geschichte passten wie keine anderen zuvor. So nahe an den richtigen Wörtern hatte sich Kalle nie gefühlt. Doch nun wusste er, dass es mit den Wörtern nicht getan war. Bilder gehörten dazu, ebenso wie Musik und der Sturm und der Tanz und der Geruch von Schnee, die Kraft uralter Wurzeln, die sich allen Stürmen zum Trotz im lockeren Sand dieser Küste festgeklammert hatten. Auch die Fußspuren und die Holzasche, die er und die anderen hier hinterließen, schrieben sich hinein. In die Erde, in den Wind, in die Geschichte und in etwas, das noch größer war als sie.

Dann kam der Abend, an dem sie den Abschied von Lars und Kristian feiern wollten, die ihre Untersuchungen abgeschlossen hatten. Auch Alex sprach von Aufbruch, sein Agent drängte. Kalle war es recht, er wusste nicht, ob er sich sonst jemals hätte losreißen können aus diesem Idyll. Und er wollte weiter, war so neugierig auf das nördlichste Ende Dänemarks, wo die Ostsee auf ein anderes Meer traf, das er noch nie gesehen hatte. Es war reines Glück, dass es wieder so mild geworden war, das musste er ausnutzen.

Alex tauchte mit einer Flasche Wein auf, als es gerade dunkel geworden war, der Himmel so voller Sterne, dass er beschwert wirkte. Das Feuer brannte schon, denn Kalle hatte inzwischen gelernt, auch feuchte Holzstücke anzuzünden. Alex setzte sich auf einen der Holzklötze, die sie gesammelt hatten. Kalle, der auf dem Boden hockte und versuchte, eine lose Zeltschnur festzuzurren, sah auf. Alex' Silhouette war im Schatten hinter den Flammen hauptsächlich daran erkennbar, dass sie die Sterne verschluckte. Durch seinen weiten Mantel und Hut wirkte er wie ein Denkmal aus einer anderen Zeit.

»Hast du etwas anderes als Blechtassen?«, fragte er. »Ich bin nicht pingelig, aber für ein gutes Glas Wein zum Abschied erscheinen sie mir nicht passend.«

»Habe ich – Moment.« Kalle kroch ins Zelt. Die Blechtassen hatte er selbst über und deshalb einige durchsichtige Plastikbecher angeschafft. Edel waren sie auch nicht, aber sie würden genügen. Er hatte sie gerade gefunden, als er draußen ein Geräusch hörte.

Es war nicht laut. Ein Seufzen nur, ein leiser Aufschrei wie im Schlaf. Und doch lief es dunkel und kalt über den Sand in das Zelt geradewegs Kalles Rückgrat hinunter, berührte ihn wie ein fremder Frost, der Gänsehaut und ein Entsetzen hinterließ, das sich in Zeitlupe in ihm ausbreitete und ihn einen Wimpernschlag lang in eine Bewegungsunfähigkeit zwang, bevor er auf Händen und Knien aus dem Zelt hastete.

»Alex?«

Die Silhouette war vornüber gesackt. Gerade als Kalle Alex erreichte, kippte dieser langsam vom Holzklotz in Kalles Arme.

»Alex!«

Im Feuer knackte ein Scheit, flammte auf, zerfiel in zwei Hälften und stellte eine Funkenfontäne in die Nacht. In dem plötzlich hellen Schein sah Kalle, dass Alex' Augen geschlossen waren und seine Unterlippe leicht zitterte durch das unregelmäßige Klopfen in einer Ader, ein Echo des Pulsschlags, den Kalles Finger an Alex' Handgelenk nicht mehr spürten.

»Kristian! Lars!«, schrie er ins Dunkel. Gleichzeitig streckte er Alex' Körper aus und begann mit der Herzmassage. Erste Hilfe hatte er gelernt, den Kurs immer wieder aufgefrischt. Er wusste nicht, wie lange er kämpfte, auf, ab, Druck, Rhythmus. Das Knistern des Feuers im Hintergrund erinnerte ihn an das Brechen der Eisplatten auf dem Wannsee, früher, in einer anderen Zeit.

»What is passiert?« Er hörte Lars und Kristian heranstürmen, hörte Kristian scharf in sein Handy sprechen. Lars schob Kalle beiseite – »Ruh yourself aus, I take over« – und setzte den Rhythmus fort, Druck, auf, ab …

Kalle saß daneben, rang um seinen eigenen Atem, hielt Alex' Hand und sah, dass die Unterlippe zu zittern aufgehört hatte. In der anderen Hand, die halboffen auf dem Sand lag, zum Himmel gewandt, sah Kalle etwas glänzen. Ein Korkenzieher mit einem silbernen Griff, der eine Sechzehntel-Note darstellte.

Kalle wusste, dass seine und Lars' Bemühungen von Anfang an vergeblich gewesen waren. Schon in dem Geräusch, das er gehört hatte, hatte die Antwort, die Tatsache unverrückbar gelegen. Kalle hatte in dem Moment, als er aus dem Zelt gesehen hatte, etwas Unsichtbares entschwinden sehen. Ja, gesehen!

Einen durchsichtigen Schatten, ein kaum wahrnehmbares Leuchten, eine Leichtigkeit nur, ein Sein, vom Nachtwind verweht.

Am Horizont erschien Orion, während die Zeit den Atem anhielt, und Kalle spürte, wie Alex' so stille, noch warme Hand in seiner immer kühler wurde und seine Stirn blasser trotz des rötlichen Feuerscheins und dann ganz hell.

Irgendwann hörte er Sirenen, Scheinwerferlicht sprengte die Schwärze, es gab Stimmen und Bewegung und dann trugen Fremde Alex unter einem langen Tuch fort und nahmen das Licht mit. Lars, Kristian und Kalle standen allein um das sterbende Feuer.

Sie sahen sich an, sagten nichts, weil es keine Worte gab, in keiner Sprache. Lars und Kristian reichten Kalle die Hand und gingen aus dem, das schon jetzt eine Erinnerung war, in ihre Zukunft.

Kalle hob die Weinflasche auf, die sich kälter anfühlte als die Nacht, und die niemand geöffnet hatte. Er stellte sie mitten auf den Klotz, auf dem Alex gesessen hatte, legte die Sechzehntelnote daneben. Aus dem Zelt holte er eine Tüte mit weißen Muscheln, legte Alex' Namen um das runde Holz. Er achtete auf die Richtung, legte die Schrift so, dass Orion sie würde lesen können.

Dann nahm er eine Decke mit und ging an den Strand, wo er auf die weißen Linien der Brandung sehen konnte. Heute Nacht würde er nicht schlafen, sondern mit Orion wachen und sehen, ob es morgen tatsächlich wieder einen Tag geben würde. Als die Wellen so sanft wurden, dass sie die Stille nicht mehr füllen konnten, steckte er sich seinen neuen Kopfhörer ins Ohr und hörte Alex' Melodie wieder und wieder, bis der Akku leer war.

Selbst dann stand Orion noch immer am Horizont.

14

Am nächsten Morgen baute Kalle sein Zelt ab, kaum dass die Dämmerung über das Meer geschlichen war. An den Zeltschnüren hing Raureif und an der Weinflasche waren Tautropfen zu glänzenden Perlen gefroren. Kalle hatte in diesen Tagen so viel Musik, Bilder und Worte gewonnen, so viel geschenkt bekommen, dass er sich wunderte, dass alles in die Packtaschen passte wie zuvor.

Am Waldrand drehte er sich um, sah, wie eine hinkende Silbermöwe, die sie gestern noch zusammen mit Brotkrümeln gefüttert hatten, landete und mit schief gelegtem Kopf fragend zu der Weinflasche aufsah. In der Morgensonne glänzten ihre Flügel.

In der Pension, in der Alex gewohnt hatte, erfuhr er, dass Alex nach München zu seinen entfernten Verwandten überführt werden würde. Es gab nichts, das für Kalle zu tun blieb.

»Er hatte vor Jahren schon einmal einen Herzinfarkt«, sagte Alex' Bekannter, der Inhaber. »Aber seitdem ging es ihm wunderbar. Wer hätte gedacht, dass er … einfach so.«

Wieder, dachte Kalle, wieder spricht keiner die Wörter Tod und Sterben aus. Aber auch diesmal nützt es nichts. Sterben gehört zu der großen Geschichte. Niemand kann sich die Wörter aussuchen. Sie hat ihre Wörter schon. Ich muss sie nur finden.

Radwege und Straßen konnte Kalle gerade nicht ertragen. Er fuhr am Strand entlang, dort wo der Sand zwischen Meer und Strand am festesten war. Die Möwe hatte breite Reifen und schlug sich wacker. Wo der Sand zu weich war, stieg er ab und schob. Durch die schlaflose Nacht war er in einem Schwebezustand, in dem ihm alles glasklar und gleichzeitig unwirklich vorkam. Es war ungewöhnlich windstill, der Himmel lastete in einförmigem Grau und das Meer war sein Spiegel und wurde nicht einmal von einer weißen Brandung unterbrochen. Auch den Wellen fehlten heute die Worte. Kalle war sich nicht sicher, ob er überhaupt vorwärts kam, bis er einen Fjord erreichte. Hier kaufte er sich ein Fischbrötchen, nicht weil er Appetit darauf hatte, sondern weil sein Magen knurrte und weil er die Frau am Kiosk dann besser fragen konnte, ob die ausgeschilderte Fähre im November überhaupt fuhr und wann. Mit ausholenden Gesten erklärte sie ihm, dass er drei Stunden warten müsse. Das störte ihn wenig. Er ließ sein Fahrrad samt Gepäck in ihrer Obhut, wanderte den Fjord entlang. Hier war es ebenso menschenleer wie am Strand. Die Touristensaison war endgültig vorüber. Das braungolden leuchtende Oktoberwetter war ebenso in der Zeit verschwunden wie der überraschende kurze Wintereinbruch mit seiner grandiosen schwarz-weißen Landschaft. Kalle hatte das Gefühl, als einziger Mensch unterwegs zu sein in einer fremden, bleiernen Welt, deren Eingang von der Fischbrötchenfrau bewacht wurde.

Fast wäre er auf etwas getreten, das vor ihm im grobkörnigen Sand lag. Erschrocken blieb er stehen, hockte sich hin und sah, dass es eine Qualle war. Eine Strömung musste sie von ihrem Schwarm getrennt und in den Fjord gespült haben. Dann hatte ablandiger Wind oder eine leichte Ebbe Wasser aus dem Fjord gedrückt und sie war hilflos gestrandet. Es musste schon eine Weile her sein, denn ihre glänzende Oberfläche trübte sich ein.

Noch spiegelte sie an ihrem zarten Rand den schweren Himmel, doch die Mitte der durchsichtigen Kuppel war bereits stumpf. Darunter war die symmetrische, zart rosafarbene und gelbe Zeichnung ihres Inneren in voller Schönheit gerade noch zu erkennen, ebenso wie der violette, gewellte Saum. Und in diesem Inneren gewahrte Kalle ein letztes unwillkürliches Zucken, das ihn pfeilgerade in seine eigene Mitte traf wie gestern das Zucken einer Unterlippe.

Seltsam, wie die Zeit ist, drehte dieser Reflex im Inneren eines gestrandeten Meerestieres sie für Kalle nicht nur fast vierundzwanzig Stunden zurück, sondern auch um Jahre. Er saß wieder an Kerstins Bett im Krankenhaus und spürte ihren letzten Händedruck, ohne dass sie noch einmal die Kraft gehabt hätte, die Augen zu öffnen. Kerstin, die er vor so langer Zeit kennengelernt hatte.

Sie stieg in seinen Bus, jeden Morgen, und lächelte ihn an. Dafür hatten nur wenige Fahrgäste den Bruchteil Zeit. Einmal blieb sie stehen und schraubte sein Pult fest, aus dem die Fahrkarten kamen und das schon seit Wochen gewackelt hatte. Kerstin, so stellte sich heraus, arbeitete im Baumarkt. Sie liebte es, Dinge zu reparieren, Lücken zu schließen und alles so auf die Beine zu stellen, dass es nicht wackelte. Das tat sie auch mit Kalle und ihrem bald gemeinsamen Leben.

In jener Nacht im Krankenhaus jedoch war nichts mehr zu reparieren. Es war morgens, zehn Minuten nach zwei Uhr. Damals hatte er, wie jetzt, das Gefühl, der einzige Anwesende zu sein. Obwohl die riesige

Klinik voller Menschen war, war er allein in diesem Moment der Nacht.

Danach hatten sich alle um ihn gekümmert. Die Ärztin hatte ihn drei Tage krankgeschrieben, Helmut hatte das Beerdigungsinstitut angerufen, Anneliese hatte ihm Essen gebracht und den vergessenen Müll hinuntergetragen. Und irgendwann war er wieder gefahren, hatte am Steuer gesessen wie immer, und es hatte ihm geholfen, denn wo diese Straßen hinführten, wusste er. Auf diesen Wegen kannte er sich aus.

Heute erst, Jahre später im November an einer einsamen dänischen Küste, kamen ihm Tränen. Das kaum wahrnehmbare durchsichtige Lebewesen zu Kalles Füßen, aus dem gerade der Glanz wich, öffnete etwas in ihm. Er kniete an dem stillen Fjord und weinte um die Qualle, die nie wieder in einer warmen Strömung Teil eines schwerelosen rhythmischen Balletts in Pastellfarben sein würde, wie er es auf seiner Reise mehrfach bestaunt hatte.

Er weinte um Alex, um dessen Augenzwinkern und die Art, wie er Flötentöne in den Wind gesät hatte, und um die Musik, die er nun nicht mehr schreiben würde.

Er weinte um das Kind, das Kerstin und er einmal fast gehabt hätten. Es stellte sich als eine Eileiterschwangerschaft mit Komplikationen heraus. Danach konnte

Kerstin keine Kinder mehr bekommen. Kerstin mit ihrer robusten Natur, ihren Sommersprossen und ihrem rotgoldenen Pferdeschwanz hatte sich schnell erholt, eine Schraube an ihrem gemeinsamen Glück festgedreht und verkündet, dass sie weiterhin zu zweit komplett sein würden. Wie immer hatte sie recht behalten.

Und dann weinte er um Kerstin und die letzten siebzehn Tage, die sie nach ihrer überraschenden Diagnose noch zusammen gehabt hatten. Kerstin war nur wegen eines diffusen Unwohlseins beim Arzt gewesen. Am nächsten Tag rief er an und bat sie, Kalle mitzubringen. Er erzählte ihnen von dem Krebs und dass es zu spät war, viel zu spät. Er machte ihnen das einzige Geschenk, das er machen konnte, indem er die Wahrheit sagte. Auch er ließ die Sätze am Ende offen und sprach das Wort nicht aus, aber sie wussten, was er sagen wollte. Sie gingen nach Hause und Kerstin erklärte Kalle, wie er die moderne Waschmaschine zu bedienen hatte, die so anders war als die, mit der er als Junge im Hause seines Vaters umgegangen war. Danach widmeten sie sich den Tagen, die ihnen blieben und die wie eine schmerzlich schöne Ewigkeit erschienen, weil Kerstin und Kalle, der Urlaub genommen hatte, jede Minute auskosteten. Dennoch zerstoben sie unter ihren Händen wie Rauch.

Kalle weinte in dieser Stunde auch um seine Mutter,

um die er nicht hatte weinen dürfen, weil sein Vater der Meinung war, dass weder Jungen noch Männer ein Recht darauf hatten und der Mutter nur Schande machten, wenn sie sich so gehen ließen. Er dachte daran, wie seine Mutter ihm das Fahrradfahren beigebracht hatte. Immer und immer wieder hatte sie ihn den Hügel im Park hochgeschoben, war dann neben ihm gerannt, wenn er herunterrollte, bis er ein Gefühl für die Balance bekam, und als er es das erste Mal allein schaffte hinaufzufahren, war sie noch stolzer als er. Er hatte ihre Anwesenheit gespürt, als er in Warnemünde mit der Möwe losgefahren war, aber das wurde ihm erst jetzt bewusst.

Er weinte am Ende sogar um seine Zeit am Steuer des Großen Gelben, denn selbst wenn er vielleicht bald seine Arbeit wieder aufnehmen würde, weil er nichts anderes konnte, würde es nie wieder so sein, wie es gewesen war, als der Traum noch galt.

Es fing an zu nieseln. Je stärker die Tropfen um ihn her fielen, der schrumpfenden Qualle noch einmal ein Schimmern liehen und Kalles erhitzten Nacken kühlten, desto mehr versiegten seine Tränen. Mühsam stand er auf, stampfte mit den Füßen, aus denen das Gefühl gewichen war. Er putzte sich die Nase und wanderte weiter, weil er nichts anderes zu tun wusste und die Fähre noch lange nicht kam. Als er auf einen brüchigen

Landungssteg stieß, an dem kein Boot ankerte, schlenderte er auf ihm hinaus über die glatte Fläche, auf die der Regen Ringe zeichnete. Am äußersten Ende setzte er sich, ließ die Füße baumeln, stützte das Kinn in die Hände und starrte in das flache Wasser. Hatten die anderen etwa recht mit dem Burnout? So oder so, vielleicht war dies hier der Punkt, an dem er seine Reise abbrechen und umkehren sollte. Er fühlte sich zutiefst erschöpft, etwa so wie der aufgeweichte, wurmstichige Holzsteg aussah, der schief und wackelig im Wasser stand, hier und da eine Planke an Fäulnis verloren hatte.

Warum sollte er sich das antun, bei dieser Kälte die ganzen sechshundertfünfzig Kilometer des Fernradwegs Nummer Fünf zurückzulegen und dann mindestens noch einmal so viel auf dem Rückweg an der Nordseeküste. Im letzten Ort hatte er festgestellt, dass auch sein Konto nicht viel besser aussah als der Steg. Es war erstaunlich, wie viel man verbrauchen konnte, wenn man gar nicht da war. Am besten stieg er mitsamt dem Fahrrad in einen Bus und kehrte zurück nach Berlin. Dann konnte er an Annelieses berühmter Weihnachtsfeier teilnehmen und alles wäre wie vorher.

Ein Schatten im Wasser riss ihn aus seinem Grübeln. Kalle beugte sich vor, was den Steg beängstigend schwanken ließ. Da unten hatte sich doch etwas bewegt?

Er kniff die Augen zusammen. Das Wasser war so klar, dass er Steine und Muscheln auf dem Grund erkennen konnte, und ja, dort bewegte sich etwas. Ein handgroßer rötlicher Seestern glitt über eine Muschel. Er war nicht der einzige, erkannte Kalle jetzt. Überall waren Seesterne, gelblich, bräunlich oder rötlich. Filigran umkreisten sie sich, glitten hierhin und dorthin wie zu stummer Musik. Fasziniert sah er ihnen zu, bis er unter sich eine Erschütterung spürte. Schritte auf dem Steg. Er wandte den Kopf, sah einen Mann auf sich zukommen. Kalle schätzte ihn auf etwas über dreißig, eher klein, aber seine Art, sich zu bewegen, war voller Energie.

Er hockte sich neben Kalle.

»Wie schön, die Sterne sind immer noch da«, sagte er. Es klang seltsam erleichtert. »Sie machen das übrigens richtig.«

»Was meinen Sie?«

»Entschuldigung. Ich bin Felix.« Felix hatte einen kräftigen Händedruck, der an Alex erinnerte. »Ich meine, dass Sie die Sterne ansehen, ohne sie aus dem Wasser zu nehmen. Die meisten Menschen greifen danach. Ich auch, früher. Mein Freund, ein Fischersohn, hat mir beigebracht, dass sie sterben, wenn sie einmal Luft geatmet haben, auch wenn man sie gleich wieder zurücksetzt.«

»Warum muss alles so zerbrechlich sein?« Kalles Frage klang wie ein Aufschrei.

Felix warf ihm einen scharfen Blick zu und setzte sich.

»Sie sind zwar zerbrechlich, haben aber noch andere Eigenschaften. Wenn sie auf Hindernisse treffen, gleiten sie einfach darüber. Mit Geduld und Hebelkraft knacken sie Muscheln, die kein anderes Tier öffnen kann. Wenn sie einen Arm verlieren, wächst ihnen ein neuer. Manchmal sogar zwei. Diese Sterne haben uns damals Mut gemacht, meinem Freund und mir, gleich nach dem Abitur. Mein Firmenlogo ist deswegen ein Seestern. Ich bin Innenarchitekt und habe mich auf Ferienwohnungen und Häuser an der Küste spezialisiert. Hier ist meine Karte, falls Sie mal Bedarf haben.« Felix reichte Kalle eine Visitenkarte. Kalle dachte an sein Konto und sagte nichts.

»Alle paar Jahre komme ich an diesen Fjord zurück, weil hier genug Platz zum Denken ist. Dann sehe ich nach, ob die Sterne noch da sind.« Felix zog seine Schuhe aus und steckte die Füße ins Wasser. »Herrlich«, sagte er. »Hier wird man wach und wie neu.«

Kalle raffte sich auf und folgte seinem Beispiel. Nadelscharf schoss die Kälte seine Beine hinauf, prickelte nachdrücklich von unten herauf. Er spürte, wie die Müdigkeit sich aus ihm löste. Wie er tatsächlich wach wurde, neu und anders. Die Möwen, die über der Küste im Aufwind tobten, schienen ihm schärfer gezeichnet, das Wasser noch klarer, die Weite verlockend.

Alex hätte nicht gewollt, dass er umkehrte. Alex hatte seine Lieder immer zu Ende geschrieben, auch wenn er zwischendurch auf Schwierigkeiten stieß und ihm die Töne verlorengegangen schienen. Darüber hatten sie mehrmals gesprochen.

Und wozu hatte ihm seine Mutter beigebracht, an keinem Hügel aufzugeben? Er hatte auf dem Weg hierher schon so viele bezwungen, da würde er die restlichen auch noch schaffen.

Er beugte sich vor, betrachtete die Seesterne genauer. Die tiefstehende Sonne schummelte sich für eine Minute durch einen Spalt in den Wolken, fand den Weg bis auf den Boden des Fjords. Die Seesterne beschleunigten ihr Krabbeln, zeigten dabei Farben, die vorher nicht sichtbar gewesen waren.

Aber da war noch etwas. Kalles Spiegelbild – nur war es nicht sein eigenes! Deutlich sah er das Gesicht, das ihn seit dem Augenblick in Warnemünde nicht losgelassen hatte: das Lächeln, die fragenden Augen und die Haare, in denen der Wind zu Hause war.

Dann fingen die Wolken wieder die Sonne und das

Bild verschwand mit dem Licht. Kalle wischte sich über die Augen. Hatte er Halluzinationen?

Auch Felix starrte immer noch ins Wasser, mit einem träumerischen Schmunzeln im Mundwinkel. »Kennen Sie das Lied von den Beatles? *I'd like to be / under the sea / in an octopus's garden in the shade* … Immer wenn ich Stress habe, stelle ich mir das vor – wie ich hier an dieser Stelle unter Wasser im Schatten einer Seenelke liege, und die Seesterne laufen um mich herum, und der Octopus, dem der Garten gehört, grüßt mich freundlich.«

»Ein schönes Bild«, fand Kalle.

»Ja, und unglaublich hilfreich, wenn man im Anzug in einem Konferenzraum schwitzt und von Menschen ohne Phantasie umgeben ist.«

Kalle zog seine Socken und Schuhe wieder an, stand auf, klopfte seine Hose ab. »Ich muss die Fähre erwischen«, sagte er und streckte Felix die Hand hin. »Vielen Dank, Sie haben mir sehr geholfen.«

»Freut mich. Obwohl ich denke, es ist eher die Landschaft. Mit den Seesternen. Alles Gute!« Felix blieb sitzen und planschte weiter fröhlich mit den Füßen. Gegen die Kälte schien er dauerhaft unempfindlich.

Die Fähre hatte angelegt. Kalle löste einen Fahrschein, ein weiß-blau gestreiftes Rechteck, das er als Lesezeichen in sein Notizbuch steckte. Es war sein

Ticket in die Zukunft. Nicht nur das kalte Wasser im Fjord hatte ihn erfrischt, auch seine Trauer hatte ihn gereinigt. Wie die Seesterne, die einen verlorenen Arm ersetzen, hatte er neue Kraft gewonnen. Durch die Erinnerung an den Abschied von Kerstin war ihm die Zerbrechlichkeit seiner Zeit, die Kostbarkeit der Tage deutlich geworden. Er durfte sie nicht verschwenden, das war er allen schuldig, um die er heute getrauert hatte – und Anneliese und Helmut, die ihm diese Zeit außerhalb vom Alltag geschenkt hatten – und sich selbst. Sonst blieb von einem Tag nicht mehr als von der Qualle, die jetzt nur noch ein feuchter Kreis im Sand war, eine Andeutung, der Schatten eines Traums.

Das Lied der Winterwellen würde ihn begleiten, und Orion am Horizont. Es gab neue Hügel zu erobern. Die eine, große Geschichte rauschte mehr denn je in seinen Adern, klopfte in seinen Schläfen, drängte in ihm nach einer Form, die er noch nicht gefunden hatte.

15

Zu seiner Überraschung blühte Löwenzahn am Wegrand. Was für ein Land, in dem es das im November gab. Seit den Stunden am Fjord spürte er ungekannten Übermut. Das Prickeln des eiskalten Wassers an seinen Füßen funkelte noch in ihm, und so pflückte er reife Pusteblumen und blies die beschirmten Samen weit über die Dünen. Vielleicht würden sie im Frühling dort blühen, wo sein Atem sie hingetrieben hatte. Der Wind hatte gedreht, er kam aus dem Süden, mild, zum ersten Mal seit langem schwitzte Kalle nachts in seinem Schlafsack. Die Frau in dem kleinen Laden des Campingplatzes schüttelte den Kopf.

»Kleiner Winter neulich, kleiner Sommer jetzt«, sagte sie. Kalle war immer wieder überrascht, wie viele Leute hier Deutsch sprachen.

Sommer war übertrieben, aber als er durch eine sanfte Dünen- und Heidelandschaft weiter nordwärts radelte, tat er es in einem kurzärmeligen T-Shirt. Nach einiger Zeit zog es ihn wieder zum Meer, um die Füße im Wasser zu erfrischen. Er konnte es kaum erwarten. Am Strand stieß er auf einen Steg, an dem ein Motorboot mit einer auffälligen Plattform hinten ankerte. Eine Bretterbude trug ein großes Schild. »Parasailing«, las Kalle. Ein Pärchen hatte davor bunte Gerätschaften ausgebreitet und war damit beschäftigt, Haken und Leinen zu sichten und aufzuwickeln. Als er sein Fahrrad näher schob, blickten sie auf, sagten freundlich: »Hej!«

»Hej! Hallo!« Kalle blieb stehen.

Auf dem Schild war eine Zeichnung von dem Boot, das einen Fallschirm zog. Als er näher hinsah, entdeckte er, dass ein Mensch daran hing.

Der Mann fragte ihn etwas auf Dänisch. Kalle breitete bedauernd die Arme aus.

»Sind Sie Deutscher?«, erkundigte sich die Frau und strahlte ihn an. Kalle musste unwillkürlich zurückstrahlen. Sie trug einen blonden Igelschnitt und um ihre verblüffend blauen Augen fächerten Lachfalten.

»Ja, guten Tag. Kalle Brennicke aus Berlin.«

Die Frau wies auf das Schild. »Haben Sie Interesse?«

»Aber Mailin, wir haben doch die Saison beendet.« Der Mann kam zu ihnen herüber, reichte Kalle die Hand. »Hallo. Mark Buschenhofen, und das ist meine Frau, Mailin. Ich bin auch aus Deutschland.« Er zuckte mit den Schultern, lächelte Mailin an. »Sie ist schuld, dass ich hiergeblieben bin.«

Kalle blickte für einen Moment fort, aufs Meer hinaus, dachte an die Spiegelung im Fjord gestern, von einem Gesicht, das er nie wiedersehen würde. Dachte an Susanna, an Kerstin und daran, dass er das Gefühl eines Junimorgens, an dem die Amseln sangen, die Erdbeeren dufteten und er jemanden neben sich spürte, mit dem alles möglich schien, auf seiner Reise noch nicht wiedergefunden hatte. Nur an dem Tag, als er bei Regen mit Karla Anwander unter der Zeltplane gesessen und sie ihm von weißer Zeit erzählt hatte, da hatte er einen Zipfel davon berührt.

»Aber es wäre gut für ihn«, sagte Mailin und zeigte ungeniert auf Kalle. »Ich sehe es in seinen Augen. Er hat die Sehnsucht.«

»So ist sie eben«, sagte Mark entschuldigend. »Deswegen liebe ich sie.« Er legte den Arm um Mailin. »Du meinst, wir sollten eine Ausnahme machen?«

»An so einem geschenkten warmen Tag um diese Zeit muss geflogen werden.«

»Können Sie mir erklären, wovon Sie reden? Was ist Parasailing?«

»Ich denke, wir können du sagen«, meinte Mark. »Parasailing, ganz einfach: es ist, als ob man einen Drachen steigen lässt. Nur dass man nicht über eine Wiese rennt, sondern ihn mit dem Boot hochzieht. Und du hängst unten dran. Wie auf dem Schild.«

»Ich? Am Drachen.« Kalle versuchte sich das vorzustellen.

»Na ja. Es ist eher ein Fallschirm, aber das Prinzip ist dasselbe. Keine Sorge, solange du das nicht im Sturm versuchst, ist es sicher. Heute ist ein perfekter Tag dafür. Klare Sicht, ein sanfter Wind. Und das Boot haben wir gerade fertig überholt.«

»Was kostet es? Und was muss ich tun?«

Mailin machte eine wegwerfende Handbewegung. »Kosten? Du lädst uns heute Abend in unser Lieblingsrestaurant ein. Da wollten wir sowieso hin, um den Abschluss der Saison zu feiern. Und machen musst du nichts. Wir fahren mit dem Boot raus, du stellst dich auf die Plattform, ich lege dir das Geschirr an, und dann gibt Mark Gas und zieht dich hoch.«

Es klang einfach. Bis auf das Problem, dass Kalle Höhenangst hatte. Ein einziges Mal war es seinem Vater gelungen, ihn auf den Funkturm zu locken. Kalle hatte lange Albträume davon gehabt. Alles schwankte da oben, die Welt fiel auseinander und Kalle mit ihr. Und jetzt sollte er an einem Seil in die Luft steigen?

Mailin sah sein Zögern. »Mark, du wolltest das Boot

doch sowieso noch einmal ausprobieren. Einen besseren Tag wirst du dies Jahr nicht mehr finden. Wir fahren einfach hinaus, das ist sowieso schön, und dann kann Kalle immer noch entscheiden.«

Kurze Zeit später sausten sie auf den Schaumkronen entlang. Kalle fand, schon das sei wie Fliegen, wenn nur der Motor nicht so laut gewesen wäre. In diesem Moment schaltete Mark den Motor aus.

Mailin stand auf der Plattform und hielt Kalle die Gurte hin.

»Na, möchtest du?« Sie lachte ihn an. Er dachte an ein anderes, größeres Schiff und ein Lächeln vor demselben Himmel.

Er war damals in Berlin ohne Angst in dieses Abenteuer gestartet, ohne Plan den Wolken nach. Warum sollte er jetzt Angst haben? Wohl befürchtete er, an der großen Geschichte zu scheitern, keinen neuen Traum zu finden und auch nie wieder das Gefühl eines Junimorgens voller Möglichkeiten – aber den Himmel fürchtete er nicht. Möglicherweise flogen dort oben Wörter herum, denen er sonst nie begegnen würde. Und wie oft hatte er die Möwen beneidet und die eleganten Schwärme von Staren, die Alex zu seiner Musik inspiriert hatten.

»Ich möchte!« Entschlossen trat er vor Mailin, die ihn

in eine Art Hose steigen ließ und ihm allerhand Gurte umschnallte.

»Hier hältst du dich fest«, zeigte sie ihm, »und hier, in diese Karabinerhaken darfst du keinesfalls greifen. Wenn du Angst bekommst, beschreibe mit der linken Hand einen Kreis, dann holt dich Mark sofort runter. Und wundere dich nicht, wenn er dich aus Übermut zwischendurch mit den Füßen ins Wasser taucht. Er lässt dich nicht untergehen. Hier, diese Mütze noch, und zieh sie dir richtig über die Ohren – da oben ist es kälter im Wind, als du denkst. Und ab!« Sie gab Mark ein Zeichen, der wieder durchstartete. Und wie! Ehe Kalle doch Zweifel bekommen konnte, verlor er schon den Boden unter den Füßen, während sich über ihm ein ausgerechnet gelb und grün gestreifter Fallschirm öffnete. Das Boot unter ihm schrumpfte rasend schnell zu einem Spielzeug. Das Seil, das ihn mit dem Boot verband, beruhigte ihn dennoch. Er stellte fest, dass er sehr bequem saß. Wie seltsam und großartig, in der Luft zu sitzen wie zu Hause auf dem Sofa! Das Seltsamste war, dass er keine Angst hatte. Ihm war nicht schwindelig und die Welt fiel nicht auseinander. Hier war er zu Hause. Für diese einmalige Viertelstunde war er eine Möwe, ein Kormoran, ein Albatros, eines von den Geschöpfen des Himmels, zum Fliegen geboren: er, der

Busfahrer aus Berlin, der immer in schweren Wagen unterwegs gewesen war.

Der Übermut von vorhin war ihm in die Höhe gefolgt, die ihm zu Kopf stieg. Kalle strampelte glücklich mit den Beinen, breitete die Arme weit aus. Mark zog ihn parallel zur Küste, die als ein elegant gewellter Tuschestrich weit unter ihm das Land vom Meer trennte. Den Motor hörte Kalle nicht mehr. Hier herrschte Stille, eine weiche Stille, die ihn mit einer nie gekannten Ruhe flutete. Eine Möwe flog nahe an ihm vorbei, rief ihm etwas zu. Die Schaumkronen waren nur noch feine weiße Striche, und der Horizont hatte von hier oben ganz andere Farben, leuchtender, tiefer, vielschichtiger. Hätte Alex das gesehen, hätte er ein Lied geschrieben, dachte Kalle. Aber hier oben war es unmöglich zu trauern.

Und dann musste er an seinen Vater denken, unerwartet und so stark, dass Kalle den strengen Oberlehrer direkt neben sich fühlte. Er, der Kalle seinen Traum vom Busfahrer nie verziehen, der aber gleichzeitig Gefühle nicht zugelassen hatte bis auf die Liebe zu seinem Oldtimer: Er war hier, unsichtbar anwesend – und es war gut. Hier war Frieden zwischen ihnen. Kalle spürte erstaunliche Gewissheit, dass ihm nun doch verziehen war, dass er nichts falsch gemacht hatte, im Gegenteil. Er dachte an gute Stunden, die er vor langer Zeit mit seinem Vater erlebt hatte, als sie im Gleichschritt Berge erwanderten und sich dafür in schweigendem Einklang zwillingsgleiche Stöcke schnitzten. Er dachte daran, dass seines Vaters Liebe zu dem alten Auto, auf das er oft eifersüchtig gewesen war, gar nicht so weit entfernt war von seiner eigenen Liebe zum Busfahren. Dachte daran, dass sein Vater ihm durch den Verkauf des geerbten Oldtimers diese Reise ermöglicht hatte. Ohne ihn wäre Kalle nicht hier, könnte nicht ein Stück Weg mit den Vögeln teilen und nicht den Horizont sehen auf eine verzauberte Art, die ihn in ihrer Schönheit schmerzte, weil er sie nicht fassen konnte, und schon gar nicht in Worte.

Daran, dass er eins mit den Wolken werden könnte, greifbar nahe unter ihnen nach Norden fliegen, daran hatte er in Berlin nicht gedacht, als er beschloss, alles stehen und liegen zu lassen und ihnen zu folgen.

Jetzt kam das Meer wieder näher, so schnell, dass Kalle ein Rauschen in den Ohren hörte und froh über die Mütze war, denn es fröstelte ihn. Im nächsten Moment war er ebenso froh, dass Mailin ihn vorgewarnt und aufgefordert hatte, die Schuhe im Boot zu lassen und die Hosen hochzukrempeln. Denn Mark verlangsamte tatsächlich so die Fahrt, dass Kalles Füße die Wellen streiften, eintauchten. Dieses Wasser war noch kälter als das im Fjord. Sekt an den Füßen, dachte Kalle, strampelte silberne Tropfen in die Höhe und stieß einen Jubelschrei aus. Er war zu glücklich, um sich zu genieren. Mark startete wieder durch und erlaubte Kalle einen neuen Höhenflug, doch nur kurz, eingedenk Kalles nasser Füße. Dann kurbelte er gleichmäßig die Leine ein, wie es kürzlich Kalle mit seinem Drachen getan hatte. Kalle zog sein eigenes Lachen in der Luft hinter sich her wie der Drachen seinen Schwanz. Auf seiner Suche nach dem Gefühl eines Junimorgens, an dem man Erdbeeren essen, ein Mädchen küssen und einen Drachen steigen lassen konnte, war er nie auf die Idee gekommen, dass er selbst der Drachen sein könnte. Hier oben hatte er das gesuchte Gefühl beinahe gefunden, an einem der letzten Novembertage, hoch über dem Kattegat. Es war nur niemand da, mit dem er es teilen konnte.

Immerhin, als er später mit Mark und Mailin essen ging, ließ er sie spüren, wie tief seine Freude saß. Dass beide mit schwerer Arbeit (denn das war es, die Schirme jedes Mal wieder korrekt zu legen und die Gurte und die Mechanismen auf dem Boot in Schuss zu halten, so dass alles sicher war) anderen Menschen Momente der Leichtigkeit schenkten, beeindruckte ihn ungemein.

Dass er irgendwo dort oben seinen Vater hatte loslassen können, erzählte er ihnen nicht. Das war zu kostbar und zu persönlich und es war unbeschreiblich, wie viel leichter ihm dadurch zumute war.

Zurück auf dem Radweg Nummer Fünf wusste er, dass ein Teil von ihm selbst für immer dort oben in einem gelbgrünen Fallschirm mit den Möwen schweben würde, selbst wenn er längst wieder in Berlin am Steuer saß.

Weit war es nun nicht mehr bis Skagen, dem nördlichsten Ende von Dänemark. Zu Kalles Überraschung war der Radweg Nummer Fünf bereits vorher zu Ende und wandelte sich ohne Vorwarnung verfrüht in den Radweg Nummer Eins, die Westküstenroute, seinen Rückweg. Mit etwas Wehmut betrachtete er die Ziffer Eins. Er hatte sich so daran gewöhnt, der Fünf zu folgen, oder auch nicht. Denn nicht immer hatte er sich an sie gehalten und oft Abstecher an den Strand gemacht.

Um das Ende wenigstens irgendwie zu markieren und zu feiern, suchte er sich einen Campingplatz. Der unvergessliche Tag ging ohnehin zu Ende. Noch immer war der Abend mild, obwohl sich ein weicher Nebel um Kalles Zelt auf die Wiese legte und die Luft eindeutig nach Spätherbst schmeckte. Kalle zündete ein kleines Windlicht an, das er sich geleistet hatte. Mit seinem dampfenden Teebecher prostete er Orion zu. Er dachte an seinen Vater, zum ersten Mal ohne Unbehagen, dachte an Kerstin und an das Kind, das nie zur Welt gekommen war. In der Zeitung hatte er einmal gelesen, dass es im Weltall dunkle Materie gab, die zwar niemand sehen konnte, deren Existenz jedoch bewiesen war und ohne die das All nicht funktionieren würde. Ohne sie gäbe es die Sterne nicht. Kalle stellte sich vor, dass die Seelen der Kinder, die nie Licht gesehen hatten, Teil dieser dunklen Materie waren. Diese Phantasie tröstete ihn. Er dachte an Alex und summte dabei das Lied der Winterwellen mit. Als er den Kopfhörer wieder aus den Ohren nahm, hörte er die Rufe der Kraniche und Gänse, die über ihm nach Süden flogen. Immer mehr ihrer Formationen hatte er am Nachmittag gesehen. Die Frau, die am Eingang des Campingplatzes seine Gebühr entgegennahm, sah mit gekrauster Stirn nach oben.

»Wenn so viele fliegen, kommt kaltes Wetter«, prophezeite sie. »Die Vögel wissen.«

Es faszinierte Kalle, dass die im Dunkeln genau wussten, wohin sie wollten. Das hatte etwas mit Magnetfeldern zu tun. Er beneidete sie um ihre Gewissheit und Zielstrebigkeit. Von sich wusste er nur, dass er in Skagen umkehren und die Westküstenroute zurück nach Deutschland nehmen würde. Und dann? Dann blieb ihm weiße Zeit, bis er wieder bei Helmut in Berlin sein musste. Kalle hatte nicht die leiseste Ahnung, was er damit machen würde, und das mitten im Winter. Er könnte direkt nach Berlin fahren und sich in seiner Wohnung daran machen, die eine, große Geschichte zu schreiben. Unzählige Puzzlestücke dazu lebten inzwischen in seinem Notizbuch, doch er wusste, dass diese längst nicht ausreichen würden. Sein Instinkt sagte ihm, dass seine Reise noch furchtbar unvollständig war.

Er stand auf, löschte das Windlicht, wischte seinen Becher aus und wollte gerade die Zeltklappe öffnen, als er aus dem Augenwinkel eine Sternschnuppe hinter den Dünengräsern fallen sah. Er zog den Reißverschluss wieder zu, seine Jacke enger um sich und stieg noch einmal auf die Dünen, um zu sehen, ob er mehr davon entdecken konnte. Alex hatte ihm erzählt, dass sie zu manchen Jahreszeiten in Schwärmen auftraten.

Und dann sah er es. Ein Leuchten am Horizont, doch es war nicht der übliche rotgoldene oder silberblaue Nachklang des Tageslichts über dem Meer. Es war größer und es bewegte sich, hob sich, breitete sich aus, schwang in Bögen auf und ab, über den halben Himmel, in strahlenden Bändern, Gelb und Grün mit einem gelegentlichen Anflug von Rot und Blau an den Rändern. Bewegte Gardinen, die sich auf- und zuzogen wie am Rande einer gewaltigen, göttlichen Bühne. Nordlichter!

Er hatte sie im Fernsehen gesehen und Bilder studiert, aber nie zu denken gewagt, dass er sie einmal sehen würde. Auch nicht als Lili von dieser Möglichkeit gesprochen hatte, Lili, die auf dem allerersten Campingplatz von einer Geschichte über Träume erzählt und gesagt hatte, Nordlichter seien die Träume der Erde.

Es war das zweite unglaubliche Geschenk an diesem Tag. Er ahnte, dass keine Geschichte jemals groß genug sein könnte für diese Dinge. Ob Alex Musik dazu geschrieben, ob er auch das Glück gehabt hatte, Zeuge eines solchen Schauspiels zu sein?

Kalle vergaß die Zeit, saß lange auf der Düne und dachte nicht mehr an Wörter, an Fragen oder die Zukunft. Er war nur anwesend. Hörte das Meer, die Kraniche und die stumme Musik, wie es Alex ihn gelehrt hatte, schmeckte Salz, roch Spätherbst, beginnenden Winter und Tau, spürte den Sand und den Nebel und das Dünengras, das sich neben ihm vor dem Wind und dem Schauspiel verbeugte, sah den hellen Tanz die Sterne überstrahlen und wieder erscheinen lassen. Erst als die Lichter und die Sterne beide von der Morgendämmerung gelöscht wurden, erhob er sich mühsam. Kalt war es geworden, und er musste sich in sämtliche Pullover, Jacken und Decken wickeln, die er hatte, um seine Füße wieder zu spüren.

16

Die meisten der Pullover und Jacken behielt er an, als er am Morgen auf das Rad stieg, denn jetzt machte der Winter keine Kompromisse mehr. Die Wolken hatten kehrt gemacht und flogen wieder mit den Vögeln nach Süden. Kalle würde es ihnen gleichtun, doch vorher wollte er den nördlichsten Punkt erleben. Undenkbar, vorher umzukehren! Verbissen kämpfte er sich gegen den eisigen Wind. Diese Nacht wollte er auf dem nördlichsten Campingplatz Dänemarks verbringen. In Skagen aß er eine heiße Suppe und beeilte sich dann, Grenen Camping zu erreichen. Die Tage waren kurz geworden. Dass der Campingplatz bereits seit Ende September für den Winter geschlossen war, hatte er schon in seinem Campingführer gelesen und daher in weiser Voraussicht seinen faltbaren Wasserkanister am Vortag gefüllt und an sein Gepäck gebunden. Er suchte sich einen Platz gleich außen neben dem Zaun, im Windschutz dort abgestellter Wohnwagen. Fast riss ihm eine Böe das Zelt aus der Hand, bevor er es befestigt hatte. Ob es in die Nordsee oder in die Ostsee geflogen wäre?, überlegte er.

Natürlich war es nicht erlaubt, »wild« außerhalb des Platzes zu zelten, aber er vertraute darauf, dass ihn jetzt und in dieser einen Nacht niemand erwischen würde. Sorgfältig schloss er den Reißverschluss, band die Klappe des Vorzeltes mit einer Extraschleife zusammen und stapfte die letzten Meter hinaus auf die schmale Sandzunge zwischen den Meeren. In seinem Buch hatte gestanden, dass hier immer eine Menge Touristen unterwegs seien. Doch er sah nur eine Handvoll Menschen, tief in ihre Anoraks und den Windschatten einiger halb im Sand versunkenen Bunkerruinen geduckt, die hier grotesk am falschen Platz wirkten. So schenkte ihm die Jahreszeit einen ungestörten Blick auf das Ende des Landes und den Punkt, an dem sich beide Meere in die Arme liefen, Skagerrak und Kattegatt, Nordsee und Ostsee. Nein, es war kein Punkt, es war eine Linie, eine weiße, schäumende Zeile. Eine Zeile, von den Wellen, die von Osten, und jenen, die von Westen heranrollten, gemeinsam auf die bleigraue See geschrieben. Kalle dachte: Wenn ich diese Linie lesen könnte, die wie Schrift aussieht – fast, fast kann ich sie lesen –, dann wäre es der Titel, die Überschrift für die eine, große Geschichte!

Wo die aufeinander zulaufenden Wellen sich in ihrer Bewegung in die Quere kamen, brachen sie gen Himmel aus, unterstützt vom Sturm, der ihnen Tropfen und Schaum entriss und in ganzen Fontänen hochschleuderte, um diese Vereinigung großartig zu feiern. Kalle stand ganz am äußersten Ende, bemerkte nicht, dass beide Meere an den Spitzen seiner Stiefel leckten, und wusste nicht, ob ihn der Sturm atemlos machte oder das Magische des Ortes. Die Stimmen von Wind und vereinigten Wellen füllten seine Ohren, seinen ganzen Körper mit ihrem himmelweiten Rauschen, und dennoch stellte er zu seiner Verblüffung fest, dass dies der Moment größter Ruhe war, die er seit Berlin gefunden hatte, seit die aufgehobene Ähre in seiner Hand die Großstadt um ihn her für einen Augenblick hatte verstummen lassen.

Seitdem war er unterwegs gewesen, vom Vorwärtskommen besessen. Er hatte sich selbst gedrängt, von einem alten Traum weg zu einem neuen hin. Auch jetzt war er nicht angekommen. Doch im Moment genügte es, zu sein, HIER zu sein.

Hier war nicht einmal weiße Zeit. Hier gab es keine Zeit. Hier zählten nur der Himmel, der Sand und die Meere und dass er sie sehen, spüren, schmecken durfte. Die Feuchtigkeit gefror zu winzigen Schneeflocken, die um Kalle herum zu Boden kreiselten. Irgendwann fiel die Sonne tiefer, schob einen Strahl durch eine Wolke, die sich in der Eile selbst überholt und einen Riss bekommen hatte. Die auf den Horizont zuschäumende Linie zwischen den Meeren mit dem Tanz aufgescheuchter Brandung darüber leuchtete weiß auf. Die feinen Eiskristalle in der Luft flimmerten silbern wie ein Zittern unterdrückter Freude in der Luft, oder war es nur in Kalle? Er atmete tief ein, um alles in sich aufnehmen zu können, verschluckte sich an den Flocken und musste husten, weil sie so hell waren.

Die Sonne verlor sich bald wieder im schweren Grau, aber Kalle konnte sich nicht losreißen. Als er müde wurde, hockte er sich auf den schrägen Beton einer Bunkerruine, die Arme um die Knie geschlungen, dachte an nichts und sah weiter dem Gespräch der Meere zu, das teils in Gebärdensprache, teils im Rauschen stattfand. Einzelne Touristen kamen und gingen, während das Licht gedämpfter und geheimnisvoller wurde. Einmal ging eine Frau an ihm vorüber. Eine Böe blies ihr die Kapuze vom Kopf, und während sie sich mühte, sie wieder hochzuziehen, traf ihr Blick Kalles. Etwas an ihrer Gestalt kam ihm vertraut vor. Er probierte ihr das Lächeln aus seiner Erinnerung an, doch es passte nicht, und er sah, dass der Wind nicht in ihren

Haaren wohnte, sondern ihre Locken mit Haarspray an ihren Kopf geheftet waren.

Als die Dämmerung fiel, war er allein mit dem Umkehrpunkt seiner Reise, verließ ihn nur widerwillig, doch er wollte nicht leichtsinnig sein. Anneliese hätte es für sehr unvernünftig gehalten, wenn er hier draußen erfrieren würde, nur weil er an diesem Ort glücklich war.

Bevor er ging, sammelte er längliche Kiesel aus einer Grube, die eine Flut zu Füßen des Bunkers in den Sand gespült hatte, und legte das Bild einer Ähre in den Sand. Eine Möwe, die lange Zeit wie er unbewegt gesessen und auf die Meere geblickt hatte, sah ihm interessiert zu.

Die Kälte hatte sein Zelt erobert und machte seinen Schlaf unruhig. Bei dem kleinen Licht der Zeltlaterne fertigte er in seinem Notizbuch eine Kohlezeichnung von dem großen Treffen der Meere, von der bewegten Linie von seinen Füßen auf den Horizont zu, an der entlang Ostsee und Nordsee sich ihre Geschichte erzählten.

Mit dem Morgengrauen packte er zusammen und machte sich auf den Beginn des Rückweges, jetzt wieder in Begleitung der Wolken. Der Wind schob ihn gnädig an. Sonne und leichter Schneefall wechselten sich ab. Kalle war gerade fröhlich einen Hügel herabgesaust, als ihm in der Kurve aus dem Augenwinkel heraus etwas auffiel. Unwillkürlich trat er auf die Bremse, wäre auf der glatten Straße fast hingeschlagen. Rasch richtete er sein Fahrrad auf und schob es von der Straße, um das Häuschen näher zu betrachten, das seine Aufmerksamkeit gefangen hatte. Es war ein kleines Haus mit flachen Giebeln, von einer Mauer umgeben. Auf dem Dach lag Schnee, aber das Weiße, das an den blau getünchten Wänden haftete, war kein Schnee. Kalle entdeckte, dass es sich um Muscheln handelte, unzählige Mengen von Muscheln verschiedener Art, wie er sie zum Großteil nie gesehen hatte. Sie waren zu Rosetten, Blumen, Bäumen und Schmetterlingen angeordnet oder bedeckten fast lückenlos die Wände und die niedrige Mauer, die das Grundstück umgab. Es war ein erstaunliches, kindlich-liebenswürdiges Bild, das frech der strengen, winterlichen Landschaft widersprach. Auch der Torbogen war von Muscheln bedeckt, rechts und links segelten stolze Schiffe mit geblähten Muschelsegeln aufeinander zu, während darunter in den Muschelwellen Muschelfische unterwegs waren.

Daneben stand ein junger Mann, der auf etwas in seiner Hand starrte. Als er Kalles Schritte im Schnee knirschen hörte, hob er den Kopf. In seinen dunklen Augen und seiner ganzen Haltung lag eine Traurigkeit, vor der Kalle erschrak.

»Guten Tag – kann ich Ihnen helfen?«, fragte er, ehe ihm einfiel, dass sein Gegenüber ihn wahrscheinlich nicht verstand. Aber wie so oft in diesem Land irrte er sich.

»Hej. Wo kommen Sie denn her – ein Radtourist bei diesem Wetter?« Für einen Moment hatte Kalle die Traurigkeit aus den dunklen Augen verscheucht und Interesse geweckt.

»Im Moment von Grenen Camping – aber sonst aus Berlin. Ich bin Kalle.«

»David. Ich war mal in Berlin. Eine beeindruckende Stadt. Aber dort gibt es keine Muscheln.« Davids Blick kehrte bekümmert in seine Handfläche zurück.

Durch Kalles überraschtes Hirn huschte eine Vision, wie der dichte Strom des Berliner Verkehrs Muscheln an die Bordsteinkanten des Kudamms spülte. Unwillkürlich musste er lächeln, auch über den tragischen Tonfall in Davids Stimme. Kalle trat näher und sah, dass der Gegenstand in Davids verfrorener Handfläche eine verwitterte Muschel war, kaum noch als solche zu erkennen, grau, voller Risse und Löcher, an den Kanten fehlten Stücke. Kalle sah sich um. Im Rumpf des Schiffes am linken Torbogen war ein Stück Putz mitsamt der

Muschel herausgebrochen. In einem anderen Meer wäre dieses Schiff längst untergegangen. Auch an der Mauer und den Hauswänden entdeckte Kalle nun Schäden. Dieses heitere Werk war dabei, zu Staub zu zerfallen.

David seufzte, legte die kaputte Muschel behutsam in ein Beet an der Mauer und wischte sich mit dem Ärmel die Nase. »Möchten Sie auf einen Tee hereinkommen?«

Kalle hatte sich eine Menge Kilometer vorgenommen, denn er wusste, er musste versuchen, dem Winter davonzufahren. Aber sowohl der Tee als auch die Neugier und das Gefühl, dass hier jemand Trost brauchte, machten es ihm unmöglich, Nein zu sagen.

»Ich habe das Haus vor kurzem von meinem Großonkel geerbt. Es gibt hier in der Nähe ein ähnliches, viel größeres Haus, das sogenannte Sneglehuset. Mein Onkel hat die Idee aufgegriffen, aber er legte Wert darauf, nur selbstgesammelte Muscheln zu verwenden. Und anstatt sie kitschig bunt zu streichen, verwendete er nur solche mit echten Farben. Er war Kapitän, kam überall herum und verbrachte seinen Urlaub nur an Stränden, die für ihren Muschelreichtum bekannt sind. Es gibt eine Karte, auf der er die besten Plätze eingezeichnet hat. Als Kind habe ich meine Ferien hier verbracht. Für mich war es immer ein Märchenhaus, ein Paradies. Ich durfte ihm helfen, die Muscheln anzubringen, durfte mir Bilder ausdenken. Immer hat er mir eingeschärft, dass nur die selbstgesammelten Muscheln glücklich machen können, weil sie die Erinnerungen an den Strand, an dem man sie gefunden hat, in sich tragen. Muscheln aus dem Katalog oder dem Souvenirladen sind tote Muscheln ohne Geschichte. Setzen Sie sich.«

Sie hatten eine Wohnküche betreten. David wies auf eine Bank an einem alten, von jahrzehntelangem Gebrauch glattgeschliffenen Holztisch. Kalle pellte sich dankbar aus seinen dicken feuchten Jacken. David schenkte ihm aus einer bauchigen Kanne ein, die auf einem Stövchen vor sich hin dampfte. Er griff nach einem alten Heft, setzte sich neben Kalle und schlug es auf.

»Hier, sehen Sie«, sagte er eifrig, tippte mit dem Finger zärtlich auf handgezeichnete Karten von Afrika, dann Australien, Indien, schließlich Florida. »Hier, die Inseln Captiva und Sanibel, davon hat er am meisten erzählt.« Dann schloss er das Heft hastig wieder, wärmte beide Hände an seiner Tasse und nahm einen tiefen Schluck. »Er hat die Muscheln alle mit seiner geheimen Mischung behandelt, so ein Mittel, das man benutzt, um Fliesen zu pflegen, mit einigen Zutaten. Sie halten das Wetter lange aus. Aber jetzt zerfallen immer mehr von ihnen. Und es ist doch jetzt mein Haus. Er hat es mir anvertraut, und er war sich bestimmt sicher, dass ich es erhalten und dafür sorgen würde, dass die Bilder bleiben.«

»Und das möchten Sie nicht?«, fragte Kalle vorsichtig. Er fand die Sorgenfalten auf Davids jungem Gesicht besorgniserregend.

»Natürlich möchte ich. Nichts lieber als das! Ich könnte sogar. Ich bin Webdesigner. Ich kann von überall arbeiten. Tatsächlich bin ich sogar erfolgreich und hätte die Mittel, Reisen zu machen.« Wieder brach er ab, starrte stumm in seine Tasse.

»Wissen Sie was«, sagte Kalle, als die Stille stickig wurde, »Ich bin hier, weil ich eines Tages einfach alles fallengelassen habe und auf diese Reise gegangen bin. Job gekündigt, Freunde und Wohnung im Stich gelassen, losgefahren. Ich wusste nicht einmal so genau wie Sie, was ich suche. Rückblickend weiß ich, dass es richtig war – oder mindestens nicht falsch, so kurz entschlossen zu handeln. Hätte ich abgewartet, wären mir Bedenken gekommen, hätte ich andere um Rat gefragt, hätten sie es mir ausgeredet.«

»Einfach gekündigt? Von heute auf morgen? Das ist mutig.« David hob endlich seinen Blick aus der Teetasse, richtete ihn erstaunt auf Kalle. »Hatten Sie ein Burnout?«

Jetzt war es an Kalle zu seufzen. »Wenn mir das noch viele Menschen andichten, glaube ich es selbst. Nein, ich habe einfach einen Entschluss gefasst und ihn umgesetzt, ehe ich Angst davor bekommen konnte.«

»Sehen Sie!«, rief David. »Angst! Das ist genau mein Problem. Da nützt kein schneller Entschluss mehr. Ich habe jetzt schon Angst. Bei der bloßen Vorstellung, in ein Flugzeug zu steigen, bleibt mir die Luft weg. Mir wird übel, schwindlig und schwarz vor den Augen.« Er klammerte sich mit beiden Händen an der Tischplatte fest. »Und auf Schiffen werde ich seekrank. Mir wird schon im Zug komisch.«

»Ach herrje.« Das war ein Problem. »Käme eine Therapie gegen Flugangst nicht für Sie in Frage?«

»Ach, das ist nichts für mich. Ich bin nicht gut im Reden. Wer weiß, ob das funktioniert. Und ich habe keine Zeit für etwas Langwieriges. Die Muschelbilder zerfallen mir unter den Händen.«

»Mit Selbstmitleid kommen Sie nicht weiter.« Kalle dachte nach. »Sie könnten Kontakt zu jemandem suchen, der gerne reist und Ihnen die Muscheln besorgt, die Sie benötigen, um die kaputten Stellen zu reparieren. Jemand, der sich für Muscheln interessiert, einer, dem das Projekt gefallen würde. Einen Partner.«

»Das wäre nicht dasselbe. Ich will sie selbst sammeln.

Ich möchte die Länder sehen, von denen Großonkel Henner mir erzählt hat. Das warme Wasser spüren, Pelikane sehen und riesige Seesterne.«

»Tja. Wenn Sie das wirklich wollen, dann ist dieser Traum vielleicht stark genug, um die Angst zu überwinden. Probieren Sie es aus. Ich hätte eine Idee.«

Bei einer zweiten Tasse Tee erzählte er David von seinem Abenteuer als Drachen an der Leine. »Sie waren doch in Berlin. Waren Sie auf dem Funkturm?«

»Ja, war ich. Das war beeindruckend, der Blick von da oben«, erinnerte sich David.

»Ich war auch auf dem Funkturm. Als Kind. Mir war übel und schwindelig und die Luft blieb mir weg. Ich dachte, ich und die Welt, wir fliegen in tausend Stücke. Nie wieder habe ich mich auf ein hohes Gebäude getraut. Auf Brücken mache ich die Augen zu und offene Treppenhäuser kann ich überhaupt nicht leiden. Selbst auf Balkons habe ich Schwierigkeiten.«

»Wirklich?« David machte große Augen. »Höhenangst? Und da haben Sie das mit dem Fallschirm gemacht? Warum?«

»Ich weiß es selbst nicht. Es war eine einmalige Gelegenheit. Sie kam völlig überraschend und ich hatte kein Gegenargument. Es war mir peinlich, den Leuten von meiner Angst zu erzählen. Außerdem wollte ich unbedingt wissen, wie es ist, ein Drachen zu sein, mit den Möwen zu fliegen und die Küste von oben zu sehen. Ich bin auf diese Reise gegangen, um ganz Neues zu tun und zu finden. Da erschien es mir falsch, eine solch einmalige Gelegenheit abzulehnen.«

»Und war Ihnen schlecht da oben?«

»Nein. Ich habe die Angst vollkommen vergessen. Sie ist auf der Erde geblieben. Das war ein Gefühl, auf dem man gut fliegen kann.«

Befriedigt sah Kalle, dass er David zu denken gegeben hatte. Die Sorgenfalten hatten etwas von ihrer Tiefe verloren und in Davids Mundwinkeln nisteten jetzt Neugier und ein Anflug von Hoffnung.

Von der einen, großen Geschichte, die er schreiben wollte, und dass er diesen Flug auch aus der anderen Angst heraus gemacht hatte, Worte zu versäumen, die dort hineingehörten, erzählte er nichts. Aber abends auf dem nächsten Zeltplatz, der zum Glück geöffnet war, schrieb er das Wort »Angst« in sein Notizbuch. Angst, da war er sich sicher, gehörte in die große Geschichte. Sie verhinderte manche Kapitel und brachte andere erst in Bewegung.

Bevor er aufgebrochen war, hatte er David die Adresse von Mark und Mailin gegeben. »Probieren Sie es doch im Frühling aus. Es ist nicht weit von hier.«

David hatte den Zettel mitten auf den Kühlschrank geheftet. »Das mache ich! Das heißt, ich versuche es. Danke!«

Kalle schrieb ihm seine Handynummer dazu. »Rufen Sie mich an, wenn Sie es geschafft haben, oder schreiben Sie mir eine SMS. Ich würde mich freuen.« Er war wirklich neugierig, ob Davids Angst am Ende Davids Traum überwuchern würde oder der Traum die Angst.

David und er hatten einiges gemeinsam – der eine wollte Muscheln sammeln, um Bilder zusammenzusetzen, der andere sammelte Wörter und Bilder, um sie zu der einen großen Geschichte zu fügen.

Kalle dachte an Davids Großonkel. Wie war es wohl, ein Leben lang Muscheln und Schnecken zu sammeln und an Wänden zu befestigen, ein Werk zu schaffen, ganz gleich, was in der Welt geschah? War es auch ein Weg, eine große Geschichte zu schreiben?

Der Sturm fasste durch den Reißverschluss in sein Zelt und berührte Kalle mit einem Frösteln, rüttelte an der Plane und trieb ein paar Graupelkörner dagegen.

Davids Problem hatte Kalle abgelenkt, ihm Aufschub gewährt, doch nun gab es keine Ausrede mehr.

Es war Zeit für den Rückweg.

17

eine Option wäre der Nordseeradweg bis zum Nordkap

Vor dem Rückweg hatte er sich gefürchtet. Nein, nicht vor dem Rückweg, sondern vor der Umkehr. Bis jetzt war seine Reise ein Aufbruch gewesen, ein Abenteuer mit einem Ziel. Er hatte sich von Berlin und seinem alten Leben fortbewegt. Nun bewegte er sich wieder auf etwas zu. Da er keine bessere Idee hatte, würde es wohl das alte Leben sein. Aber noch war er unterwegs! Noch flog er auf der Möwe unbekannte Wege entlang, noch gab es die ganze Westküste Dänemarks kennenzulernen und das andere Meer, die Nordsee. Pusteblumen gab es nun nicht mehr, nur die weißen hohen Windräder in der Ferne erschienen ihm wie eine mechanische Kopie davon, ein bizarres Echo des Sommers.

Hatte er auf dem Weg nach Norden oft getrödelt, war hier und dort ein paar Tage geblieben, hatte Mußestunden in den Sand gepflanzt und Träume am Flutsaum schwimmen lassen, so genoss er jetzt die Geschwindigkeit. Manchmal kam der Wind von der Seite und machte ihm schwer zu schaffen, oft hatte er aber Rückenwind, der seinen Anorak zu einem Segel machte und Kalle vorwärtsschob wie auf einer Hoffnung, die sich ihm noch nicht erschloss.

Da nur wenige der Campingplätze ganzjährig geöffnet waren, war die Distanz zwischen ihnen weiter, und da es zum Verweilen zu kalt war, legte er am Tage viel mehr Kilometer zurück. Er war jetzt trainiert, hatte Muskeln, von denen er in seinen Jahren auf dem Fahrersitz nie etwas geahnt hatte. Es war ein Rausch und ein Triumph, diese neu gewonnene, noch fremde Kraft, die er erst langsam und jubelnd als seine eigene erkannte, abwechselnd mit dem und gegen den Wind zu nutzen. Gelegentlich sah er letzte Vogelschwärme über sich in dieselbe Richtung ziehen und gab sich für eine Weile fröhlich der Illusion hin, mit ihnen mithalten zu können. An manchen Tagen begleiteten ihn Schneeflocken oder trieben ihm ins Gesicht, aber den schweren Schneefällen war er immer gerade ein Stück voraus.

An der Ostsee hatte er geträumt, hier an der Nordsee war er so wach wie nie. Er schrieb kaum Worte auf. Was er hier fühlte, war tiefer als Worte. Er *war* einfach nur Augenblick, war Teil des Windes, der klaren Kälte, des herrlichen neuen Salzgeschmacks in der Luft. Wenn er erschöpft war, stellte er die Möwe ab, stapfte zum Strand, zog Stiefel und Socken aus und watete einige kostbare Minuten in diesem so ganz anderen, wilderen Meer, bis seine Füße brannten, erst gefühllos wurden und dann wunderbar erfrischt. Nie konnte er es dabei lassen, einen Finger in das Wasser zu stecken und Tropfen zu kosten. Der bittersüße Geschmack nach Salz und Tang und Geheimnissen faszinierte ihn, traf ihn zutiefst wie etwas, das er wiedererkannte und das zu ihm gehörte, ohne dass er wusste warum. Braunweiße Schaumflocken flogen ihm um die Ohren und einmal schwappte eine ungestüme Welle in seine Stiefel und zwang ihn, in seinen Turnschuhen weiterzufahren.

Mit einem Stock malte er großzügig Bilder in die dünne Schneedecke auf dem bräunlichen Sand; so viel Platz hatte er noch nie für etwas gehabt. An anderen Tagen zeichnete er mit Kohle auf Papier, während er im Windschutz eines Felsens Rast machte. Der Radweg Nummer Eins führte ebenso wie der Radweg Nummer Fünf nicht immer direkt an der Küste entlang, aber wie schon an der Ostküste nahm Kalle Umwege in Kauf, um immer wieder am Meer zu sein. Die Nordsee rief ihn lauter, noch drängender als die Ostsee. Ihre Stimme und ihr Geschmack lockte, verfolgte, verzauberte ihn, er war besessen davon.

Die Welt, durch die er fuhr, wurde weißer, glatter und stiller. In dieser Stille hallten der Wind und die

Gischt umso nachdrücklicher und füllten ihn mit einer seltsamen Zufriedenheit. Oft hörte er dazu das Winterwellenlied von Alex. Der Schnee verwischte die Wegränder, so dass das Land immer größer und unberührter wurde. Das ungebrochene Weiß und die schneidend kalte Salzluft radierten alle Unruhe, alle Reste von Trauer, alle Erschöpfung aus Kalle, reinigten ihn von dem Dreck und Ruß, der sich in den vielen Berliner Jahren nicht nur in seiner Lunge angesammelt hatte, sondern auch in den Ritzen seines Denkens und den Ecken seiner Gefühle. Er traf kaum noch Menschen, und wenn doch, war ihm nicht nach Unterhaltung zumute. Die Einsamkeit und dass niemand etwas von ihm verlangte, erschienen ihm ebenso großartig wie die Nordsee und die geschwungene Linie der Küste hinter und vor ihm, die der Frost ebenso schwarzweiß zeichnete, wie Kalle sie mit dem Kohlestift einfing.

Auf halber Strecke jedoch bemerkte er, dass mit der zunehmenden Kälte von dem Großen, Funkelnden dieser Einsamkeit etwas verlorenging. Sie war nur noch groß, dehnte sich mit jedem Kilometer, den er in die Pedale trat, und verwandelte sich von einem willkommenen Gefährten in einen befremdlichen Schatten, der vor ihm auf dem Weg lag wie ein Hindernis. Nachts folgte ihm dieser Schatten ins Zelt, war in der Dunkelheit sichtbar, lag selbst im Traum auf Kalle wie eine klumpig gewordene Decke. Er wusste, dass er dieses Gewicht auf Dauer nicht würde tragen können, nicht bis an das Ende seiner eigenen Geschichte.

Er dachte an die Stockrosensamen aus Monikas Garten in Warnemünde, die in seinem Rucksack schliefen. Wenn er durch winterliche Dörfer fuhr, begann er auf die Häuser zu achten und vor allem auf die Gärten, stellte sich vor, wie sie im Frühling wären, und überlegte, wie ein Garten aussehen würde, dem er diese Samen anvertrauen könnte, um zu bleiben und sie wachsen zu sehen. Doch jedes Mal schreckte ihn der Gedanke an seinen Kontostand aus diesen Tagträumen und die Tatsache, dass man in solchen Häusern kaum alleine wohnt. Nicht, wenn dort etwas wachsen soll.

Er würde zurückkehren, wie es Helmut wünschte, und die Arbeit verrichten, die er kannte, und wo er gebraucht wurde, und vielleicht würde er Mutlu die Samen schenken, denn der hatte einen Schrebergarten mitten zwischen den Hochhäusern des Märkischen Viertels, die er Wohnschränke nannte.

Aber die Vernunft, die er sich aus dem Kontoauszugsdrucker zog, verflog nach wenigen Kilometern auf der Möwe stets wieder mit dem Wind. Dann klopfte in ihm wie eine Entzündung die fixe Idee, dass er auf seiner

Reise etwas Entscheidendes übersehen hatte, das für die eine, große Geschichte zwingend notwendig war und ohne das sie wie ein Kartenhaus zusammenfallen würde.

Und noch etwas quälte ihn. Immer wieder tauchte es auf: nicht in seinen Träumen, aber im Halbschlaf, am Rande seines Bewusstseins fand es morgens wie abends eine Lücke, durch die es sich vor sein inneres Auge schob und dort ausbreitete, mit einem Lächeln voller Wehmut und Sehnsucht und Versprechen, einem Lächeln, dessen Mundwinkel sich leicht nach unten zogen: das Gesicht, das er nur einmal gesehen hatte, in einem Augenblick, der wie gefroren in seinem Gedächtnis hängengeblieben war und keine Rücksicht auf die Zeit nahm, mit der er hätte vergehen sollen. Mehr noch, dieses Lächeln hing manches Mal für einen Moment in den Wolken oder spiegelte sich im Eis einer Pfütze wie damals im Fjord. Und wenn ihm der Sturm Tang vor die Füße wehte, den die Flut aufgeworfen hatte, sah er darin nicht eine Wasserpflanze, sondern dunkle Locken, in denen der Wind zu Hause war. Dann glaubte er, er müsste sich nur umdrehen, um eine schmale Gestalt im Abend stehen zu sehen, die die Hand über die Augen legte, als wollte sie im Gegenlicht auch sein Gesicht sehen, sich einprägen – dabei hatte sie damals bestimmt nur zum Leuchtturm hinübergesehen.

Was für ein Unsinn, Kalle, schalt er sich selbst. Nur eine Frau von vielen, an denen man vorübergeht, die einem im Gewühl begegnen und wieder verschwinden. Du wirst sie nie wiedersehen, du weißt nichts von ihr. Schlag sie dir aus dem Kopf. Dein Problem ist, dass du zu lange allein gewesen bist. Du musst zurück unter Menschen. Diese weiße Weite macht dich kirre im Kopf, das ist alles.

Trotzdem zögerte er, die letzte Strecke bis zur deutschen Grenze zurückzulegen. Und so kam ihm Sinja Borgelund gerade recht, als er sie auf einer wackeligen Leiter stehend und mit einem Schraubenzieher zwischen den Zähnen am Eingang des letzten Campingplatzes antraf.

18

Sie versuchte verzweifelt, das eine Ende des schweren Eingangsschildes über dem Torbogen zu befestigen, das offenbar der Sturm heruntergerissen hatte. Unten an dem Schild hing noch ein zweites, aus dem Kalle schloss, dass dieser Platz im Winter nicht geöffnet hatte. Er ließ sein Rad fallen und rannte die letzten Schritte, kam gerade noch rechtzeitig, um die Leiter zu stabilisieren. So fiel nicht die Frau, sondern nur der Schraubenzieher vor seine Füße.

»Hoppla!« Kalle bückte sich danach, ohne die Leiter loszulassen.

»Danke!«, sagte die Frau. Ihre Stimme war angenehm, so selten hatte Kalle in den letzten Tagen Worte mit jemandem gewechselt. »Wie ungewöhnlich, hier draußen bei dem Wetter einen Schutzengel anzutreffen.«

Er hatte sich schon daran gewöhnt, dass hier fast jeder Deutsch konnte, aber ihres war völlig akzentfrei. Sie lächelte ihn an. »Ich war Deutschlehrerin. Deutsch und Biologie«, sagte sie erklärend.

»Lassen Sie mich das mit dem Schild machen«, bat Kalle. Er reichte ihr die Hand, half ihr herunter. Sie war so groß und schlank wie er, begegnete mit hellen Augen den seinen auf derselben Höhe. Nun sah er, dass sie alt war, wenn auch keineswegs gebeugt. Um ihre Augen spannte sich ein Netz feiner optimistischer Falten, und ihr langer Zopf, der nicht in Ährentechnik, sondern praktisch und einfach geflochten war, war grau.

»Das ist lieb von Ihnen.« Sie reichte ihm den Schraubenzieher und ein Stück Kette und ihre Hand. »Sinja Borgelund. Wollten Sie auf den Campingplatz?«

»Ich konnte dem Führer nicht entnehmen, ob er geschlossen ist. Es macht nichts, ich schaffe es heute noch bis Deutschland.«

»Aber das wollten Sie nicht?«

Jetzt war es an ihm, von oben herunterzusehen. Von hier wirkte sie zerbrechlich. »Kennen Sie das, dass man eine Reise nicht beenden möchte?«

Sie schwieg, drehte einen Gedanken hin und her, sah seinen Händen zu, wie sie geschickt die Schraube an einer festeren Stelle im Balken versenkten, die Kette daran befestigten und das schwere Schild wieder einhakten. »Ich hätte eine Idee, wie Sie das Ende aufschieben können.«

»Lassen Sie hören.« Kalle kletterte die Leiter herunter, klappte sie zusammen. »Wohin damit?«

»Dort in den Schuppen.« Sie ging neben ihm her. Es fühlte sich ungewohnt an, als sei sein Schatten lebendig geworden.

»Seit mein Mann den Campingplatz nicht mehr betreuen kann, hat sich ein Ehepaar aus dem Dorf im Winter für uns darum gekümmert. Doch im Sommer sind sie fortgezogen. Es gibt nicht viel zu tun. Bei Sturm nach dem Rechten sehen, Schnee schippen auf den Wegen und von den Vorzelten schütteln, die Abflüsse frei machen, wenn es taut, kleine Reparaturen im Laden und an den Hütten vornehmen. Sie könnten in einer der Hütten wohnen, und Abendessen bekommen Sie bei mir.« Sie wies auf ein in die Dünen geducktes, blau gestrichenes Haus auf der anderen Straßenseite. Bestimmt wachsen dort im Garten im Sommer Stockrosen, dachte Kalle. Es war eindeutig diese Sorte Haus.

»Einen Lohn kann ich Ihnen nicht zahlen, aber Sie hätten Kost und Logis bis Ende Februar, wenn der Platz wieder öffnet und vom neuen Pächter betrieben wird.«

Kalle konnte es kaum glauben. Sie servierte ihm gerade wie eine betagte gute Fee eine Menge weißer Zeit auf einem Silbertablett. Hier hätte er Ruhe, um aus seinen gesammelten Wörtern die eine, große Geschichte zu weben. Das Gefühl eines Junimorgens, an dem die Amseln sangen und alles möglich war, würde er hier zwar sicher nicht finden, aber vielleicht würden die Zeit und die Geschichte ihm einen Hinweis geben, wo er danach suchen konnte.

Und so bezog er die stabilste von mehreren einfachen Holzhütten, die in der Saison an Touristen vermietet wurden, die weder im Zelt schlafen wollten noch einen Wohnwagen besaßen. Es gab eine elektrische Heizung, deren schüchterne Wärme durch ein Holzfeuer in einem metallenen Kamin ergänzt werden konnte. Das Bett hing so durch, dass er Rückenschmerzen bekam und lieber seine Isomatte in eine Ecke legte. Er war glücklich mit dem einfachen Tisch, an dem er schreiben konnte, dem Geruch nach Holz und Rauch und dem Knacken des Feuers, das ihn an die Abende mit Alex erinnerte.

Vor dieser und den anderen Hütten gab es jeweils einen kleinen Sitzplatz mit Tischen und Stühlen, die eigenwillig und einzigartig geformt waren, wie von Wind und Wellen geschaffen und nur noch von einer kundigen Hand zusammengefügt.

»Die hat ein Künstler aus Treibholz gebaut, in einem längst vergangenen Sommer. Dafür durfte er hier umsonst wohnen. Joram Grafunder hieß er. Er war später noch ein paarmal hier. Ein Mensch, den man so schnell nicht vergisst. Er hatte so ein Leuchten. Im Frühling war ein junges Pärchen hier und hat nach ihm gefragt. Sie suchten ihn, weil er angeblich verschollen ist. Vermisst, vielleicht ertrunken. Schlimme Sache.« Sinja schüttelte bekümmert den Kopf. »Es ist nicht gut für Freunde und Angehörige, wenn sie das Ende seiner Geschichte nicht in Erfahrung bringen können. – Wenn Sie Zeit haben, könnten Sie die Möbel übrigens mit Holzöl behandeln. Das verlängert ihre Lebensdauer.«

So saß Kalle, wenn es nicht zu kalt war, auf einer Art Melkschemel und folgte mit dem Pinsel den unregelmäßig geschwungenen Formen. Dabei konnte er gut denken, stellte er fest: Einzelne Sätze formten sich wie von selbst in seinem Hirn, nahmen sich ein Beispiel an den anmutigen Konstrukten, kamen ihm windschnittig vor, harmonisch wie gewachsen und vom Wind poliert. Die stille weiße Welt um ihn wurde zu Papier, das ihn einlud, seinem Vorhaben eine Chance zu geben.

Er hatte sich ein neues Notizbuch gekauft und begonnen, die vielen Wörter, die er in dem alten seines Vaters gesammelt hatte, abzustauben, zu betrachten und beleuchten, zu betasten und belauschen und schließlich zusammenzufügen zu Teilen der einen, großen Geschichte, die in seinen Adern rauschte, in seinem

Puls klopfte und in seinen Ohren klang, seit er denken konnte, die seine Träume füllte und seine Sehnsucht antrieb und die nun, nach dieser Reise, herausdrängte wie nie. Noch waren es nur Puzzlestücke, wie die einzelnen Muscheln in der Mauer von Davids geerbtem Haus. Ihm wurde angst und bange vor der Aufgabe, sie zu einem Ganzen zu weben mit Anfang und Ende und einer glühenden Mitte. Aber vorerst war er zufrieden mit den kleinen Juwelen, die ihm gelangen, die jedes für sich einen Schimmer besaßen.

Er überlegte, ob er sie Sinja, der erfahrenen Deutschlehrerin zeigen sollte, aber er wagte es nicht. Stattdessen las er sie laut vor, um herauszufinden, ob sie Klang besaßen und Ehrlichkeit. Die Hütte hörte ihm zu, und gelegentlich knackten die hölzernen Wände. Mal schien es zustimmend, mal zweifelnd. Vor dem Fenster klingelte leise ein Windspiel aus Muscheln und einer metallenen Schildkröte. Wenn er sich später an diese Zeit erinnerte, dachte er, würde stets dieses leise Klingen in ihm lebendig werden.

Jetzt genoss er das Alleinsein wieder, denn an den Abenden wurde es dadurch aufgewogen, dass er bei Sinja in dem blauen Haus erwartet wurde. Wenn er kam, standen schon dampfende Teller auf dem Tisch. Kalle hatte inzwischen erfahren, dass Sinja einundachtzig war. Wenn er sie beobachtete, wie sie zarte Gläser hinstellte, fragte er sich, wie man so viele Jahre mit so viel Anmut tragen konnte. Ob sie das Geheimnis kannte, wie man das Gefühl eines Junimorgens, an dem die Amseln singen und alles möglich ist, wiederfindet? Oder war es die tägliche Nähe zum Meer, die sie so jung hielt – eine Meer-Jung-Frau in anderem Sinne?

Sinjas Mann Jens war noch älter. Im Gegensatz zu seiner Frau war er gebeugt und seine Hand zitterte. Er sprach nicht mehr gern, aber sein Lächeln war ebenso hell wie Sinjas. Nach dem Essen spielte er gern eine Partie Schach mit Kalle. Kalle hatte das von seinem Vater gelernt, aber mit Jens machte es ihm wesentlich mehr Freude, weil der ihm nichts beibringen wollte. Sein zufriedenes Schweigen ließ Raum für die Freude an den Figuren. Die Figuren hatten Kalle an diesem Spiel schon immer am besten gefallen. Aber dieses Schachspiel war ein ganz besonderes. Sinja hatte es geschnitzt. Jede einzelne Figur hatte ein eigenes Gesicht, und jede davon stellte einen Meeresbewohner dar. Die Pferde waren – natürlich – freundlich blickende Seepferdchen mit einem fein gearbeiteten Ringelschwanz. Der König ein Krebs mit eindrucksvollen Scheren und die Königin eine majestätische Qualle. Die Läufer waren Robben, die Türme Muscheln und die Bauern verschiedene

Fische. Es war jedes Mal ein kleines Glück, sie zu berühren.

Sinja widmete sich währenddessen ihrer Leidenschaft, dem Schnitzen. Sie fertigte nicht nur Schachfiguren, sondern vor allem kleine Schränke und Truhen. In die Oberflächen schnitt sie dicht an dicht tiefe Dreiecke, zwischen denen feine Brücken stehen blieben. Sie ordnete sie zu Sternen, Kreisen und geschwungenen Linien, und das Ganze ergab Muster, in denen Alex Musik gefunden hätte und in deren Tiefe lebendige Schatten wohnten. Woher sie die Kraft nahm, Stunde um Stunde auf einem Kissen neben dem Möbel zu knien und das Holz zu schneiden, blieb Kalle ein Rätsel. Bewundernd blickte er auf ihre Hände mit den langen, geschmeidigen Fingern und den geheimnisvollen braunen Landkarten, die die Zeit auf ihre Haut geschrieben hatte. Nur beim Aufstehen ließ sie sich Zeit und stützte sich dabei auf die Truhe. Dabei lächelte sie Kalle zu.

»Es bringt Ruhe in meine Gedanken«, sagte sie. »Und es tut gut, unter den Händen etwas zu spüren, das mich überleben wird. Außerdem bringt es einen Zuverdienst. Heinz im Dorf hat einen Laden, wo er sie verkauft. Sie gehen gut. Ich mag den Gedanken, dass Reisende aus aller Welt sie mitnehmen und ihre persönlichen Schätze darin aufbewahren.«

Jens nickte und lächelte und setzte Kalle mit einer zittrigen Handbewegung schachmatt.

Die kurzen Dezembertage vergingen, ohne dass es Kalle wirklich bewusst wurde. Hier gab es keine Vergangenheit oder Zukunft. Dieses kleine Stück Sand an der winterlichen Küste, von Wind, Wolken, Schnee und Wellen eingerahmt, war eine Welt für sich, eine losgelöste Insel.

Er stellte sich keine Fragen mehr, sondern arbeitete zufrieden an seiner Geschichte und den Reparaturen auf dem Campingplatz. Denn die Antworten, wenn es welche gab, lagen im Frühling.

Auf das erste Blatt in dem neuen Notizbuch hatte er den Titel geschrieben: »Die eine, große Geschichte«.

Und darunter: *Bruno Bernhard*

Es war der Tag vor Weihnachten, als er den letzten Treibholztisch von Joram Grafunder gestrichen hatte, der auf einen einzigen Baumstamm montiert war. Einen verwitterten, von Wind und Sand geschliffenen, krummen und verdrehten Stamm, der vor Jahren einmal ein Baum gewesen war, der sich gegen den ständigen Wind behauptete und dessen Wurzeln noch immer fest im Sand ankerten. Es wirkte, als tanze der schwere Tisch leichtfüßig im Dünental. So ganz und so richtig, so leicht und doch stabil sollte Kalles Geschichte einmal werden, wenn sie fertig war. So wie Joram Grafunders Tisch, wie Alex Stadlers Melodie und wie Sinjas Truhe.

Unten am Stamm entdeckte er die Initialen: JG. Er bürstete den Sand heraus und strich noch einmal mit dem Pinsel darüber. Dann wischte er den Pinsel ab, ging in die Hütte, strich »*Bruno Bernhard*« durch und schrieb »*Kalle Brennicke*« darunter. Das sah ihm zu unordentlich aus. Er schnitt ein Stück Papier zurecht, klebte es säuberlich über den durchgestrichenen Bruno Bernhard. Aber der war störrisch und schien durch, blass, aber lesbar. Am Ende schnitt er die Seite heraus und schrieb Titel und Namen auf die nächste. Zum Glück hatte er für Notfälle mehrere frei gelassen.

Jetzt stand »*Kalle Brennicke*« unter dem Titel, als wäre es immer schon so gewesen. Wie etwas, das genau dorthin gehörte. Wie die Stockrosen an Monikas Hauswand in Warnemünde.

Heiligabend war er bei Sinja und Jens gern gesehener Gast. Er half, einen kleinen Baum mit geschnitzten Sternen und selbstgebackenen Pfefferkuchen zu schmücken. Er schenkte ihnen ein Gedicht, das ihn eine ganze Nacht gekostet hatte, und war beglückt wie ein Kind, als Sinja anerkennend nickte und ihn bat, es vorzutragen. Er sang mit Sinja und stieß mit Jens an, und er spielte ihnen das Lied der Winterwellen von seinem

Handy vor. Er sah, wie das Echo der Melodie auf ihren Gesichtern leuchtete.

Als die Kerzen heruntergebrannt waren, umarmte er Sinja, klopfte Jens auf die Schulter und machte sich auf den Weg zu seiner Hütte. Dort zog er einen weiteren Pullover unter seine Jacke, packte eine Decke, ein Feuerzeug, eine Schaufel, eine Packung Teelichter und seine Thermoskanne ein, schaltete die Taschenlampe an und stapfte durch eine dünne Neuschneedecke hinunter zum Strand. Es war kein Mond am Himmel, aber es war sternenklar, so klar, dass Kalle sich beinahe der kleinen Atemwolken schämte, die er produzierte. Der Wind strich sanft und schweigend über den Sand, wie es sich für die Stille, Heilige Nacht gehörte. Die Wellen flüsterten nur. Kalle steckte die Taschenlampe in den Sand und warf mit der Schaufel einen halbrunden Wall auf. In dessen Windschatten stellte er die Teelichter, zündete sie an. Für Kerstin und das ungeborene Baby. Für Alex. Für seine Eltern. Aber auch für die Erinnerung an Susanna, für den beendeten Traum vom Busfahrer, für David, den seine Angst an einem Traum hinderte. Für Sinja und Jens, deren Zeit zu Ende ging. Für seine Hoffnung, dass ihm die eine, große Geschichte wenigstens so weit gelingen würde, dass sie ihm selbst rund erschien. Für das flüchtige Lächeln der Frau auf der

Ostseefähre, das in ihm haften geblieben war. Und ein letztes Licht als Köder für die Antwort auf die Frage, wie er das Gefühl eines Junimorgens, an dem Amseln sangen und alles möglich war, wiederfinden sollte.

Am Horizont stand aufrecht Orion, fing Kalles Lichter auf und gab ihm dafür seine.

19

An Silvester brachte ihm Sinja eine Handvoll Feuerwerk, Raketen, wie einen Strauß. Sie gingen zum Strand und jagten sie über das Meer. Hoch oben blitzten bunte Sterne auf und streuten ihre Farben großzügig ins Wasser, wo sie sich erst auflösten, als sie in der Luft schon verflogen waren. Orion und die anderen Sternbilder blieben. Danach nahm Sinja Kalle mit in das blaue Haus. Zu Kalles Überraschung blies Jens auf einer Mundharmonika. Das Zittern seiner Hände und das gelegentliche Flattern seines Atems verliehen den altmodischen Weisen einen besonderen wehmütigen und dabei seltsam eindringlichen Rhythmus. Kalle tanzte dazu mit Sinja, die in seinen Armen federleicht war, kaum spürbar, flüchtig wie die Sterne aus dem Feuerwerk.

Der Januar säte Sturm und Schnee um die Hütten und Wörter in Kalles Buch. Das Thermometer sank auf minus einundzwanzig Grad. Am Strand erstarrten die Wellen wie mitten im Aufschäumen, falteten weiße Miniaturgebirge und bizarre Geister. Kalle wunderte sich, dass er sich nicht wie die Menschen, die er in Berlin kannte, nach Palmen und Wärme sehnte. Seine Gedanken drehten auf den weiten weißen Flächen Pirouetten wie er als Junge mit seinen ersten Schlittschuhen auf der zugefrorenen Havel. Sinja bot ihm an, in den kältesten Nächten auf der Couch zu schlafen, aber Kalle lehnte ab. Er saß wach in seiner Hütte vor den Flammen im Kamin, legte Holz nach und lauschte auf das Knistern, beobachtete die Gesten der Flammen und den Tanz der bläulichen Schatten darin.

Im Februar atmete das Wetter auf, überraschte sich selbst mit erstaunlicher Milde und trieb erste Zugvögel Richtung Norden. Kalle sah ihnen nach. Er verspürte den Drang, hier etwas zu hinterlassen, wie einst Joram Grafunder. Hier und da stöberte er übrige Balken auf und ein paar Bretter. Nachdem er Sinja eine Kohlezeichnung vorgelegt hatte, versprach sie, ihm zu helfen, und förderte eine alte Säge zutage, die bissiger war, als sie aussah. Die noch schüchterne Kraft der Sonne lag auf Kalles Rücken, während er auf dem sandigen Platz hinter dem kleinen Laden grub, bis ihm heiß genug war, die Jacke auszuziehen. Er goss vorher gebeizte Pfosten in ein Fundament, verschraubte alles gründlich, fixierte eine kräftige Stange oben darüber, besorgte Ketten. Sinja kannte jemanden, der die Sicherheit überprüfte.

Dann kam das Meisterstück, die Schaukel, von Kalle entworfen und ausgesägt, die Augen, das Lächeln und die Flossen von Sinja liebevoll geschnitzt, von Kalle danach geschliffen und bemalt: zwei Seepferdchen, auf denen jeweils ein Kind reiten konnte, die Füße bei Bedarf auf die ineinander verschlungenen Schwanzspitzen gestellt. Die Zusammenarbeit machte sie beide glücklich. Als sie schließlich, Joram Grafunders Beispiel folgend, ihre Initialen gemeinsam klein und verborgen auf die Unterseite schnitzten wie ein Geheimnis, wusste Kalle, dass die Zeit zum Aufbruch gekommen war, dass aber etwas von ihm lange hierbleiben würde, in dem hellen, stillen Land voller Raum zum Denken.

Sein Handy hatte hier nur sporadisch funktioniert. Es spürte seine Unwilligkeit, mit der Welt außerhalb seines Zufluchtsorts in Kontakt zu treten. Fast hatte er vergessen, dass es Berlin gab, laute, lebendige Städte, Menschen, deren Leben er einmal geteilt hatte. Jetzt bat er Sinja um Erlaubnis, ihr Telefon benutzen zu können, und rief Anneliese an.

»Kalle!«, rief sie so laut, dass er unwillkürlich den Hörer ein Stück vom Ohr nahm. Er sah sie deutlich vor sich, als hätte er gestern erst ihr Büro verlassen, sah, wie sie sich in ihrer engen Jeansbluse eifrig über den

Schreibtisch beugte, sah ihren grauen Scheitel wie ein Ausrufezeichen in den mahagonibraun gefärbten künstlichen Locken und die Krümel in ihrer Wimperntusche, sah ihren mütterlich-herzlichen Blick und eine Tasse duftenden Kaffees vor sich, wie nur sie ihn zaubern konnte. Den Geschmack mochte er nicht, aber den Duft. »Kalle, du hast dir ja ewich nich jemeldet. Frohet neuet Jahr, Junge, ooch wenn det spät is. Jut, det du anrufst, ick soll dir wat vom Chef sagen. Der kann dir doch nich Zeit bis Ende März geben! Bis zum ersten März sollste hier sein, wennste den Job wiederhaben willst. Sonst stellt er den Neuen, den Arno fest ein, det is ne jute Kraft. Nich wie du, aber er will nich, det der ihm ooch durch die Lappen jeht.«

»Kein Problem, Anneliese«, beruhigte er sie. »Ich bin so gut wie auf dem Rückweg. Ist in meiner Wohnung alles ok?«

»Allet in Butter, Junge. Denn mach ma, det de inne Hufe kommst. Der Arno is'n juter Junge, aber der is keen Kalle. Wat is'n mit deinem Börnaut? Allet wieder jut?«

»Ich hatte kein Burnout, Anneliese. Ich hab nur 'ne Pause gebraucht. Alles gut. Bis bald!«

Kalle drückte den Hörer auf die Gabel. Dass es so was noch gab, ein Telefon mit Gabel. Er kam sich vor wie früher als Kind; da hatte er beim Telefonieren aus

Verlegenheit immer am Kabel gedreht, bis Knoten darin waren und sein Vater schimpfte.

Sinja sah ihn mit einem schiefen Lächeln an, nickte. »Der neue Pächter kommt nächste Woche. Der Platz ist dank dir in bester Ordnung. Und der Wind trägt Frühling in sich. Es ist eine gute Zeit für einen Aufbruch!«

Kalle packte seine Sachen, fegte die Hütte gründlich aus. *Börnaut*, dachte er. *Bör-naut.* Vielleicht hat Anneliese gar nicht so unrecht. Klingt wie Astronaut, Kosmonaut, Aeronaut. *-naut* kommt aus dem Griechischen, heißt so viel wie Seefahrer, hatte Vater mir mal erklärt. Einer, der unterwegs ist. Das war ich tatsächlich in der letzten Zeit, nicht Seefahrer, aber Traumfahrer vielleicht, oder Wortfahrer. *Burn-naut*, möglicherweise einer, der für etwas brennt, wie ich für die eine, große Geschichte. Aber das kann ich weder Helmut noch Anneliese erklären.

Am nächsten Morgen wuchtete er seine Packtaschen auf die Möwe, schnallte die Isomatte und die Decken obendrauf, nahm Abschied von der Hütte. Ging zum letzten Mal zum blauen Haus, schüttelte Jens die Hand und gab Sinja den Schlüssel. Sie schenkte ihm ein feingeschnitztes Kästchen. »Dort kannst du deine Antworten hineinlegen, wenn du sie gefunden hast – oder andere Schätze.«

Er strich ihr eine aufmüpfige Haarsträhne hinter das Ohr, die ihrem sachlichen Zopf entwischt war. Er hatte sie nie gefragt, ob sie ihre Haare früher einmal in Ährentechnik geflochten hatte, zum Ausgehen vielleicht, für ein Mittsommernachtsfest. Plötzlich hätte er es gern gewusst. Er umarmte sie. Sinja roch nach Meer, Schnee und Holz.

»Danke für alles! Passt auf euch auf.«

Und dann war er auf dem Weg zurück. Zurück aus einem Traum, zurück aus der weißen Zeit, in die Welt, die er kannte. Bald lag die Grenze hinter ihm, er war wieder in Deutschland, nur ein paar dänische Kronen klimperten noch in seiner Anoraktasche. Er konnte sich nicht sofort von der Nordseeküste trennen. Sein Plan war, ihr weiter zu folgen bis zu dem Ort Dagebüll, der so nett unernst klang, wie aus einem Bilderbuch. Einen Tee trinken und dann auf direktem Weg nach Flensburg und Warnemünde. Es würde ihm eine weitere Woche auf der Möwe lassen, und wenn es auf den Campingplätzen zu ungemütlich war oder keiner geöffnet hatte, dann eben noch ein paar Übernachtungen in einer billigen Pension. In Warnemünde wollte er Monika die Möwe zurückgeben. Er brachte es nicht über sich, sie an einen Fremden zu verkaufen oder zu verschenken, und in Berlin konnte er sie nicht brauchen. Er hatte keinen

Keller, keinen Schuppen, keinen Platz in der Wohnung, und kein Fahrradschloss hätte sie auf Dauer davor bewahrt, gestohlen zu werden.

In Warnemünde würde er sich vom Meer verabschieden, dann schloss sich der Kreis und alles hatte seine Ordnung. Die Bahn würde ihn von dort nach Berlin zurückbringen. Auf einen Bus hatte er keine Lust, noch nicht.

Vielleicht hoffte er insgeheim darauf, in Warnemünde noch einmal einem ganz bestimmten Lächeln zu begegnen. Vielleicht hatte ihn dieses Lächeln damals unbewusst dazu bewogen, nach Dänemark weiterzufahren, weil die Fähre mit der Frau, die er nicht vergessen konnte, in jene Richtung unterwegs gewesen war. Aber es war müßig, darüber nachzudenken. Dänemark war richtig gewesen. Eine Menge Bausteine für die eine, große Geschichte wohnten sicher in seinen dicken Notizbüchern. Jeder Kilometer, jede Nacht im Zelt, jeder Blick auf das Meer hatte etwas in ihm hinterlassen. Es gab keine Begegnung, die er hätte missen wollen. Er dachte an Benedikt und Lili. Ob Lili inzwischen ihr Aquarium hatte, in dem ein Pärchen Kampffische Nester aus Schaum bauten? Ob Benedikt einmal wenigstens für einen Tag Kapitän eines Hausboots gewesen war? Kalle würde es wohl nie erfahren, aber immerhin hatte er ihre Träume aus einem Dornröschenschlaf geweckt. Er hatte Alex zu seiner letzten Komposition inspiriert. Möglicherweise hatte der bunte Sand, den er der Journalistin Karla geschenkt hatte, sie und ihren Mann angeregt, bunte Zeit miteinander zu verbringen. Eventuell würde sogar David einmal seine Angst überwinden und sich auf den Weg an ferne Strände machen. Zumindest aber würden im Sommer Kinder auf der Seepferdchenschaukel lachen.

Dass er das Gefühl eines Junimorgens, an dem die Amseln sangen, es nach Erdbeeren duftete und alles erst begann, nicht gefunden hatte – nun, es war Winter und er keine zwanzig mehr. Damit konnte er leben.

Nach Dagebüll, fünf Kilometer. Auf dem Wegweiser saß ein Spatz und putzte sich. Keine Möwe, ein Spatz wie in Berlin. Die Sonne war mit jedem Kilometer wärmer geworden, der Wind blies ihm von Süden entgegen, mild, schmeckte nach erwachender Erde. Dagebüll, drei Kilometer. Der Himmel vertrauter hier als in Dänemark, kaum merkbar anders gefärbt. Dagebüll, ein Kilometer. Über ihm ein Pfeil Wildgänse, schnurgerade nach Norden unterwegs. Dagebüll, Ortsschild. Kalle kam an einem Fähranleger vorbei. Rote Backsteine, gelbe Metallpfeiler, weiße Linien auf dem Boden, die alle auf den Anleger zuführten, wo hinter einem großen gelben Torbogen ein weißes Schiff lag, eine Fähre wie die in Warnemünde, nur kleiner. Als sein Blick daran hängenblieb, geriet sie in Bewegung, legte gemächlich ab. An der Reling drängten sich Menschen. Ein Blinzeln lang glaubte er, die Gestalt einer schmalen dunkelhaarigen Frau in einer taubenblauen Jacke unter ihnen zu gewahren, dann schalt er sich einen Esel. Doch er starrte immer noch auf den Fähranleger, als das Schiff nur noch eine Helligkeit am Horizont war. Etwas an der Zielstrebigkeit der Linien auf dem Boden faszinierte ihn.

Endlich riss er sich los. Einige hundert Meter weiter verlockte ihn ein Café in einem niedrigen Reetdachhaus zu der geplanten Pause. Er betrat nicht die Stube, sondern wischte ein paar Tropfen von einem Stuhl und ließ sich an einem kleinen Tisch nieder, der unter dem bergenden Dachvorsprung stand. Die Sonne stand tief und warf so viel Wärme in den Vorgarten, dass er die Jacke auszog, sich nur lose um die Schultern legte. Das dicke Reet schluckte die Geräusche von der Straße. Hier und da lagen ein paar Reste Schnee an schattigen Stellen, aber er entdeckte um seine Füße erste grüne Grasbüschel, die neugierig nach dem Himmel tasteten.

Eine Kellnerin steckte den Kopf durch ein offenes Fenster, lächelte ihn an.

»Guten Tag, ich bringe Ihnen gleich die Karte!«

Momente später stand sie neben ihm.

»Ein Tee und ein Apfelstrudel würden mir reichen.«

»Assam oder Darjeeling? Friesentee vielleicht? Oder lieber Küstensturm?«

Er vergaß immer wieder, wie genau sie es hier mit dem Tee nahmen.

»Friesentee bitte.« Die Stücke braunen Kandis, den man dazubekam, würde er in Berlin vermissen. Das war der erste Geschmack auf dieser Reise gewesen, bei Monika. Sicher konnte er Anneliese überreden, eine Dose davon ins Büro zu stellen. Ach was, er würde ihr eine mitbringen.

Er breitete seine Karte auf dem Tisch aus. Ihre Falten waren müde und löchrig geworden, seine Hände hatten so viele Spuren auf ihr hinterlassen wie seine Füße im Sand. Da war Flensburg, er hatte den Wegweiser nach Osten vorhin schon gesehen. Aber nun interessierte ihn etwas anderes. Die weißen Linien gingen ihm nicht aus dem Kopf, die so unglaublich gerade auf riesige gelbe Tore zuliefen, Tore, hinter denen nur Meer zu sehen war – bis ein Schiff anlegte. Auf der Karte führten von dort geschwungene, gestrichelte schwarze Linien über das Meer. Auf die Inseln also fuhren die Fähren von hier. Eine Insel hieß Föhr, eine Amrum. Er hatte sich nie damit beschäftigt. Sylt, den Namen hatte er schon gehört. Dass es da teuer war und Schickimickis dort Urlaub machten, hatte zumindest Anneliese einmal erzählt. Er hatte nicht richtig zugehört. Föhr sah langweilig und rund aus, wie irgendeine Insel. Dann war da Amrum. Wie ein dickes Mohnhörnchen lag die Insel im Meer, mit einem breiten Sandstrand zur offenen Nordsee hin. Wie salzig und jodhaltig dort erst die Luft riechen musste! Schon hier, am Festland, trieb sich ein würziger Geruch herum, der die Aussicht auf die sanftere Ostsee von einem Atemzug auf den anderen fade machte.

Ein plötzlicher Windstoß knallte das Fenster zu, blies die Karte vom Tisch. Richtung Westen. Kalle sah zu dem Wetterhahn auf dem Giebel auf. Es war gar kein Hahn, es war ein Segelschiff.

»Der Wind hat gedreht«, sagte auch die Kellnerin, die den Tee brachte und eine Serviette einfing.

Kalle bückte sich nach der Karte, legte sie zusammen. Fähre, Inseln, alles Blödsinn, er hatte keine Zeit für weitere Eskapaden, wenn er Helmuts Ultimatum einhalten wollte. Und das wollte er. Auch wenn der Traum vom Busfahrer unwiderruflich zu Ende, der Zauber verflogen war – wovon sollte er sonst leben in nächster Zeit? Selbst wenn er aus seinen Notizen und

Bruchstücken und allem, was er hineinweben wollte, eines Tages die eine, große Geschichte machen konnte, ja sogar wenn der Verleger, den er durch seinen Vater kannte, tatsächlich einen Blick hineinwerfen sollte, so würde das an seinem Kontostand noch lange nichts ändern.

Am besten verschenkte er die Möwe doch an einen netten Menschen und fuhr gleich von Flensburg aus nach Berlin. Man musste wissen, wann Schluss war.

Das Fenster hinter ihm klapperte im Wind. Er legte ein Papiertaschentuch in den Winkel. Dabei entdeckte er eine Gruppe Marienkäfer, in die Ecke des Fensterkreuzes geduckt. Sie bewegten sich träge. Kalle wusste vom Busbahnhof in Berlin her, dass Marienkäfer eine Art Frostschutzmittel im Blut haben und sogar eingefroren in solchen Winkeln überwintern. Dann tauen sie auf und leben, als wäre nichts gewesen. Beneidenswert. Die hier waren sicher ein Rest der von Monika erwähnten Glückskäferplage des letzten Sommers. Er musste lächeln, als er an die Käfer dachte, die auf dem Lenker der Möwe geschlafen hatten, als Monika ihm das Rad und damit die Freiheit schenkte. Allein wäre er nie auf eine Radtour gekommen. Plage hin oder her, die Käfer hatten ihm Glück gebracht. Ob das auf Dauer genügte, würde sich herausstellen.

Kalle trank seinen Tee aus, der sich angenehm warm in seinem Inneren ausbreitete. Er bückte sich, um seinen Schuh zuzubinden. Ein letzter Sonnenstrahl fiel genau daneben ins Gras auf etwas Rotes. Einer der Marienkäfer war vom Fensterbrett gestürzt. Mit noch steifen Beinen erklomm er entschlossen den längsten Halm, der aus einem frühlingsgrünen Büschel ragte. Der Halm beugte sich unter seinem Gewicht. Am Ende angekommen, zögerte der Käfer, spähte in die Tiefe. Zweifelte, ob ihm der Abflug gelingen würde. Ob er es wagen sollte, loszulassen, ins Ungewisse zu fliegen. Kehrte um, einen Zentimeter den Halm wieder herunter, kehrte erneut um, spähte, zweifelte. Breitete zur Probe die Flügeldecken aus, polierte mit dem vorderen Beinpaar darüber, weckte dann endlich seine Flügel.

»Na los!«, sagte Kalle ermunternd.

Ein letztes Verweilen, ein stummes Fragezeichen, dann flog der zage rote Funken mutig los, stürzte sich ins Abenteuer, sackte kurz ab, um dann endgültig im Abendhimmel zu verschwinden. Nach Westen, Richtung Nordsee.

Kalle richtete sich auf, zog die Jacke an, bat durch das Fenster um die Rechnung. »Haben Sie einen Fahrplan für die Fähre nach Amrum?«, fragte er.

20

Sie hatte den Fahrplan auswendig gekannt. »Das schaffen Sie noch!«

Er war den geraden weißen Linien gefolgt, wie von einer Schnur gezogen, hatte in dem kleinen roten Backsteingebäude ein Ticket gelöst, war mit einer Gruppe Fremder durch das gelbe Tor auf die Aluminiumrampe getreten, die auf das Schiff führte. Blechern klangen die Schritte, ein hallender Chor des Aufbruchs. Er zeigte sein Ticket vor, legte es dann in sein Notizbuch, ans Ende, wie ein Denkmal. Wyker Dampfschiffs-Reederei, stand darauf. Die Möwe schob er, fand einen Platz neben anderen Fahrrädern, nahm nur die Tasche mit den Wertsachen mit. Für die Packtaschen hatte er ein ausgeklügeltes System mit einer Kette und zwei Schlössern. Außerdem sah er oben ein Deck, von dem aus er sie im Auge behalten konnte.

Er sah, wie die Klappe am Heck, durch die sie gekommen waren, sich schloss, hörte ein Signal, ein langgezogenes Tuten, spürte den metallenen Boden unter sich vibrieren, als Motoren ansprangen. Der Boden war grün gestrichen, trug Kratzspuren. Etwas in der flächigen, eckigen Art der Bewegung dieses Gefährts, das nicht gebaut war um schön, sondern um praktisch zu sein, erinnerte Kalle an seinen Bus. Die Fähre war auch eine Art Doppeldecker. Sie verließ jetzt den Anleger, drehte schwerfällig. Kalle erklomm eine Stiege zum Oberdeck. Er lehnte sich nun selbst über die Reling, wie er es zuvor nur von anderen gesehen hatte. Wenige Meter erst trennten ihn vom Festland, das Schiff hatte gerade abgelegt, und doch war ihm merkwürdig, als sei er soeben angekommen.

Dabei war nur Weite um ihn, in der frostklaren Dämmerung, die einen tiefblau leuchtenden Himmel über die See legte und über die dunklen Umrisse, die das Festland sowie die Inseln ringsumher ahnen ließen. Die offene See war das noch lange nicht, und doch fühlte sich Kalle so frei und losgelöst wie an jenem verzauberten Tag am Flugschirm über dem Kattegatt – mehr noch. Über ihm der frostige Himmel mit einer Lochschrift aus Sternen, unter ihm Tiefe, um ihn Wellenrauschen. In der zunehmenden Dunkelheit konnte er nur den hellen Schaumstreifen erkennen, den das Schiff hinter sich herzog, eine triumphierende, geschwungene Signatur auf dem Abend. Aufkommender Wind pfiff ihm messerscharf um die Ohren. Im Westen, dort wo die Insel lag, die sie in zwei Stunden erreichen würden, sah er Orion, sehr nahe über dem Horizont. Der eine Fuß war schon dahinter verborgen. »Der Orion ist ein Wintersternbild. Im März verschwindet er hinter dem Horizont, dann weißt du, dass bald Frühling ist«, hatte Alex ihm erklärt. Alex, der diesen Frühling nicht erleben durfte.

»Sie sind noch nie auf den Inseln gewesen, stimmt's? Sie tragen keine Mütze. Das geht hier gar nicht! Sie holen sich in null Komma nix eine Ohrenentzündung.« Eine Frauenstimme ankerte ihn wieder in der Gegenwart. Kalle folgte ihrem Klang und entdeckte ein paar Meter neben sich ein Paar. An der gemeinsamen Silhouette sah er, dass der Mann den Arm um die Frau gelegt hatte. Beide waren klein, rundlich. Ihre weißen Zähne blitzten ihn freundlich an, sonst erkannte er nicht viel.

»Sie müssen meine Frau entschuldigen«, sagte der Mann. »Sie ist Biologielehrerin. Sie kann es nicht lassen, sich um jeden Organismus zu kümmern, der ihr begegnet.«

»Schon in Ordnung«, sagte Kalle. »Ich habe ja eine Mütze. Es kam mir nur an Land so warm vor. In Dänemark lag noch Schnee.« Er kramte in den Innentaschen seines Anoraks, fand schließlich die Mütze, zog sie tief ins Gesicht. »Zufrieden?«

»Wunderbar!« Die Frau reichte ihm die Hand. »Lydia Knoll, und das ist Theo.«

»Sind Sie von den Inseln?«

»Nein. Wir sind Großstadtmenschen. Aber wir müssen uns regelmäßig den Meereswind um die Nase wehen lassen, die Spinnweben aus dem Gehirn pusten. Seit mein Mann vor Jahren zur Kur an der See war, ist er süchtig.«

»Hat 'nen anderen Menschen aus mir gemacht, das Meer«, sagte Theo. Seine Stimme klang rund und zufrieden in der Dunkelheit.

»Zum Glück«, sagte Lydia. »War ein Pedant, der Theo. Schrecklich steif. Nach der Kur habe ich ihn kaum wiedererkannt, damals. Vorher hätte ich mich niemals in ihn verliebt. Ich bin dem Meer dankbar. Und was haben Sie um diese Jahreszeit in Dänemark gemacht?«

»Na ja. Wohl auch die Spinnweben aus dem Gehirn pusten lassen.« Der Versuch der einen, großen Geschichte war immer noch sein Geheimnis. Er hatte es nicht einmal mit Sinja geteilt, da würde er es nicht irgendeinem Ehepaar Knoll verraten. Von der Sache mit dem Junimorgen ganz zu schweigen. Und doch machte ihm Theo Knoll Mut. Der hatte offenbar am Meer etwas Bleibendes gefunden.

»Wollen wir ’nen Grog trinken gehen, unten? Viel Zeit haben wir nicht, wir steigen auf Föhr aus. Aber dafür reicht’s. Kommen Sie, wir laden Sie ein!«

Kalle zögerte, wollte sich nicht trennen vom Salzwind, von der Ahnung der Weite um das Schiff, die im Dunkel nur spürbar war. Doch die Aussicht auf etwas Warmes verlockte.

Auch hinter den Scheiben im Innenraum ahnte er das Meer, aber sie waren beschlagen von den feuchten Jacken, die über Sessellehnen hingen. Menschen diskutierten geschäftig über Unterkünfte, Ausflugsrouten und Angelglück, als sei Urlaub eine ungemein wichtige Angelegenheit, die richtig erledigt werden müsse. Die Atmosphäre ähnelte der in Annelieses Büro an einem Regentag. Kalles Gedanken drehten dort eine Runde. Er erinnerte sich, wie sie ihm, wenn er mal daran gedacht hatte, sie anzurufen, geduldig Daten diktiert hatte, damit er einige dringende Überweisungen tätigen konnte. Wie sie sich entschuldigt hatte, dass seine Zimmerlinde eingegangen war und dass sie im November Kerstins Grab gefegt und einen Kranz mit roten Beeren daraufgelegt hatte, obwohl er nicht gewagt hatte, sie darum zu bitten. So war Anneliese. Er hätte ein schlechtes Gewissen haben müssen, doch er wusste, dass sie zu allen so war. Sie hatte sie alle adoptiert, Helmut, Frank, Kalle, nun wahrscheinlich auch den Neuen, Arno. Nähte Knöpfe an, buk Geburtstagskuchen, hörte zu.

Helmut hatte einmal scherzhaft den Arm um sie gelegt. »Annelieschen, du beste aller Frauen, warum nur haste nie geheiratet?«

Sie hatte den Kopf schief gelegt, ihn von unten her übertrieben mit ihren mascaraverklebten Wimpern angeplinkert. »Ick konnt mir eenfach nich entscheiden, weeßte, Schätzchen.«

Die Wahrheit würde ihr Geheimnis bleiben. Er hätte Anneliese einen Theo Knoll gewünscht, als er jetzt die beiden, Theo und Lydia, auf der Bank gegenüber so sitzen sah, Händchen haltend. Was die zwei verband, war kein Junimorgen. Es sah nach goldenem September aus.

»Hier, bitte! Prost!« Theo nahm der Kellnerin das Tablett aus der Hand und schob Kalle einen dampfenden Becher zu. »Wollen Sie uns auf Föhr nicht mal besuchen? Einen Tagesausflug machen?«

»Das wird nicht gehen, ich habe nur noch ein paar Tage … Urlaub«, sagte Kalle. Auf einmal war die Zeit schmerzhaft kostbar geworden. Sehr bald würde er sein Wort gegenüber Anneliese halten müssen – und von etwas musste er leben. Ein paar gestohlene Tage Frist noch. Auf einmal waren ihm die Knolls zu laut. Er hatte sich an Stille gewöhnt. Bei dem Gedanken an den Strudel aus Lärm, in den ihn die Großstadt gnadenlos ziehen würde, wurde ihm übel. »Wir sind Großstadtmenschen …«, hatte Theo gesagt.

»Was hat Sie so verändert – das erste Mal am Meer?«, fragte er Theo.

»Ich war einer, der die Kaffeetassen immer an die gleiche Stelle im Regal stellt, immer alle mit dem Henkel nach vorn rechts«, erzählte er. »Ich bin Hausmeister an einer Schule, seit ich mein Studium wegen Prüfungsangst abgebrochen habe. Ich habe für Ordnung gesorgt. Es durfte keinen Dreck im Flur geben, keine Fingerabdrücke an der Wand. Zu Hause hatte ich eine Modelleisenbahn. Jedes Detail musste stimmen.«

»Und er hat nie gelächelt«, warf Lydia ein.

»Dann musste ich zur Kur, wegen Rückenschmerzen. Der Arzt scheuchte mich ins Meer, Schwimmen. Das erste Mal barfuß im Sand trat ich auf eine Flunder. Dass hier der Boden sich bewegte, war mir nicht geheuer. Im Wasser waren bunte Quallen um mich herum und ein Kormoran auf der Mole fixierte mich wie der strenge Wächter am Eingang einer fremden Welt. Ich war verängstigt, überwältigt, hellwach auf einmal. Wieder lebendig. Völlig fasziniert.« Theo leerte seinen Grog, setzte den Becher mit einem kleinen Knall ab wie einen Punkt unter sein altes Leben. »Ich nahm meinen Jahresurlaub und blieb. Als ich wieder nach Hause kam, erschien mir die Eisenbahn tot. Wie die Kaffeetassen standen, war mir erschreckend unwichtig, meinetwegen konnten sie auf dem Kopf stehen oder alle herunterfallen. Auf mich hatten die Wellen abgefärbt, bei mir war alles in Bewegung gekommen. Ich spürte ein dringendes Verlangen, in einer Ecke des Schulgeländes einen Garten anzulegen. Mit einem Teich, in dem es Teichmuscheln gab und Fische und Flusskrebse. Und dazu brauchte ich natürlich die Hilfe von Lydia Thieme, der Biologielehrerin.«

»Und dann war er es, der Dreck in den Flur schleppte.« Lydia lachte. »Er war so süß. Hatte von nichts eine Ahnung, wollte aber alles auf einmal wissen.«

»Der Teich ist toll geworden, der Garten auch, und die Kinder sind begeistert.« In Theos Stimme lag Stolz. »Später hat mir Lydia dann hier das Watt gezeigt. Was da alles lebt! Sie werden es ja merken. Muscheln, Seeanemonen, Seesterne, Krebse, Garnelen. Sie müssen nicht mit einer Biologielehrerin zusammen sein, um darüber zu staunen.« Draußen ertönte ein langgezogenes Signal. »Föhr – wir müssen aussteigen! Haben Sie einen schönen Urlaub. Sie werden sich wundern – bei Ebbe kann man von Föhr bis Amrum laufen. Und vergessen Sie nicht, die Mütze aufzusetzen!« Lydia zog ihren Theo an der Hand nach draußen. An der Tür winkten beide, widmeten ihm ein identisch breites Lächeln.

Kalle schluckte nachdenklich den letzten Grog. Theo hatte sich also verändert nach seiner Reise, aber mit diesen Veränderungen hatte er sich wieder in seine Stadt und seinen Beruf eingewöhnt, besser als zuvor. Dann konnte er selbst das auch. Beruhigt zog er seine Jacke an, sah draußen nach dem Gepäck auf der Möwe und stieg wieder aufs Oberdeck. Tief atmete er die würzige Dunkelheit ein und die Stille unter dem Rauschen. Außer ihm war kaum jemand auf Deck. Die Fähre hatte bereits wieder abgelegt und steuerte auf Amrum zu. Der Orion stand immer noch tief über der Dünenkettensilhouette und ein Leuchtturm wischte in langsamem Rhythmus einen Finger aus Licht über das Meer.

Kalle konzentrierte sich darauf, tief zu atmen. Der Geschmack dieser Luft musste ihm Kraft bis Berlin und länger geben, musste ein Schatz in seiner Erinnerung werden. Theo hatte ihm Mut gemacht, und doch beschwerte ihn Traurigkeit – das nagende Gefühl, etwas elementar Wichtiges auf seiner Reise vergessen oder übersehen zu haben. Eine Frage, eine Antwort, ein

Wort? Eine Begegnung? Oder war es die Frau, deren Lächeln ihn verfolgte, das er mit sich trug wie die Stockrosensamen in seiner Tasche? Er beschloss, hier und jetzt Abschied davon zu nehmen, darum zu trauern, dass er sie nie wiedersehen, nie kennenlernen würde. Diese Trauer, beschwert von der Ahnung, dass er in Berlin allein bleiben und weiterhin gemeinsam mit den anderen Jungs von Anneliese bemuttert werden würde, stellte er sich vor wie einen flachen Kieselstein. Er konzentrierte sich darauf, diesen eingebildeten Stein weit über das dunkle Wasser zu werfen, in flachem Winkel, wie früher am Wannsee, so dass er mehrfach springen würde, ehe er für immer versank. Er sah das so deutlich vor sich, dass er das Spritzen zu hören glaubte, und obwohl er schief über sich selbst lächeln musste, fühlte er sich leichter.

Er würde nicht so allein sein wie zuvor, an den Abenden in seiner Wohnung in Berlin, wenn draußen der Verkehr rauschte, die Gaslaternen verwischte Flecken in die dunstige, nie wirklich dunkle Nacht setzten und drinnen Schweigen herrschte. Nein, er würde sich mit den gesammelten Wörtern und Textbruchstücken umgeben, seine Kohlezeichnungen an die Wand heften und alles zu der einen, großen Geschichte, die in ihm dringlicher, berauschender und heller brannte als je zuvor, zusammenfügen, bis sie ein Ganzes wurde wie Alex' Melodie, und in der ein ebensolcher Zauber klang.

Bald erkannte er mehr Lichter auf der Insel, dann den Hafen. Ein paar kleinere Boote schliefen dort. Mit einem Rumpeln legte die Fähre an, die Rampe klapperte aufs Land. Seltsam fest der Boden unter den Füßen nach zwei Stunden auf den Wellen. Hier roch die Luft wieder anders – nicht nur nach Jod und Salz und Tang, auch nach Kiefern und Geheimnissen.

Die wenigen Menschen, die mit ihm die Fähre verlassen hatten, verschwanden entschiedenen Schrittes aus dem Lichtkreis der Laternen. Sie wussten wohin. Kalle stand allein, an den Lenker der Möwe geklammert. Der einzige Campingplatz auf der Insel war geschlossen bis zum ersten April, sagte sein Buch. Er hatte beschlossen, dass sein Konto ein paar Tage in einer billigen Pension noch aushalten musste. An dieser Spitze der Insel war ein Ort eingezeichnet, Wittdün. Aber hier war nur Leere. Nun, es gab ja nur eine Richtung. Er folgte ebensolchen geraden Linien auf dem Boden wie zuvor in Dagebüll. An einer Straße ließen sie ihn allein. Nebel war vom Meer hereingerollt, löschte es aus. Nach ein paar hundert Metern begann es zu nieseln. Jetzt erkannte Kalle die ersten Häuser. Post, Bank, kleine Geschäfte, alle längst geschlossen. Ein Hotel, groß und teuer. Privathäuser. Irgendwann eine Pension namens »Strandläufer«. Hinter halben Gardinen sah er Menschen unter Lampen an Tischen sitzen, gestikulieren, essen, hörte gedämpftes Lachen. Aber obwohl ein Schild »Freie Zimmer« versprach, stand er wie angenagelt. Er fragte sich, was er hier sollte, warum er nicht längst im Zug nach Berlin saß, statt wie ein Ausgestoßener im Regen zu stehen, durchgefroren und hungrig. Am Ende stieg er wieder auf den nassen Sattel der Möwe und fuhr weiter. Er sehnte sich nach der bergenden, engen Kuppel seines Zeltes, nach seinem Schlafsack und der treuen Lampe. Darin hätte er sich zu Hause gefühlt. Er überlegte, ob er es riskieren könnte, »wild« in den Dünen zu zelten wie oben in Grenen, vielleicht hätte es niemand so schnell gemerkt, bei dem Wetter und der Jahreszeit. Aber es konnte ihn eine saftige Strafe kosten und außerdem war er todmüde.

Wie blind fuhr er weiter, war schon beinahe aus dem Ort. Fast wäre er an dem Haus vorbeigefahren, das als geduckter Schatten in den Dünen lag. Ein spärlich beleuchtetes Schild benannte es »Die Miesmuschel«. Neben dem Eingang hing eine Speisekarte. Eine Böe trug ein umwerfendes Aroma zu Kalle herüber, schlang es um ihn herum, als wollte das Haus ihn einfangen wie mit einem Lasso.

Kalle wurde neugierig. Wer wohl den Mut hatte, sein Lokal Miesmuschel zu nennen, und glaubte, damit Gäste anlocken zu können?

Der Duft war unwiderstehlich. Er schob die Möwe durch das Tor, einen holprigen Gartenweg entlang, entdeckte einen überdachten Fahrradständer und schloss sie dort an. Zögernd öffnete er die Tür. Die Walze aus Wärme, Aromen und Gelächter, die ihm entgegenrollte, hätte ihn fast wieder nach draußen gedrückt, weckte seinen Fluchtinstinkt erneut. Er nahm sich zusammen, schüttelte den Regen aus seinem Anorak und hängte ihn ordentlich an die volle Garderobe, sah sich nach einem freien Tisch für eine Person um. In einer nahen Ecke war einer passend klein. Eine Kerze in einem flaschengrünen Windlicht flackerte darauf. Hungrig verschlang sein Blick die Einzelheiten der Speisekarte. Er entschied sich für ein Krabbenomelett mit Feldsalat.

»Was möchten Sie trinken?«, fragte eine freundliche Kellnerin in einem Fischerhemd.

Er entschied sich für ein Bier, lehnte sich zurück. Die Atmosphäre gefiel ihm. Schlicht, aber gemütlich. Sein Magen knurrte. Er hoffte, dass es nicht lange dauern würde. Es blieb ja das Unterkunftsproblem zu lösen. Er würde die Kellnerin nach einer Pension fragen.

Das Bier wurde jedoch nicht von ihr serviert. Eine

riesige Hand stellte es vor ihn hin. Als er aufsah, musste er den Kopf in den Nacken legen, um das dazugehörige Gesicht über einem eisengrauen Vollbart zu entdecken. Ein Mann wie ein Leuchtturm. Die Pranke, die das Bierglas losgelassen hatte, streckte sich ihm entgegen.

»Guten Abend, herzlich willkommen!« Die tiefe Stimme passte zu der Gestalt.

Entgegen Kalles Erwartung war der Griff des Riesen sanft.

»Valentin Karallus. Valentin genügt. Das hier ist mein Lokal. Ich hoffe, es wird Ihnen schmecken.«

Durchdringende, fast schwarze Augen unter buschigen Brauen.

»Bestimmt«, versicherte Kalle. »Der Duft hat mich hereingelockt. Kalle Brennicke. Können Sie mir sagen, ob ich in der Nähe ein preiswertes Zimmer finde? Der Campingplatz hat leider geschlossen.«

»Zimmer? Zimmer? Wir haben Zimmer! Nur nicht für jeden, darum schreibe ich es nicht deutlich hin.« Die durchdringenden Augen musterten ihn. Kalle kam sich durchsichtig vor. Immerhin konnte er sich an nichts erinnern, das er zu verbergen hatte. Nicht seit er mit zwölf einen roten Gummielefanten im Schuhgeschäft gestohlen hatte. Die Sache mit Bruno Bernhard war kein schmutziges Geheimnis. Und dass er Helmut so überstürzt im Stich gelassen hatte, war ihm wohl verziehen. Anständig war es allerdings nicht gewesen.

»Wenn Sie gegessen haben, wird Ihnen Inge das Zimmer zeigen. Ist nicht teuer.«

»Vielen Dank, das ist wunderbar!« Kalle war erleichtert. Er wurde nach dem langen Tag und in der plötzlichen Wärme zunehmend so müde, dass er es wahrscheinlich keinen Meter weiter geschafft hätte.

»Gerne, gerne!« Valentin Karallus strahlte ihn mit kindlicher Freude an.

»Valentin?«, rief Kalle dem Wirt nach, als der sich schon zum Gehen gewandt hatte.

»Ja?«

»Warum ›Miesmuschel‹?«

Valentin lachte auf. Ein heiteres Gewitter erschütterte den Raum. »Ich dachte, die Gäste, die trotzdem hereinkommen, sind es wert. Im Übrigen kann die Miesmuschel nichts für ihren Namen. Waren Sie schon einmal hier? Sind Sie schon mal durch das Watt gewandert?«

»Nein.«

»Sie werden es sehen. Wenn das Wasser zurückgeht, liegen überall dunkle Klumpen herum. Hässlich, meinen viele. Bücken Sie sich. Nehmen Sie einen Klumpen in die Hand, drehen Sie ihn um. Er besteht aus vielen Miesmuscheln, in allen Größen, die mit feinen, zähen

Fäden aneinandergeheftet sind. Sehen Sie sich eine einzelne Miesmuschel an, wie ihre Schale bläulich schimmert wie Schmetterlingsflügel – kennen Sie Bläulinge? Diese wunderschönen kleinen Schmetterlinge? Die gibt es hier übrigens auch, im Kiefernwald auf den Lichtungen …« Valentin räusperte sich, als ob ihm die kleine Abschweifung vom Thema peinlich war.

Kalle lehnte sich zurück, nahm einen tiefen Schluck Bier. Er genoss es, diesem schweren, begeisterten Mann mit seinen großen Händen zuzusehen, die zärtlich Schmetterlinge in die Luft malten.

»Miesmuscheln haben eine perfekte Form«, fuhr Valentin mit tiefem Ernst fort. »Und dann sehen Sie sich den ganzen Klumpen an. Jeder ist eine Welt. Zwischen den Muschelschalen leben winzige Krebse. Jeder davon hat eine andere Zeichnung, hat zwei Scheren im Miniformat. Daumennagelgroße Seesterne finden Sie dort, und durchsichtige Seenelken. Seepocken wie Zwergvulkane, die mit zierlichen Fächern winken. Und verschiedenen Tang, grünen, roten, breiten, fiedrigen. Die Miesmuschelkolonien bieten den winzigen Zerbrechlichen einen Schutz, ein Zuhause. Da ihnen niemand ein Denkmal setzen wird, fand ich, ich könnte wenigstens mein Lokal danach benennen.«

Kalle fragte sich, ob Valentin auch ein heimlicher

Dichter war. Wahrscheinlich lag es ihm besser zu reden. Er hätte dieser sanft grollenden Stimme ewig zuhören können.

»Übrigens«, Valentin lehnte sich zu Kalle herunter, fixierte ihn streng, »wenn Sie sich hier nicht auskennen: Laufen Sie nicht achtlos ins Watt – und niemals bei Flut. Nie dann, wenn das Wasser beginnt zurückzukommen. Immer nur wenn es hinausläuft! Es ist tückisch. Auf einmal stehen Sie im Wasser, wo gerade anscheinend Sand war. Und es gibt Strömungen, davon ahnen Sie nichts! Gar nichts!« Er tippte Kalle mit einem Finger auf die Brust, ehe er polternd hinter einer Schwingtür verschwand. Auf der Tür klebte ein Plakat: »Nordsee – Mordsee! Lesung in der Buchhandlung Jessen.«

Das Krabbenomelett schmeckte wie die Luft, nach Jod und Salz, nach Wind und Meer, Weite, Tiefe und Geheimnissen. Kalle ließ keinen Krümel übrig, auch nicht vom Salat. Fast schade, mit dem letzten Schluck Bier den Geschmack von der Zunge zu spülen. Satt wie er war, setzte sich die Müdigkeit noch breiter in ihm fest. Im Hintergrund spielten leise Shantys, schläferten ihn ein. Eine beflissene, schmale Hand griff nach seinem leeren Teller. »Haben Sie noch einen Wunsch?«, fragte die Kellnerin wie aus weiter Entfernung. »Oder soll ich Ihnen Ihr Zimmer zeigen?«

Er schreckte hoch, sah auf. Es war nicht die Kellnerin von vorhin, obwohl sie das gleiche Fischerhemd trug, das hier wohl die Betriebsuniform war.

Er sah in Augen, die leuchtend und grau waren wie der Himmel in Skagen. Ein Lächeln traf ihn mitten in seine Erschöpfung, machte ihn blitzartig hellwach.

Ein Lächeln, bei dem sich die Mundwinkel leicht nach unten bogen. Dunkle Haare umrahmten das Gesicht, ein wenig wirre Locken, als ob der Wind in ihnen wohnte, auch hier in der niedrigen Stube. An ihrer Schläfe entdeckte er das Glänzen einer silbernen Strähne, und in ihren Augenwinkeln lag das Versprechen fein gefächerter Lachfalten, wie er sie von Sinja kannte.

Wortlos starrte er sie an. Sie hob eine Augenbraue.

»Alles in Ordnung mit Ihnen?«, fragte sie besorgt.

»J…ja«, stotterte er. »Ich bin nur müde. Das Essen war so gut …«

»Dann wäre das Zimmer doch jetzt genau richtig.« Ihre Stimme passte zu ihr, weich und ein wenig dunkel.

»Ich muss noch bezahlen.«

»Hier.« Sie schob ihm die Rechnung hin. Es erschien ihm seltsam, als er ihr Trinkgeld gab. Ihr, einem Traumbild. Ihr Gesicht war so lange in seinen Gedanken gewesen, dass sie ihm vertraut war.

»Kommen Sie.«

Er suchte sein Gepäck zusammen, das er unter den Mänteln an der Garderobe abgelegt hatte. Die Isomatte, die Decke, die Packtaschen. Auf der Möwe war das alles praktisch, in einem Hotel weniger. Als er auf der engen Treppe stolperte, nahm sie ihm wortlos die Matte und die Decke ab.

Das Zimmer war winzig, gemütlich unter schräge Wände geduckt, blankgewetzte Holzdielen, die nach Bohnerwachs dufteten. Ein schlichter Holztisch mit Stuhl, ein Bett mit vier Pfosten darum, auf den Seiten geschnitzte Schiffe. Dunkelblaue Wäsche mit weißem Wellenmuster.

»Das Bad ist gegenüber.« Sie drückte ihm einen Schlüssel in die Hand, der Anhänger eine schwere bronzefarbene Muschel, schaltete eine Lampe auf dem Nachttisch ein, die nur das Kopfende beleuchtete. »Frühstück ab acht. Schlafen Sie gut.«

»Danke … warten Sie!«

Fragend wandte sie sich um.

»Sind Sie Inge?« Inge wird Ihnen das Zimmer zeigen, hatte Valentin gesagt.

Sie lachte. Das Lachen flog leicht durch die dunklen Winkel und landete unverrückbar in seinem Gedächtnis. »Nein, Inge hat längst Feierabend. Tut mir leid, dass ich mich nicht vorgestellt habe. Ich bin nur eingesprungen, weil Sigrid krank ist. So fehlt Valentin eine Kellnerin. Ich heiße Rhea. Rhea Jessen.«

»Und was machen Sie, wenn Sie nicht einspringen?«

»Ich bin Schneiderin. Unten habe ich einen kleinen Laden. Den können Sie sich morgen gerne ansehen. Gute Nacht!«

Weg war sie.

Kalle wühlte Zahnbürste und Schlafanzug aus den Packtaschen. Um ihn nicht zu zerknicken, legte er den Hefter mit seinen Kohlezeichnungen auf den Tisch. Der war gewellt, hatte offenbar im Nieselregen Feuchtigkeit angezogen. Kalle breitete die Zeichnungen aus, damit sie trocknen konnten. Die eine war so feucht, dass sein Finger eine verwischte Wellenspur in der Kohle hinterließ. Der Effekt gefiel ihm so gut, dass er, müde wie er war, eine Weile damit herumexperimentierte.

Die Gardinen waren offen, vor dem Fenster ahnte Kalle die Kurve des geschwungenen, breiten Reetdachüberhangs. Daher die dicke, behagliche Stille, die den engen Raum füllte und der Wirklichkeit entrückte.

Nur Rhea Jessens Stimme trieb darin umher, lange, nachdem sie fort war.

21

Die Stille war noch da, als der Tag in sein Bewusstsein schlich. Diffuse Helligkeit sickerte in das Zimmer. Die Sonne war noch nicht aufgegangen. Kalle öffnete das Fenster, steckte den Kopf hinaus. Unwiderstehlich, der Duft vom Meer her, stärker als gestern Abend im Dunkeln. Er zog sich leise an, dicke Jacke, Mütze – dabei musste er an Lydia Knoll denken und lächelte. Die zwei Knolls hatten etwas Anrührendes gehabt, so eine verschworene Einheit, wie sie waren. Auf Socken schlich er die Stiege hinunter. Die Haustür war verschlossen, wie er es befürchtet hatte, aber an dem Muschelanhänger befanden sich zwei Schlüssel. Der zweite passte. Draußen zog er die Schuhe an, sah nach, ob die Möwe noch da war, und nahm dann den nächstbesten Weg Richtung Strand. Eine Treppe führte aufwärts zu einem schmalen Weg aus Steinplatten, der oben auf den Dünen entlangführte. »Obere Wandelbahn«, entzifferte Kalle auf einem Schild. Wunderbar! Genau das wollte er: wandeln. Was für ein wunderbares, liebenswert altmodisches und lustvolles Wort. Er notierte es in seinem Buch, die Andeutung von Tageslicht reichte gerade dafür, bevor er sich an dem Blick über das Meer sattsah, der sich hier auftat. Aber noch war es zu dunkel. Er sah nur ein rötliches Schimmern am Horizont, umgeben von gelben und grünlichen Streifen, die die Sonne ankündigten. Ein paar Möwen quietschten unten am Strand verschlafen. Ein scharfer Wind blies, trieb den aufregenden Geruch nach Jod, Salz, Fisch, Tang und Schlamm tief in Kalle hinein, bis er meinte sich aufzulösen, frei darin zu treiben wie ein Pusteblumensamen. Er konnte nicht genug davon bekommen, atmete tief, bis ihm schwindelig wurde.

Der helle Streifen am Horizont wurde breiter, höher, heller, schob sich in den Himmel, wischte die Sterne beiseite. Ein glühend rotes Rund erschien, ein erstes Glitzern lief aus der Ferne über das Wasser auf Kalle zu. Aber es war ein gebrochenes Glitzern, nicht so, wie er es von der Ostsee kannte. Keine leuchtende Brücke, die von der Sonne bis zur Küste reichte. Es wurde zu einem Muster aus glitzernden Seen und Bändern, dazwischen verblieben matte Flecken, als hätte die Nacht Pfützen aus Dunkel hinterlassen. Es wurde heller, und Kalle erkannte, dass zwischen den Bändern und Pfützen aus Wasser ganze Streifen von Sand lagen. Vogelschwärme erhoben sich hier, ließen sich dort wieder nieder.

Das also war das Watt! Es musste Ebbe sein. Wie hatte Theo Knoll gesagt? Bei Ebbe kann man manchmal von Insel zu Insel laufen.

Kalle wollte unbedingt hinunter, aber die »Wandelbahn« war ein schmaler Gang zwischen Privatgrundstücken auf der einen und grasbewachsenen Dünengipfeln auf der anderen Seite, deren Betreten aus Naturschutzgründen verboten war. Endlich fand er eine Stiege, die zu einer breiteren, menschenleeren Strandpromenade und von dort weiter hinunter auf den Sand führte. Er ließ seine Schuhe stehen und lief geradewegs in die glitzernde Weite, über sanfte Erhebungen aus weichem, nassem Sand, auf dem Wind und Wellen erstaunliche Muster gemalt hatten. Mal unglaublich glatt, anderswo gewellt wie ein Waschbrett. An Steinen und Muscheln häuften sich Keile aus Sand im Windschatten. Dazwischen trat er in eiskalte, fließende Bänder aus Glanz. Tang schlang sich kühl um einen Fuß. Eine zarte Möwenfeder blieb zwischen seinen Zehen stecken. Eine Krabbe flüchtete vor ihm. Eine Möwe landete, sah ihn mit schräggelegtem Kopf an und flog wieder auf. Ein nie gekanntes Glück flutete ihn. So etwas hätte er sich nicht träumen können, ein so weites Land voller Bewegung, Licht und Duft. Gab es denn Wörter dafür? Zweifel eckten in ihm an, ob seine eine, große Geschichte dafür groß genug sein konnte.

In einem der tieferen Tümpel sah er dunkle Klumpen liegen. Er bückte sich danach. Das mussten Valentins Miesmuschelklumpen sein! Mit einem Finger fuhr er über die gewölbten Schalen der einzelnen Tiere, sah das wundersame, bläuliche Schimmern und die zarten, festen Fäden, die sie miteinander verbanden. Entdeckte fingernagelgroße Seesterne und etwas, das wie eine durchsichtige Blume aussah – eine Seenelke, folgerte er. Auch die weißen Vulkane der Seepocken fand er. Eine winzige Krabbe lief aufgeschreckt über seinen Finger, und als er den Klumpen behutsam zurücklegte, scheuchte er eine Schar streichholzlanger Fische auf und eine Garnele wie aus Glas. War er wirklich wach, oder träumte er noch? Ihm schien es ein Märchen. Lange beobachtete er die Garnele, die so durchsichtig war, dass er ihre Organe sehen konnte. Die Knopfaugen faszinierten ihn. Er hätte schwören können, dass sie seinen Blick erwiderten, herausfordernd und neugierig.

Die Sonne war gestiegen. Die Oberfläche des Tümpels glitzerte nicht mehr, stattdessen reichten die Sonnenstrahlen bis auf den Boden, wo er mehr Garnelen entdeckte und Schnecken, die buchstabenähnliche

Spuren hinterließen. Angenehme Wärme traf seinen Rücken. Was für eine Kraft die Sonne schon hatte, es war doch noch Februar! Seine Füße aber waren eisig geworden, er merkte es jetzt erst. Er hatte die Zeit völlig vergessen. Schwerfällig stand er auf, sah sich staunend um. Alles hatte sich verändert. Wie weit weg das Ufer war! War er wirklich so weit gelaufen? Eine Strömung zerrte an seinen Füßen, und er musste eilig seine Hosenbeine höher krempeln – der Tümpel war tiefer geworden. Tatsächlich war er auch größer geworden – ebenso wie alle Wasserflächen um ihn herum. Was vorhin dünne Bänder gewesen waren, waren nun breite Flüsse. Dazwischen ragte nur hier und da noch ein Streifen Sand heraus. Eine Möwe flog krächzend dicht über ihn hinweg. Der Verdacht lag nahe, dass sie ihn auslachte, den Menschen, der sich in ihrem Revier so dumm anstellte. Nun fiel ihm Valentins Warnung wieder ein. Kalle schüttelte den Kopf über sich selbst. In Berlin hatte er sich alt gefühlt und war aufgebrochen, um ein junges Gefühl wiederzufinden. Nun war er in seiner ausgelassenen Freude ins Meer gerannt wie ein Kind auf die Straße.

Und jetzt? Er lief los, im Zickzack Richtung Ufer, dort wo er flaches Wasser erkennen konnte. Immer wieder geriet er knietief hinein, zweimal riss ihn die

Strömung fast um, einmal trat er in ein unsichtbares Loch. Seine Hosen waren nass. Verdammt eisig war das. Aber nun war es nicht mehr weit.

Da sah er sie. Sie stand seitlich, zwischen ihm und dem Ufer, winkte mit beiden Armen und malte einen Weg in die Luft, zeigte auf einen Flecken Sand, dann den nächsten, dann eine Bewegung, als sollte er ein Stück zurücklaufen statt nach vorn. Sie trug etwas Unförmiges in der Hand. Er folgte ihren Gesten, hangelte sich von einer zur nächsten und ja, sie bedeutete ihm, ein Stück zurückzuwaten, um es an einer ganz anderen Stelle zu versuchen. Seine Füße spürte er schon fast nicht mehr, als er schließlich neben ihr auf einem Sandarm stand, der ins Wasser hinausragte und offenbar trocken bleiben würde, denn der Sand rieselte als weiches und von der Morgensonne erstaunlich warmes Pulver um seine Sohlen.

Schon von weitem hatte er sie erkannt, an den langen dunklen Haaren, in denen der Wind lebte. Sie sah aus wie ein Teil der Landschaft, war hier eindeutig zu Hause, wie ein Seehund, wie eine Möwe. Ihre Jacke war sandfarben wie der Boden, auf dem sie stand. Er hätte sie gern gefragt, ob sie im September in Warnemünde gewesen war und auf einem Schiff nach Dänemark – aber das erschien ihm wie eine arg billige und einfallslose Anmache. Er ließ es. Sie musste es gewesen sein – aber an solche Zufälle glaubte er nicht.

»Hat Valentin Sie nicht gewarnt, dass man nicht bei Flut ins Watt läuft? Wie schnell die Priele gefährlich werden können? Wie konnten Sie so leichtsinnig sein?«, schimpfte sie.

Das Unförmige in ihrer Hand war eine gewaltige Brötchentüte, stellte Kalle fest. Und dass er einen Hunger hatte wie noch nie. Sein Magen knurrte.

Rhea Jessen musste lachen. »Das kommt von der Seeluft«, sagte sie. »Jetzt müssen wir Sie erst trocken kriegen. Ist ja zum Glück nicht weit. Kommen Sie, rennen wir, dann kommt das Blut in Ihren Beinen wieder in Gang.«

»Was sind Priele?«

»Die Tümpel und Flüsse, die voller Wasser bleiben, wenn Ebbe ist. Sie werden bei Flut zuerst tiefer, unmerklich, und die Strömung stärker, ohne dass Sie zunächst etwas bemerken. Plötzlich schließen sie sich wieder zu einer Fläche zusammen.«

Das Laufen fiel ihm schwer, anfangs, so steif waren seine Knie, so verlangsamt seine Schritte, und er fror im Wind, zum Glück war die Hose nicht ganz bis zu den Hüften nass. Dann aber vergaß er die Kälte. Er rannte mit Rhea Jessen, der Frau mit dem Lächeln, durch einen himmelblauen Morgen. Federwolken schrieben etwas Unleserliches an den Himmel, der Horizont war weit, und an Worte dachte er für den Moment nicht, konzentrierte sich nur auf die köstliche Luft und auf Rheas Atem neben ihm. Sie kamen bei seinen Stiefeln an, in die er dankbar fuhr, obwohl sie an seinen aufgequollenen, nassen Füßen scheuerten.

In der Miesmuschel herrschte inzwischen geschäftiges Treiben. In der Küche klapperte es, ein Staubsauger brummte. Valentin erschien im Flur, erblickte Kalle und die Spur von Tropfen, die er hinter sich ließ, holte tief Luft und öffnete den Mund.

»Sag nichts«, meinte Rhea. »Ich habe schon mit ihm geschimpft! Hier sind die Brötchen. Ich komme gleich.«

Sie scheuchte Kalle die Treppe hinauf mit der strengen Anweisung, mindestens zehn Minuten unter der heißen Dusche zu bleiben. Eine Viertelstunde später brachte sie ihm einen dampfenden Tee und eine Tube.

»Das ist durchblutungsfördernde Salbe. Reiben Sie sich die Füße und Beine damit ein!«, wies sie ihn an. »Und dann kommen Sie runter zum Frühstück.« Sie wollte die Tube auf den Tisch legen, entdeckte seine Zeichnungen. »Sind die von Ihnen? Sind Sie Künstler?«

Kalle musste lachen. »Nein, bestimmt kein Künstler. Busfahrer.«

Sie runzelte die Stirn, musterte ihn streng. »Das schließt sich nicht unbedingt gegenseitig aus. Ich bin Schneiderin. Und manches, was ich mache, ist Kunst.«

»Das glaube ich sofort. Ich freue mich schon darauf, es nachher anzusehen« versicherte er.

Sie zögerte, konnte sich nicht vom Anblick der Bilder losreißen. »Stoff mag ich bunt. Bilder mag ich schwarzweiß. Mein Bruder ist Fotograf.«

»Suchen Sie sich eins aus. Immerhin haben Sie mir das Leben gerettet.«

Sie lachte. »Das hätten Sie auch allein geschafft. So weit draußen waren Sie nicht. Aber Sie wären mindestens bis hier nass geworden.« Sie tippte ihm leicht auf die Brust. Er spürte die Berührung noch lange, nachdem sie den Finger wieder weggenommen hatte. »Ich nehme das hier, darf ich?«

Es war eines seiner ersten Strichmännchen, die er in Dänemark an der Ostküste gemalt hatte, als er sich so leicht und ausgelassen gefühlt hatte.

»Sehr gern. Bis nachher!«

Nie hatte ihm ein Frühstücksei so gut geschmeckt. Die Brötchen waren frisch und die Wurst überraschte mit mehr Aroma als alles Ähnliche, was ihm in Berlin oder unterwegs je begegnet war.

»Das liegt nicht an der Wurst«, antwortete Valentin auf Kalles Kompliment. »Das liegt an dem Appetit, den Sie sich da draußen geholt haben. Unsere Luft hat das an sich. Aber wiederholen Sie dieses Abenteuer bitte nicht!«

»Ich weiß. Nordsee – Mordsee«, sagte Kalle mit vollem Mund, zeigte auf das Plakat. »Ich hab's gelesen. Und heute früh auch verstanden.«

»Sie haben Rhea einen ganz schönen Schrecken eingejagt.«

»Sind Sie verwandt?«

»Sie ist die Schwester meines besten Freundes. Sie hilft hier nur aus, weil eine Kellnerin erkrankt ist. Eigentlich arbeitet sie bei ihrem Bruder. Er ist Fotograf und hat eine Buchhandlung. Oluf Jessen, Sie finden das Schild, wenn Sie der Hauptstraße Richtung Hafen folgen. Stöbern Sie ruhig dort. Es gibt viele Bücher, aus denen Sie etwas über das Watt lernen können. Und gruselige Sagen über die, die dort verschollen sind. Es gibt auch einen Friedhof der Heimatlosen. Dort sind alle begraben, die hier angespült worden sind. Man kennt nicht einmal ihre Namen.«

Kalle fand, es sei Zeit, ihn vom Thema abzulenken. »Sagen Sie, war Frau Jessen im Oktober an der Ostsee? In Warnemünde? Ich meine, ich hätte sie auf einer Fähre nach Dänemark gesehen.«

Valentin dachte nach. »Ausgeschlossen. Sie war den ganzen Herbst hier. Die Buchhandlung wurde renoviert, da konnte keiner weg. Außerdem verlässt sie die Insel nur, wenn sie es nicht vermeiden kann. Sie können übrigens ruhig Rhea zu ihr sagen. Wir sind hier nicht so förmlich!«

Dann war das nur eine Ähnlichkeit. Möglich auch, dass ihn seine Erinnerung narrte. Oder hatte er damals ein Traumbild gesehen, eine Vorahnung? Einen Teil der Geschichte, der noch nicht geschrieben war? Er würde es wohl nie herausfinden. Vielleicht hatte sich das Ende seiner Reise im Anfang gespiegelt wie heute früh das Sonnenlicht auf dem Watt?

Er wischte seinen Teller mit dem letzten Bissen Brötchen blank. Dann suchte er den Nebenraum auf, wo Rhea ihre Sachen verkaufte. Vorhin schon hatte er die offene Tür gesehen, die von meerblauen Vorhängen eingerahmt war. Drinnen herrschte eine Stille, die von den vielen Stoffen herrührte, die an einer Wand gestapelt waren. An der anderen befanden sich weiße, geschnitzte Regale, in denen bunte Westen und Pullover lagen, und eine Stange, an der Kleider, Blusen und Jacken hingen. In einer Ecke stand ein enormer Korb mit bunten Garnknäulen neben einem Sessel. An einem Tisch war Rhea mit Schere und Schnittmuster beschäftigt.

Sie sah auf, lächelte ihn an. Ihm wurde in diesem einen Moment klar, dass es völlig egal war, ob er sie damals schon gesehen hatte, ob es eine andere Frau gewesen war, ein Traumbild oder eine Vorahnung. Egal, ob ein Streifen Meer zwischen ihnen lag, ein geflutetes Watt, eine Phantasie oder nur ein Raum wie dieser. Etwas in diesem Lächeln zog ihm den Boden unter den Füßen weg, aber das machte nichts, denn er brauchte den Boden nicht – dieses Lächeln und ihr Blick hielten ihn fest und sicher, ankerten ihn in einer Mitte, von der er nichts geahnt hatte.

Und was sollte er anfangen mit dieser Erkenntnis? Verwirrt strich er mit dem Finger über eine Strickjacke in Meeresfarben, die ihm am nächsten hing.

»Sehen Sie sich um«, ermunterte ihn Rhea. »Vielleicht können Sie ein Geschenk für jemanden gebrauchen?«

Geschenk. Er versuchte, seine Gedanken zu ordnen. Anneliese! Sie hatte so viel für ihn getan, da wäre ein Geschenk tatsächlich eine gute Idee. Ein Dankeschön. Ob eine Jacke etwas zu Persönliches wäre? Ach was! Anneliese liebte Klamotten. Und Rhea verkaufte bestimmt nicht viel zu dieser Jahreszeit, mangels Touristen.

Er sah weitere Jacken durch, dachte an Annelieses

Vorliebe für enge Westen und fand im Regal eine, in Annelieses Lieblingsblau, mit lustigen Fransen und einem Segelschiff mit heiter geblähten Segeln an der Stelle aufgenäht, wo Anneliese das Herz auf dem rechten Fleck hatte. Größe M, das müsste ihr passen. So viel Ahnung hatte er von Einkäufen mit Kerstin, die nur etwas kleiner gewesen war.

»Diese hier bitte.«

»Soll ich sie als Geschenk verpacken?«

»Wissen Sie was?« Es würde ihn nur verlegen machen, mit dem Päckchen im Büro zu erscheinen. Und die Kollegen würden Witze reißen. »Können Sie es so verpacken, dass ich es auf die Post bringen kann?«

»Natürlich. Dann können Sie es gleich hier lassen. Mein Bruder *ist* die Post. Die befindet sich nämlich in der Buchhandlung. Schreiben Sie einfach die Adresse hier auf den Aufkleber. Und vielleicht einen Gruß auf eine von diesen Karten?«

Er kritzelte ein Dankeschön auf eine nichtssagende Postkarte vom Strand, auf der von dem Zauber des Watts nichts zu sehen war, füllte den Aufkleber aus.

»Anneliese Schunk«, las Rhea. »Eine Freundin?« Sie sah nicht auf.

Kalle spürte eine kleine Aufregung. Dass sie das interessierte!

»Die Sekretärin meines Chefs. Sie hat meine Blumen gegossen und sich um die Post gekümmert.«

»Na, dann hat sie ein Geschenk verdient.«

»Sie wird sich freuen. Ihre Sachen sind wunderschön! Ganz anders als – na ja, als man sonst so findet. Ich gehe kaum in solche Läden. Aber die Farben sind so … so echt und erdig. Himmel, Meer, Sand, Gras. Und alles fasst sich leicht an.« Er schob die Kleiderbügel an der Stange hin und her, betrachtete die Stücke erneut. »Diese Applikationen hier. Sparsam, aber sie geben jedem Stück eine ganz besondere Note. Dort, die Muschel. Da, das aufgenähte Gras. Hier unten am Saum, man weiß nicht genau, ist es nur ein Muster oder stellt es eine Dünenkette dar. Man fängt an zu überlegen, zu träumen …«

»Genau das versuche ich. Eine Geschichte zu erzählen. Ich verrate Ihnen ein Geheimnis.« Rhea stellte sich neben ihn. »In der Saison, wenn ich beim Kellnern aushelfe, höre ich den Touristen zu. Sie schwärmen von bestimmten Eindrücken. Einem Tag am Strand, einer Eiderente, die sie gesehen, Möwen, die sie gefüttert, einem Seehund, den sie auf der Sandbank getroffen haben. Von einem Ausflug in die Dünen oder auf den Leuchtturm. Von einer Fahrt auf die Halligen oder auf einem Krabbenkutter. Von einer Sandburg, die ihre Kinder gebaut haben. Aus solchen Momenten besteht so ein Urlaub, daran wollen sie sich erinnern, darüber fragen sie sich schon am selben Abend gegenseitig: ›Weißt du noch …?‹ Jeder hat etwas, das ihn besonders berührt hat, das ihm kostbarer erscheint als alles andere. Ich lausche ungeniert, merke mir die Gesichter. Die meisten davon bleiben ein paar Tage, kommen jeden Abend zum Essen, weil es hier schmeckt und gemütlich ist. Also nähe oder stricke ich eine Jacke, eine Weste oder einen Pullover, je nachdem was zu den jeweiligen Menschen passt. Ich versuche, die Farben und Formen einer Sandburg anzudeuten, oder nähe eine Eiderente darauf, einen Leuchtturm oder wähle ein Muster, in dem man das Meer mit den Halligen sehen könnte. Wenn das fertig ist, bitte ich Valentin, die Leute auf meine Stube aufmerksam zu machen und vorbeizuschicken, und dann halte ich ihnen genau das vor die Nase, was ich für sie gemacht habe. Oder ich gehe einfach zu ihnen hin, wenn sie am Tisch sitzen und auf das Essen warten. Den meisten gefallen die Sachen spontan, und sie kaufen.«

»Und wenn nicht?«

»Dann gefällt es später jemand anderem. Die Vorlieben der Menschen, die hierherfahren, sind nicht so unterschiedlich. Nach Jahren kommen oft Gäste wieder und erzählen mir, dass genau diese Jacke ihr Lieblingskleidungsstück ist. Sie hätten so eine persönliche Beziehung dazu.« Er sah, wie ihre Hände über die Ärmel eines Pullovers strichen, eine Falte glattzogen. Sah, wie ihre Augen leuchteten.

»Sie schreibt die eine, große Geschichte auf ihre Art«, dachte Kalle. »Und es gelingt ihr besser und vollständiger als mir.«

»Rhea?« Valentin stand in der Tür. »Rhea, kannst du heute Mittag und Abend noch mal einspringen, die Sigrid ist immer noch krank.«

»Kein Problem. Ich bringe nur vorher dieses Paket zu Oluf.«

»Ich könnte doch kellnern«, sagte Kalle. »Und das Paket kann ich selbst wegbringen. In die Buchhandlung wollte ich sowieso.«

Rhea und Valentin starrten ihn an. »Sie können kellnern?«

»Ich mache das regelmäßig bei einem Freund. Und auf meiner Reise bin ich auch schon eingesprungen.«

»Aber Sie haben doch Urlaub.«

»Urlaub hatte ich lange genug. Wird Zeit, dass ich mich wieder an Arbeit gewöhne.«

Valentin hob fragend die Brauen. »Sie hatten lange genug Urlaub? Den Satz habe ich noch von keinem gehört.«

»Sie machen mich neugierig«, fand auch Rhea. »Vorschlag: Wir gehen zusammen in die Buchhandlung, denn mein Bruder wollte etwas mit mir besprechen. Dann machen Sie sich einen schönen Tag, ich übernehme die Mittagsschicht, und heute Abend dürfen Sie kellnern.«

»Macht, was Ihr wollt«, sagte Valentin kopfschüttelnd. »Hauptsache, die Gäste bekommen ihr Essen serviert.«

Die Buchhandlung war vollgestopft bis obenhin. Kalle war begeistert. Er fühlte sich wie in einem Laden aus seiner Kindheit, in dem es auf kleinem Raum außer Büchern alles von Kaugummis über Matchboxautos bis hin zu Brettspielen und Schaukelpferden gegeben hatte. Hier entdeckte er zu alledem Segelschiffe, Gummistiefel und Drachen.

Rhea zeigte auf die Gummistiefel. »Selbst wenn Sie nur ein paar Tage bleiben, die hier sollten Sie sich unbedingt zulegen, wenn Sie noch einmal ins Watt wollen.«

Gummistiefel. Die hatte er seit der Grundschule nicht mehr besessen.

»Nur wenn Sie nach der Mittagsschicht mit mir diesen Drachen steigen lassen.« Er hatte einen aus dem Ständer gepflückt. Einen blau, grün und gelb gestreiften gab es nicht, aber dieser gefiel ihm auch, gelb mit regenbogenbunten Streifen.

Verblüfft sah sie ihn an, lachte auf. »Macht man das nicht im Herbst?«

»Warum nicht Ende Februar? Wir könnten damit den Frühling aus dem Himmel angeln. Vielleicht beißt er an.«

»Hat er schon. Ich kann Ihnen in meinem Garten eine Menge Blüten zeigen!«

»Dann brauche ich keine Gummistiefel.«

Sie rollte mit den Augen, nahm die Stiefel und den Drachen und legte beides neben die Kasse. »Oluf?«

Ein kleiner, drahtiger Mann kam hinter einem Bücherregal hervor, spähte über seine Brille. »Rhea! Du brauchst schon wieder Gummistiefel?«

»Nein. Er hier.« Sie schob Kalle nach vorn. »Das ist Kalle Brennicke. Der, von dem ich dir erzählt habe.«

»Der mit den Strichmännchen?«

»Genau der.«

Oluf verschwand prompt wieder, rumorte irgendwo. »Ich hab das schon eingescannt und einen Probedruck gemacht. Da muss aber eine Signatur drunter.«

Er tauchte wieder auf, schwenkte eine Postkarte. »Das kommt richtig gut. Mal was anderes. Hier.« Er drückte Kalle die Karte in die Hand.

»Das ist ja meine Zeichnung!« Auf dickem Papier gedruckt, im Postkartenformat, mit einem ordentlichen weißen Rahmen. Es sah gut aus. Der heiter-naive Schwung der Figur spiegelte noch immer sein Gefühl von damals.

»Das bringt Urlaubsgefühl auf den Punkt.« Oluf tippte mit dem Finger auf die Karte. »Die Leute haben genug von bunten Strandszenen. Die wollen mal was Neues, Leichtes, Erfrischendes. Genau so was eben. Rhea hat ganz recht. Ich habe das vorhin ein paar Kunden gezeigt, die wollten gleich welche kaufen. Aber ich brauche natürlich erst Ihre Unterschrift. Ich habe einen Vertrag vorbereitet. Und Sie müssen das Bild signieren, am besten hier. Wann können Sie mir Ihre anderen Zeichnungen zeigen?«

»Ähm.« Kalle schluckte.

»Oluf. Du überrollst ihn ja. Haben Sie überhaupt Interesse daran, Ihre Bilder zu vermarkten? Es war so eine Idee von mir. Ich wollte nur erst mal Olufs Meinung hören. Aber der neigt dazu, gleich Nägel mit Köpfen zu machen. Nehmen Sie es ihm nicht übel. Ich würde übrigens den Kontrast etwas weicher machen, Oluf.«

»Vielleicht duzen wir uns erst mal alle«, schlug Oluf vor. »Macht alles einfacher. Hier.« Er füllte Tee aus einer Thermoskanne in Pappbecher. Sie stießen an.

»Warum nicht«, dachte Kalle. So würden also seine Strichmännchen und die eine oder andere Möwe oder

Wolke in die Welt geworfen werden und sich auf den Weg in alle Richtungen machen. Spuren seiner Reise würden sich auf diese Weise still verbreiten wie Ringe auf dem Wasser.

»Viel verdienen wirst du damit nicht, aber für ab und zu ein paar Gummistiefel wird es reichen«, meinte Oluf.

»In Berlin braucht man keine Gummistiefel«, sagte Kalle, verblüfft darüber, wie traurig ihn diese Tatsache machte.

»Diese hier braucht er«, sagte Rhea entschlossen und klopfte bestimmt auf das knallgelbe Gummi. »Lass ihn nicht ohne sie raus hier, Oluf. Ich muss los, kellnern. Bis später, Kalle. Und keine Sorge, den Vertrag kannst du ruhig unterschreiben. Oluf ist zwar ein Schlawiner, aber dich wird er nicht über den Tisch ziehen. Er hat's mir versprochen.« Weg war sie.

»Lies es dir in Ruhe durch.« Oluf schob ihm den Vertrag hin. »Die Gummistiefel und den Drachen bekommst du als Zugabe.«

Kalle konnte mit den vielen Paragraphen wenig anfangen, aber das, was er zu verstehen glaubte, klang vernünftig. Er unterschrieb.

»Und jetzt signieren.« Oluf schob ihm die Postkarte hin. »Unten in der Ecke am besten. Hier, mit dem schwarzen Stift.«

Kalle setzte an, zögerte. Dachte an Bruno Bernhard. Daran, wie er ihn erfunden hatte und dass er damals nicht wollte, dass jemand vermuten könnte, er würde Gedichte in einer Zeitschrift veröffentlichen. Er hatte sich geschämt. Warum?

Ohne Bedauern ließ er Bruno Bernhard sterben. Er überlegte, ob er schwungvolle Initialen entwerfen sollte, wie er es auf vielen Bildern gesehen hatte, verwarf den Gedanken. Er fühlte sich im Augenblick so ganz und vollständig wie nie zuvor. Er unterschrieb mit »Kalle Brennicke«.

»Kalle?«

Kalle, schon in der Tür, die Gummistiefel und den Drachen unter dem Arm, drehte sich um.

Oluf räusperte sich. »Ich habe bemerkt, wie Rhea dich angesehen hat. Ich möchte dich bitten, ihr nicht weh zu tun. Sie ist vor einigen Jahren verlassen worden, von dem Mann, mit dem sie lange zusammengelebt hat. Ein Haus eingerichtet, Pläne gemacht. Einer von denen, die Zigaretten holen gehen und einfach nicht wiederkommen. Nur war er kein Raucher. Er wollte die Zeitung holen. Aber hier im Laden ist er nie angekommen.« Oluf drückte wütend auf dem Schlüsselbund in seiner Hand herum. »Monate später hat er sich aus Island gemeldet. Er hätte eine Veränderung gebraucht.

Eine andere kennengelernt. Rhea solle ohne ihn glücklich werden. Sie hat seitdem außer mir und Valentin niemanden mehr an sich rangelassen. Nur – wie gesagt, mir ist aufgefallen, wie sie dich ansieht. Sich für dich eingesetzt hat wegen der Postkarten. Aber du hast nur Urlaub, wirst nicht hierbleiben. Also bitte – sei vorsichtig.«

Kalle starrte ihn an. Ihm war nichts dergleichen aufgefallen. Er hatte nur bemerkt, wie er selbst Rhea ansah. Dass sie ihn auch ansah – *so* ansah –, den Gedanken an diese Möglichkeit hatte er sich nicht erlaubt.

Ob der Mann, der sie verlassen hatte, an jenem Tag auch etwas gefunden hatte, das ihn merken ließ, dass ein Traum zu Ende war, so wie Kalle damals die Ähre?

»In Ordnung«, sagte er und verließ hastig den Laden.

Oluf folgte ihm an die Tür. »Und bring mir die anderen Zeichnungen!«, rief er Kalle hinterher.

22

In seinem Zimmer unter der Dachschräge sah Kalle seine Zeichnungen durch und wählte ein halbes Dutzend, das er für geeignet hielt. Ein Piepen schreckte ihn aus seiner Konzentration. Verwirrt sah er sich um. Sein Handy! Er hatte sich immer noch nicht an das Ding gewöhnt, es kaum benutzt, nur zum Musikhören und, in großen Abständen, um Anneliese anzurufen. Ihn hatte noch nie jemand angerufen. Er suchte nach dem richtigen Knopf, drückte.

»Hallo?«

»Kalle! Endlich! Ick habs schon zigmal versucht. Sag mal, Junge, wann willste denn hier auftauchen? Die Zeit wird eng. Wennste nich pünktlich am ersten März hier bist, biste ein für alle Mal raus! Denn hat der Arno den Job und Helmut die Neese voll von dir.«

»In ein paar Tagen, Anneliese. Dann steh ich pünktlich auf der Matte.«

»Und wann kommste in Berlin an?«

»Früh genug. Ich nehme den Nachtzug. «

»Spinnste jetze? Det is doch verrückt.«

»Ich brauch die Zeit, Annelieschen.«

»Da bin ick ja mal jespannt.« Er sah ihre besorgten Stirnfalten vor sich. Bestimmt schob sie wieder mit einem knallblau lackierten Zehennagel den Papierkorb hin und her.

Er hatte vorhin in einem winzigen Reisebüro die Bahnfahrt gebucht. Hatte sich genau ausgerechnet, wie das funktionieren konnte, welche Fähre er nehmen musste. Diese letzten Tage hier brauchte er, alle, es ging nicht anders. Jetzt schon die Insel zu verlassen war so unmöglich, wie es ihm im Herbst gewesen war, eine einzige weitere Haltestelle anzufahren. Er musste diese Ahnung von Frühling in sich aufnehmen, die der Wind trug und das Licht versprach. Musste ihr nachschmecken, hier in diesem seltsamen Land, wo die Ebbe das ganze Meer verschwinden ließ und ihm dafür Weite vor die Füße legte, gefährliche Wege, die mit Glanz lockten und nie dieselben waren. Hier konnte er die Erde selbst ein- und ausatmen sehen. Wo sonst würde ihm das widerfahren? Am liebsten hätte er sich ganz in diesen langsamen Rhythmus fallenlassen.

Er horchte auf die gedämpften Geräusche von unten. Als das Klappern aus der Küche und das Stimmengemurmel aus der Gaststube an Hektik verloren, zog er seine neuen Gummistiefel an, in denen er sich wunderbar kindlich vorkam, nahm den Drachen unter den Arm und ging nach unten.

»Ich bin gleich so weit«, rief ihm Rhea zu, »setz dich da hin, in zehn Minuten können wir los.« Sie verschwand hinter der hölzernen Klapptür, kam aber gleich wieder und stellte ihm einen Krabbentoast hin. »Hier, der ist übrig – und du wirst nachher sonst gleich wieder Hunger bekommen.«

Die frischen Krabben würde er vermissen in Berlin. Er versuchte, sich an den Geschmack von Mutlus Pizza zu erinnern, aber alles, was ihm einfiel, war Mutlus Pfeifen. Der pfiff immer vor sich hin, wenn er die Rechnung brachte, und zwar Shantys. Warum hatte Kalle ihn nie gefragt, warum ein pizzabackender Türke in Berlin Shantys pfeift? Dabei hätte das, ganz sicher, in die eine, große Geschichte gehört. Genau genommen war es sogar der Anfang davon.

Kalle notierte das. Auf einmal war ihm leicht zumute, denn er hatte so viele Worte gesammelt, so viele Bruchstücke schon geschrieben, aber verzweifelt danach gesucht, wo der Anfang lag. Nun, dank Rheas Krabbentoast, hatte er ihn zu fassen bekommen.

Wenig später, unterwegs im Watt, war er froh über

seinen vollen Magen, denn die Luft hier draußen machte ihn dennoch sofort wieder hungrig, hungrig nach allem. Nach dem Himmel, dem Horizont und Rheas Lachen, nach dem Anblick der winzigen Seesterne und durchsichtigen Seenelken.

Auch Rhea trug Gummistiefel. Kalle genoss das kleine Gefühl der Gemeinsamkeit, mit ihr im Gleichschritt in fast identischen Schuhen über die Sandwellen im Watt zu stapfen. Es war wie vierhändig auf einem Klavier zu spielen. Das leise Platschen ihrer Schritte in den Prielen brannte sich in sein Gedächtnis. Es zählte die kostbaren Momente herunter, die ihm blieben, hier in dieser ihm so fremden Welt, die ihm gleichzeitig unwirklich schien und wirklicher als alles, das er bisher gekannt hatte. Die Zeit war besonders flüchtig hier, zerbrechlicher, eindringlicher als anderswo. Unter ihren Füßen waren die Priele nun flach und zahm, denn die Flut war laut Rhea noch am Auslaufen, das Wasser sank weiter. Doch in ein paar Stunden war hier wieder Meer, waren Rheas und seine Spuren verwischt für immer.

Wie leicht war es hier, den Drachen zum Steigen zu bewegen! Hier musste er nicht, wie vor mehr als einem halben Leben mit Susanna in Berlin auf der Flanke des Teufelsbergs wieder und wieder gegen den Wind anrennen, bis sich das bunte Viereck endlich auf den Weg unter die Wolken machte. Hier rang der Drachen schon um Freiheit, als er ihn aus der Tüte zog. Riss an der Schnur, ehe Kalle die Querstange richtig festgesteckt hatte. Rhea kam ihm zu Hilfe, hielt den Drachen fest, während Kalle die Schnur an der Rolle festknotete.

»Halt ihn hoch und lass los!«, sagte Kalle.

»O.k. Huii!« Rhea juchzte, als der Drachen, kaum freigelassen, in das Blau aufjagte. So schnell konnte Kalle kaum Schnur nachlassen. Schon war sie ganz ausgefahren, und Kalle hatte Mühe, das Ende zu halten, so unternehmungslustig war die verspielte Flagge, die sie gehisst hatten.

Sie folgten dem Drachen, weiter auf den Horizont zu, hüpften durch Priele, rannten lachend Sandbänke entlang. Der gleichmäßige Vorfrühlingswind sorgte dafür, dass der Drachen oben blieb und ihre Verbindung zum Himmel nie abriss, egal wer von ihnen beiden sie gerade in den Händen hielt. Zwischendurch erzählten sie sich Dinge voneinander, Puzzlestücke aus ihrem Leben, scheinbar unbedeutend, und doch staunten sie gegenseitig darüber, weil sich an diesem Nachmittag alles verrückt und wunderbar anhörte.

Die Insel war nur ein Strich in der Ferne, als Kalle sich

umdrehte. Der Leuchtturm wirkte wie ein vergessener Zahnstocher.

»Sind wir nicht zu weit draußen?« Kalle dachte an sein vorhergegangenes Abenteuer.

Rhea sah auf die Uhr. »Nicht, wenn wir in einer Viertelstunde umdrehen.«

Kalle schien es, dass ihr die Zeit ebenso kostbar war wie ihm. Er dachte an Olufs Warnung. Es war gut, dass die Flut sie zum Rückweg zwingen würde.

Als sie sich später unwillig der Insel wieder näherten wie aus einem Traum, breiteten sich die Priele bereits wieder aus, die Strömung in ihnen erwachte und das Glitzern der tiefstehenden Sonne schmolz alles zu einer glühenden Fläche zusammen, in deren kühlen Brand der Drachen schließlich stürzte, als sie ihn mit vereinten Kräften aus seinem Höhenflug herunter zwangen. Kalle hob ihn behutsam aus dem Wasser, wunderte sich, dass er in dem Leuchten nicht verbrannt war.

Ihm fiel auf, dass er in diesen Stunden nicht ein einziges Mal an Worte gedacht hatte. Dies hier war größer gewesen als Worte, erschreckend größer als die eine, große Geschichte.

Es tat Kalle gut, dass er sich den Abend über darauf konzentrieren musste, sich Bestellungen zu merken,

Gerichte hin und her zu tragen, keine Getränke zu verschütten, richtig abzukassieren. Allmählich fand er den Boden wieder. Später, viel später als der Drachen landete er erst wirklich darauf.

In der Nacht wälzte er sich ruhelos, obwohl ihn die Füße schmerzten von der ungewohnten Wanderung im weichen Sand und tiefen Schlick, gefolgt von der Lauferei zwischen Küche und Gastraum. Im Halbschlaf wollte sein Unterbewusstsein schreiben, doch die Geschichte wand und schlängelte sich, schlug, begleitet von Schwärmen flatternder schwarzer Zweifel, erst einen, dann einen anderen Weg ein und schließlich zwei gleichzeitig. Als sie sich selbst begegnete, schreckte er auf. Im Fenster stand der Vollmond. Kalle öffnete es, lehnte sich hinaus. Es war warm geworden! Der vorhin schon laue Wind war einer Stille gewichen, die geradezu schwül war. Kalle stieg im Schlafanzug barfuß in die Gummistiefel, weil sie gerade neben der Tür standen und weil ihnen etwas von dem Nachmittag mit Rhea anhaftete, steckte sein Handy mit dem Kopfhörer ein, schlich die Treppe hinunter, entriegelte die ihm inzwischen bekannte Hintertür und ließ sich in den Garten hinaus.

Valentins Garten war nur ein Stückchen rauen Dünengrases, zwei Strandkörbe standen dort. Der Wind schwieg tatsächlich, auch das Meer war nicht hörbar, sicher hatte die Ebbe bereits wieder begonnen. Kalle fror nicht einmal im kurzärmeligen Hemd, so mild war es. Der Vollmond wirkte riesig und golden. Es roch nach Erde, die nach dem Winter wach wird, den Frost abschüttelt. Die Stille war so dicht um Kalle, dass er glaubte, sie anfassen zu können. Sie sprach zu ihm, aber noch verstand er sie nicht. Das alte Gefühl, dass ihm zu der einen, großen Geschichte etwas Entscheidendes fehlte, traf ihn deutlicher als je zuvor. Was war es nur?

Die Stille wurde ihm zu bodenlos. Er steckte den Kopfhörer ins Ohr und hörte Alex' Winterwellenlied. Im Vollmondlicht war es besonders eindringlich, er entdeckte neue Töne darin. Vor allem am Ende. Zur Sicherheit hörte er es ein zweites Mal. Ja, am Ende waren Teile der Melodie, die ihm nie aufgefallen waren. Diese Töne erzählten nicht vom Winter, nicht von sternklaren Frostnächten und kurzen Tagen, nicht von langen Ruhephasen und vom Tanz im Schnee. Nein, sie trugen den Frühling in sich, sprachen von Leichtigkeit, von Grün und einem Aufschwung, von einer Hoffnung, von neuen Wegen. Kalle musste an den kältestarren Marienkäfer auf dem Halm denken, der den Absprung in einen ungewissen Himmel gewagt hatte.

Die Antwort, die er suchte, lag im Frühling. Er war ganz nahe dran.

Er konnte nur hoffen, dass die verbliebenen zwei Tage ausreichen würden, sie zu finden.

23

Beim Frühstück stellte Kalle fest, dass die schlaflose Nacht seinen Appetit nicht gemindert hatte. Unglaublich, was für Appetit eine Luft machte, die nach Jod und Salz und Weite schmeckte. Er schmierte sich ein drittes Brötchen, als jemand an seinen Tisch trat.

»Hallo«, sagte Oluf.

»Ich habe die Zeichnungen herausgesucht, ich wollte sie dir gleich bringen.« Kalle schob ihm den Umschlag hin. Oluf setzte sich, betrachtete abschätzend Kalles Werke.

»Das ist perfekt für eine Serie. Ich habe gestern schon acht Exemplare der Probepostkarte verkauft. Den Leuten gefällt es. ›Mal was anderes‹, sagen sie.« Oluf räusperte sich, drückte ein leeres Butterpapier zu einer Kugel zusammen. »Du, Rhea hat erwähnt, dass du Busfahrer bist.«

»Ja?« Kalle spürte ein kleines Erschrecken darüber, dass ihm das Wort fremd vorkam, wie ein Kleidungsstück, das man ewig nicht getragen hat, im Schrank findet und nicht weiß, ob es noch passen wird – und ob man das möchte.

»Wir haben ein Problem. Valentin und ich, wir haben zusammen eine Strandkorbvermietung. Die sind eingewintert, in einer Lagerhalle, aber sie müssen jetzt für die Saison hergerichtet werden. Dazu müssen sie mit dem Anhänger auf einen anderen Platz transportiert werden. Nur – Valentin hat keinen Führerschein. Ich schon, aber ich fahre einen alten Käfer und kann absolut nicht mit dem Trecker und dem Anhänger umgehen. Ich habe ihn schon zweimal gegen einen Baum gesetzt.« Er sah verlegen aus. »Und der Jan, der die Strandkörbe überholt und sonst den Transport macht, der hat ein Gipsbein und kann diesmal nicht fahren. Wir dachten … Valentin hatte die Idee … du könntest das vielleicht. Ist nicht ganz dasselbe, aber ein Bus ist doch auch lang. Es dauert nur zwei Stunden oder drei, es sind nicht so viele Körbe. Ich weiß, du hast Urlaub, aber Valentin sagt, du hast auch schon gekellnert, willst dich wieder an Arbeit gewöhnen.«

»Klar. Ich mach das. Kein Problem. Ich bin schon mit langen Anhängern gefahren. Ich hatte mal 'nen Kumpel, der hatte ein Boot auf dem Wannsee, das musste auch im Herbst und Frühling auf den Hänger. Wann, gleich? Ich muss noch was mit Rhea besprechen.«

»Sie ist nebenan, in ihrer Schneiderei. Mensch, danke, dass du das machst. Wir treffen uns in einer halben Stunde draußen, ist das recht?«

Er spürte Rheas Anwesenheit in dem vollgestopften Raum, bevor er sie hinter einem Stapel Pullover entdeckte.

»Hallo. Guten Morgen.« Sie lächelten sich unbeholfen an. »Gut geschlafen?«, fragte sie.

»Ich habe ein Anliegen«, sagte er statt einer Antwort. »Da gibt es zwei Freunde in Dänemark, denen würde ich gerne eines von deinen Werken schenken.«

»Erzähl mir etwas von ihnen.«

Er beschrieb Sinja und Jens, und während sie zuhörte, suchte sie mit kundiger Hand in Kleidungsstapeln. Kalle stellte sich vor, wie ihre Berührung sich um die Fasern legte, wie Spuren von ihrem Wesen für immer Teil des Gewebes wurden, wenn sie nähte oder strickte.

Sie hielt ihm eine leichte und doch warme, schlichte Männerweste in Moosgrün entgegen, auf deren Revers eine fingerlange Möwe flog. Dann eine flauschige frühlingshimmelfarbene Strickjacke, auf deren Saum Dünengras angedeutet war und dazwischen eine einzige Pusteblume, aus der ein Wind zwei Samen gelöst hatte, die an ihren Schirmchen in die Höhe segelten, eine bis zur Schulter.

»Rhea – wie wunderschön und passend! Packst du sie mir ein? Ich habe schon einen Brief dazu geschrieben, hier.«

»Natürlich. Ich gebe das Paket nachher Oluf gleich mit, wenn ihr mit dem Treckerfahren fertig seid.«

»Das weißt du schon?«

»Ich wusste, dass du es machst.«

In der Tür zögerte er, drehte sich noch mal um.

»Rhea – du weißt, ich muss morgen Nachmittag die Fähre nehmen – aber …«

Eingedenk der Warnung Olufs hatte er ihr schon gestern erklärt, dass er pünktlich zurück in Berlin sein musste. Dass er in seinem Alter keinen anderen Job finden würde, von dem er was verstand. Und dass er es versprochen hatte.

Jetzt nahm er ihre Hände. »Schenkst du mir noch einen Frühlingstag?«

Sie löste sich von ihm, zog etwas aus einem Regal, reichte es ihm mit einem verlegenen Lächeln. »Ich habe dir einen genäht, als ich heute Nacht nicht schlafen konnte.«

Verblüfft faltete er den Stoff auseinander. Eine Jacke, eine Art Anorak, winddicht, aber mit weichem Futter und praktischen Taschen. Die Farben flossen ineinander, sand- und erdbraun wie das Watt, an den Schultern leicht in Blau übergehend. Auf der linken Brusttasche flog dezent ein kleiner Drachen, gelb mit bunten Streifen.

Kalle war sprachlos. Dann nahm er Rhea einfach in den Arm. Sie hielten sich eine Weile fest.

»Probier an, ob sie passt«, sagte sie schließlich.

Die Jacke passte, als ob Rhea ihn schon immer gekannt hätte.

»Schenkst du mir trotzdem auch noch den Nachmittag? Ich war im Watt, aber von der Insel habe ich kaum etwas gesehen. Zeigst du sie mir?«, bat Kalle.

»Ja. Hol mich ab, nach der Mittagsschicht, wie gestern.«

Das Treckerfahren ließ ihn den Abschiedsschmerz vergessen. Das große Steuer unter seinen Händen, der ausgesessene Sitz, das Gefühl, den langen Anhänger geschickt um die Kurven zu steuern, waren ihm so tief vertraut. Nach all dem Unbekannten der letzten Monate tat ihm das gut. Er half Jan und Oluf, die Strandkörbe auf eine spezielle Sackkarre mit großen Rädern zu wuchten und sie damit einen nach dem andern über eine Rampe auf den Hänger zu befördern. Dann fuhr er sie einige Straßen weiter zu Jan auf den Hof, wo der sich um loses Flechtwerk, rostige Scharniere, abgebrochene Griffe und verklemmte Schlösser kümmern würde.

Drei Fuhren waren es. Kalle fühlte sich wunderbar gebraucht. Pfeifend fuhr er einen schneidigen Extrakringel mit der letzten Fuhre.

»Wer wird die Körbe denn an den Strand fahren?«, fragte er besorgt.

»Ein paar Wochen Zeit ist bis dahin. Ich hoffe, dass der Gips dann ab ist. Sonst muss ich jemanden aus dem Dorf finden, der das kann. Wir werden sehen.« Jan zuckte mit den Schultern. »Vielleicht gibt es ja unter den Touristen mal wieder einen Busfahrer.«

Als Oluf und Kalle in Olufs Käfer zurückfuhren, sagte Kalle plötzlich: »Stopp! Kannst du bitte kurz anhalten?«

Oluf bremste. »Was ist?«

Kalle zeigte auf ein Schaufenster. »Ich brauche den Koffer da.«

»Der ist hässlich.«

»Ich brauche nicht schön, ich brauche groß.«

Mit Mühe bekamen sie den Koffer auf den Rücksitz. »Da können alle meine Fahrradtaschen mitsamt Inhalt rein, und Isomatte, Decke und alles. Mein Fahrrad bekommt Rhea.«

Das hatte er sich überlegt. Es war das Beste, was er ihr zu geben hatte. Sie würde verstehen, dass er ihr mit der Möwe, mit der er über tausend Kilometer gefahren war, etwas von seinen schönsten Erlebnissen schenkte, den besten Teil von sich: etwas von dem Treffpunkt der Meere bei Skagen, von seinem Flug am Saum des Kattegatts, von Alex' Melodie, von den stillen Winterwochen in der Holzhütte. Die Freiheit, die er gehabt hatte, das Staunen und das Glück.

Oluf sah ihn von der Seite an. »Weißt du, der Valentin, der könnte schon ab und zu einen Kellner gebrauchen. Die Rhea näht viel lieber in ihrer Stube, und die Sigrid fehlt oft und ist sowieso überfordert. Und in der Saison gibt es auch sonst viel zu tun, im Garten, auf dem Hof, im Haus. In der Buchhandlung kann ich auch Hilfe gebrauchen. Da sind ja nicht nur Bücher zu verkaufen, da sind die Postkarten, Kalender, Spiele und all der Kram – heutzutage bieten wir auch eBooks an, die die Leute auf ihre Reader laden, das könnte ich dir beibringen. Alles nicht kompliziert. Na ja und dann der Strandkorbverleih – da muss ja immer jemand sein, in der Saison, und es gibt viel zu fummeln, haste ja gesehen.« Olaf hustete, verstummte.

»Du willst mir sagen, wenn ich hierbliebe, gäbe es für mich Arbeit?«, fragte Kalle schließlich in die Stille.

»Da sind ja auch die Postkarten. Du könntest mehr zeichnen. Wir könnten einen Kalender machen, einen Kalle-Brennicke-Kohlezeichnungen-Kalender.«

»Meinst du, von all dem – ein bisschen hier, ein bisschen da – könnte ich leben?«

Oluf überholte mit riskantem Manöver einen Wohnwagen. »Ich wollt's nur gesagt haben.«

An diesem Nachmittag gab es kein Leuchten auf dem Watt. Weiches, helles Grau bedeckte den Himmel in der Farbe von Rheas Augen. Es war noch immer mild und windstill. Rhea lieh sich Olufs Käfer, fuhr mit Kalle zur Nordspitze der Insel, wo es ein Vogelschutzgebiet gab, zeigte ihm die Spuren einer Steinzeitsiedlung in einem Dünental und die alte Vogelkoje, in der man einst Wildvögel fing.

Sie bestiegen den Leuchtturm, beglückt über den Kraterteppich der Dünenlandschaft, die sich zu ihren Füßen ausbreitete, aßen Eis am Hafen und besichtigten die alte Kirche in einem Dorf mit dem seltsamen Namen »Nebel«. Beeindruckt stand Kalle vor dem uralten Grabstein eines sagenumwobenen Kapitäns, dessen ganze Lebensgeschichte unter dem Bild seines Schiffes in den Stein gemeißelt war.

Kalle kam dieser letzte Tag ebenso wie die vergangenen kostbar und zerbrechlich vor wie gläserne Kugeln. Hier auf dem Friedhof musste er an Kerstin denken und an sein ungeborenes Kind. An Alex. Daran, wie schnell alles vorbei sein konnte, manchmal ehe es begonnen hatte. Umso tiefer genoss er die Stunden, prägte sich jede Geste von Rhea ein, ihr eines Grübchen, die eifrige Art, wie sie ihre Schritte ins Gras setzte. Und den Geruch, der hier über allem lag, nach Weite und Salz, Moder und Leben.

»Ich will kurz nach dem Grab einer Freundin sehen«, sagte Rhea. »Dort drüben, das weiße Tor auf der anderen Seite der Straße – da ist der Heimatlosenfriedhof. Den könntest du dir so lange ansehen. Es ist ein besonderer Ort.«

»Heimatlosenfriedhof? Stimmt, Valentin erzählte davon.«

»Manche nennen ihn auch Friedhof der Namenlosen. Er wurde von einem meiner Vorfahren gegründet. Dort wurden die Wasserleichen bestattet, die man am Strand fand. Die Angespülten, deren Namen niemand kennt. Der erste 1906, der letzte 1956. Seitdem kann man sie identifizieren. Damals durften sie nicht auf dem kirchlichen Friedhof begraben werden, da man ihre Herkunft und ihren Glauben nicht kannte. Trotzdem sollten sie ein würdevolles Begräbnis bekommen. Die Leute mögen diesen Platz. Es wird einem bewusst wie … klein und zerbrechlich der Mensch ist, wenn er es mit dem Meer aufnimmt. Wie schnell alles vorbei und wie allein man sein kann.«

Hatte sie seine Gedanken gelesen? Er sah ihr nach, wie sie mit der Gießkanne um die Ecke der Kirche verschwand, ging dann über die Straße und durch das schmale weiße Tor.

Hier war die Stille noch tiefer. Nicht einmal ein Möwenruf war zu hören. Zwei frühe Krokusse blickten ihm aus verwildertem Gras entgegen wie Augen. Schmale Wege zwischen efeuüberwucherten Gräbern, zweiunddreißig Stück. Einfache Holzkreuze auf jedem Grab, die sich erschöpft von der Zeit nach hinten lehnten. Nur eine Jahreszahl darauf, der Tag, an dem man den Toten am Strand gefunden hatte. Kalle las die Daten, jedes einzelne. Wo waren sie wohl hergekommen, all diese Verlorenen, wer hatte sie vermisst und nie erfahren, was ihnen geschehen war? Kalle dachte an Joram Grafunder, der die Tische aus Treibholz auf Sinjas Campingplatz hinterlassen hatte und der als vermisst galt, einfach verschwunden. Viel Leid musste diesen Lebensgeschichten anhängen, und trotzdem: Rhea hatte recht, es war ein besonderer Ort. Kalle pflückte hier und da ein Unkraut aus dem Efeu, befreite ein Gänseblümchen, eine Löwenzahnknospe von den übereifrigen Ranken, wischte einen Vogelklecks von einem Kreuz, eine Spinnwebe aus einer Inschrift. Ein tiefer Frieden war hier zu Hause, ein seltsames Ganzsein.

Vielleicht ließ es sich besonders befreit ruhen, so ganz ohne Namen, ohne Vergangenheit?

Er setzte sich auf die Bank, war fast versucht, den Atem anzuhalten, so vollkommen war die Ruhe. Ein eigenartiges, drängendes Gefühl beschlich ihn, stieg in ihm auf wie die Flut in den Prielen, nahm ihn ganz ein, aber er konnte es nicht benennen, nicht verstehen, noch nicht. Ihm war, als müsste er nur ein einziges Efeublatt beiseiteschieben und alles würde sich zu einem klaren Bild, einer Antwort, dem fehlenden Teil zu seiner Geschichte ordnen. Aber alles blieb unverändert, nur das Gefühl nahm er mit, als Rhea ihn rief. Es fiel ihm schwer, sich loszureißen.

Rhea stand am Tor, sah ihn fragend an. Wieder fiel ihm auf, wie lebendig ihre schulterlangen Locken ihren Bewegungen folgten. Auch heute, obwohl die Luft so still war, war es, als ob der Wind in ihnen zu Hause war. Er beugte sich über das Tor und küsste sie. »Danke für diesen Ort.« Er blies vorsichtig in ihr Haar, dort wo die silberne Strähne von der Schläfe hinter ihr Ohr lief. Er war eifersüchtig auf den Wind, wollte, dass auch sein Atem in ihrem Haar wohnen durfte. Sie pflückte ihm ihrerseits eine Kiefernnadel aus der Augenbraue. »Schön, dass er dir gefällt. Es wird bald dunkel. Wir müssen nach Hause.« Schwer fielen ihre Worte zwischen ihnen auf den Boden, verloren wie die Toten hinter ihnen.

Er widersprach nicht. Sie hatte recht.

Auf dem Heimweg bog sie in eine Seitenstraße, hielt. »Nur, damit du es mal siehst. Hier wohne ich.«

Ein flaches Reetdachhaus, behaglich alt, hinter einer kniehohen Feldsteinmauer in einen Garten geduckt. Kalle ahnte, dass hier im Sommer ein bunter Bauerngarten blühen würde, mit Mohn und Lupinen, wie er sie schon in Dänemark bewundert hatte. Das weiße Gartentor ähnelte dem zum Heimatlosenfriedhof.

»Dort an der Hauswand blüht im Sommer blauer Rittersporn. Lauter verschiedene Blautöne.«

»Wundervoll. Es passt zu dir.«

»Ein bisschen groß, das Haus – für eine Person. Aber ich liebe es.« Rhea gab Gas. »Ich muss zur Abendschicht in der Miesmuschel sein.«

»Ich kann die Schicht noch übernehmen.«

»Lass nur. Du musst packen.«

Am Ende kellnerten sie beide an diesem Abend. Die Gaststube war voll, sie hatten zu tun, wechselten nur Blicke, fast versehentliche Berührungen.

Als Rhea Feierabend machte und ging, umarmten sie sich kurz unter Valentins strengem Blick.

Kalle sah ihr nach. »Valentin?«

»Ja?«

»Darf ich heute Nacht mein Zelt in deinem Garten aufstellen? Ich muss noch einmal darin schlafen, ehe mich die Großstadt wieder verschluckt.«

Von Orion war nur noch ein Zipfel zu sehen. »Orion ist ein Wintersternbild«, hatte Alex gesagt. Also war nun Frühling. So gut wie. Gute Nacht, Alex, dachte Kalle in Orions Richtung.

Wie lieb waren ihm sein Schlafsack, seine Laterne, diese enge Kuppel geworden, die wie eine Seepocke auf der Erde klebte, winzig in der Nacht. Ein rundes Schiff, das in der Stille unter den Sternen segelte, auf dem blauen Planeten, der durch das All trieb, im Bann eines ungeheuren Feuers. Kalle würde nie wieder diese Sonne oder den Mond über Berlins Häuserwirren sehen, ohne daran zu denken, dass sie hier auf Rhea schienen und das leuchtende, geheimnisvolle Land, das in seinem langsamen Rhythmus aus dem Wasser schlich und wieder darin verschwand. Er grübelte über das Gefühl, das seit dem Heimatlosenfriedhof in ihm rumorte, fiel und stieg wie Ebbe und Flut. Was wollte es ihm sagen?

Eine Weile hoffte er, Rhea würde zu ihm kommen, aber er wusste, es wäre für beide wider die Vernunft gewesen. Besser nicht beginnen, wofür es keine Zukunft gab.

Die ersten Vögel riefen schon hinter den Dünen, als er für zwei Stunden einschlief.

Früh packte er sein Zelt ein letztes Mal zusammen, trug es in sein Zimmer und verstaute alle angesammelten Habseligkeiten in dem unansehnlichen Riesenkoffer, der zum Glück Räder besaß. Er dachte daran, wie er mit nichts, nicht einmal einer Zahnbürste in Berlin aufgebrochen war, und wie viel er jetzt angesammelt hatte. Den wenigsten Platz nahm sein größter Schatz ein: die Worte in seinem einen Notizbuch, die Bruchstücke der Geschichte, die er im anderen schrieb, und die Erinnerungen in ihm. Das Kästchen fiel ihm in die Hände, das Sinja ihm geschenkt hatte, um Besonderes darin aufzubewahren. Er öffnete es, stellte fest, dass er, ohne sich dessen bewusst zu sein, die Rechnung vom ersten Abend in der Miesmuschel dort hineingelegt hatte – die Rechnung, die Rhea geschrieben hatte. Hastig verstaute er es im Koffer, schnallte die Riemen zu.

Er ging frühstücken. Valentin servierte ihm schweigsam Tee und Brötchen. Kalle war nicht gesprächiger. Schließlich schob er seinen Teller zurück.

»Valentin?«

»Ja?«

»Geht oder kommt die Flut jetzt gerade?«

»Das Wasser läuft noch zwei Stunden ab. Wenn du an einen Abschiedsspaziergang im Watt denkst, das geht.«

»Danke.«

»Übrigens, das Zimmer – das brauchst du natürlich nicht zu bezahlen. Du warst gut – als Kellner.«

»Danke«, sagte Kalle zum zweiten Mal.

Der Wind war zurückgekehrt. Es war noch wärmer geworden. Der Himmel unruhig. Graue Wolken mit hellem Rand jagten über das Watt, spiegelten sich in den Prielen. Sie waren nach Süden unterwegs, bemerkte Kalle. Er würde ihnen auch diesmal folgen, wie im Herbst bei seinem Aufbruch in die entgegengesetzte Richtung. Gelegentlich kam die Sonne durch, ließ einige Priele aufblitzen, andere nicht.

Er lief, gegen die Böen gestemmt, die trockenen Sand mit einem rieselnden Geräusch gegen seine Gummistiefel bliesen. Die Gedanken jagten sich in seinem Hirn so ungestüm wie oben die Wolken, bis er erschöpft war vom Denken und eine Wortlosigkeit sich in ihm ausbreitete. Tief atmete er den Geruch dieses Landes, stempelte ihn in sein Gedächtnis. Gerade jetzt konnte er nicht genug Luft bekommen. Die erstickende Enge, die er spürte, war in ihm selbst.

Ein Pfeil Wildgänse zog über ihn hinweg. Nach Norden, Richtung Skagen. Er sah zu ihnen auf, ohne darauf zu achten, wohin er trat.

Und dann verschwand sein Bein bis zum Knie in einem Schlickloch. Rhea hatte ihn gewarnt vor diesen Löchern. »Du siehst es an diesen schwarzen Schlickspuren im Sand, hier«, sie zeigte darauf. Er sah es erst nach einer Weile, dann bekam er einen Blick dafür.

Aber man musste natürlich hingucken.

Kalle versuchte mit Bedacht, sein Bein herauszuziehen. Dafür sank das andere tiefer. Zum Glück trug er seinen alten Anorak und nicht die Jacke von Rhea. Die lag säuberlich gefaltet im Koffer. Je mehr er sich bemühte herauszukommen, desto mehr verteilte sich schwarzer Schlick an seinen Armen, wahrscheinlich auch in seinem Gesicht, dachte er, als er sich unwillkürlich die Stirn wischte.

Stillstehen, dachte er, soll man in solchen Momenten, um nicht tiefer zu rutschen. Versinken konnte man hier nicht, hatte Rhea ihm versichert. Allerdings würde die Flut kommen. Er war sich ziemlich sicher, dass ihn jemand rechtzeitig in seiner Notlage entdecken würde. Aber bis dahin konnte es dauern. Er würde seine Fähre versäumen. Er würde nicht pünktlich in Berlin sein. Helmuts Ultimatum würde verstreichen und der unbekannte Arno Kalles Job bekommen. Dieser Arno würde in Zukunft morgens mit Anneliese und den Kumpels scherzen, in den Keksteller greifen und mit seinem Großen Gelben die ewige Runde in der Stadt drehen, Fahrgäste durch die Straßen pumpen, ein- und aussteigen lassen, ein Stück in ihrem Leben voranbringen, durch den Lärm und das hastige Wirbeln, die blinkenden Nächte und den rauchigen Gestank.

Die Gänse waren über den Rand des Himmels längst nach Norden verschwunden. Aber von Süden nahte eine Gruppe von fünf Kranichen. Ihre krächzenden Rufe verstummten, als sie über Kalle waren. Möglicherweise aus Verwunderung über das, was sie unten auf der Erde sahen, mitten in der gestreiften Weite des Watts.

Da stand ein Mensch in einem Schlammloch, streckte die Arme zum Himmel, als könnte er mit diesen dünnen Extremitäten fliegen, und jubelte.

Über Kalle nämlich war eine Antwort wie die Flut hereingebrochen.

Die Kreise, die er in all den Jahren in der Stadt gezogen hatte, erst innerhalb der Mauer, nach ihrem Fall etwas größere, waren eine einzige, lange Fahrt an diesen Ort gewesen. Das, was er ausgerechnet auf dem Heimatlosenfriedhof so beunruhigend deutlich gespürt hatte, war die Gewissheit, dass er genau hier hingehörte, jetzt, an diesem Punkt in seinem Leben. Er würde Mutlus Pizza vermissen, Helmuts Witze und die Schlauchboote auf dem Wannsee an einem Sonntagnachmittag. Die stickige Schwüle auf dem Kudamm im Juli und die Rodelbahn »Onkel Tom's Hütte« im Winter. Den singenden Müllmann freitags um halb sechs. Das Rattern der S-Bahn bei Westwind und die herausfordernden Graffiti, die Galgenhumor auf bröckelnde Häuserwände ankerten, die in den engen Hinterhöfen nie Sonne sahen.

Früher hatte er gemeint, mit seinem Bus dabei helfen zu müssen, dass das Leben in der eingemauerten Stadt in Bewegung blieb. Doch Berlin brauchte ihn nicht mehr. Es war frei, ein fast geheiltes Ganzes, und Kalle war es auch. Berlin blieb in ihm, wie Kerstin, wie Alex, wie das Kind, das es nie gegeben hatte. Blieb Musik in ihm und Herzklopfen.

Doch als er so still im Meer stand, das ihm Platz gemacht hatte und bald zurückkehren würde, meinte er für immer so stehen zu können, wie einer der verwitterten Pfähle, die hier und da etwas markierten. Den Rest seiner Zeit den Vögeln zusehen, wie sie nach Norden flogen und später zurück, wie das Wasser stieg und fiel. Er wäre schlicht eines von den Wesen, die hier den Tagen ein Muster gaben: die Seesterne, die Quallen, die gläsernen Garnelen. Er brauchte Zeit, viel mehr Zeit, hier, wo es Raum gab und er sich denken hören konnte. Das war sein neuer Traum.

Und Zeit hatte er, denn die eine, große Geschichte musste nicht mehr geschrieben werden, sie war längst geschrieben. Er war selbst nur ein Wort auf ihrem Papier. Nicht nur Worte machten die eine, große Geschichte aus, nicht nur Bilder, auch Musik, Sandflüstern, Windstimmen, das Echo der Toten und der Geschmack von Salz, die Berührung von Dünengras. All das und viel mehr, das er noch herausfinden wollte. Die Geschichte lag hinter den Worten und musste nur im Himmel und Wasser gelesen, gehört, gekostet werden.

Kalle würde weiter daran schreiben, es war das Glück des Versuchens, das Teil der Geschichte war, aber es machte nichts, wenn er sie nie fertig bekam, wenn er nie das Ende erreichte, wie es mit dem Traum vom Busfahrersein geschehen war.

Dass der endgültig vorbei war, war in diesem Moment Gewissheit. Anneliese würde ihm verzeihen und seine Topfpflanzen adoptieren, wenn er die Wohnung in Berlin auflöste. Das Dachzimmer in der Miesmuschel war vorerst alles, was er an Zuhause brauchte. Vielleicht würde er auch sein Zelt in den Dünen aufstellen, sobald der Campingplatz öffnete, und den ganzen Sommer darin wohnen. Kalle hatte den Anfang eines neuen Traums gesucht, und er wusste nun, wo dieser lag.

Alles passte zusammen, fiel in ein geordnetes Muster wie die Körner der Ähre in seiner Brieftasche.

Am fernen Strand war noch immer niemand zu sehen. Kalle holte tief Luft und warf sich entschlossen nach vorn, wo er festeren Sand unter seinem Oberkörper spürte, robbte sich zentimeterweise vorwärts und versuchte mit einer neuen, jungen Kraft, die Füße aus dem Schlick zu ziehen. Endlich gelang ihm das. Mit einem lauten Schmatzen löste sich erst der rechte Fuß, dann der linke, und er konnte sich freistrampeln.

Tief im Schlick blieben Kalles Gummistiefel stecken. Kalle fand das wundervoll. Wie eine alte Haut ließ er sie dort zurück, den abgestreiften Schmetterlingskokon, aus dem er in sein neues Leben starten würde. Mochten sie da für immer bleiben, stille Zeugen.

Barfuß hüpfte er durch die Priele auf das Land zu, wusch sich in einem den Schlick ab, wo es ging, lächelte einer Möwe zu, die ihm ein Stück folgte.

Barfuß stürmte er in die Miesmuschel, fasste Valentin am Ärmel, der mit einer dampfenden Terrine aus der Küche kam.

»Wo ist Rhea?«

Valentin betrachtete ihn von oben bis unten. »Du

lernst nichts dazu, oder? Du kannst gern noch einmal die Dusche oben benutzen. Aber die Fähre ist weg.«

Kalle hatte keine Zeit für Erklärungen. »Wo ist Rhea?«, wiederholte er.

»Wenn du meinen Ärmel nicht loslässt, verschütte ich die Suppe. Rhea wollte heute zu Hause bleiben. Ihr war nicht nach Arbeit zumute.«

Weg war Kalle. Barfuß stieg er auf die Möwe und fuhr zu Rheas Haus. Ihm war gleich, wie verblüfft ihn die wenigen Touristen betrachteten, die im Auto an ihm vorüberfuhren oder in Stiefeln auf dem Weg zum Strand waren.

Rheas Haus lag still hinter der Feldsteinmauer. Hatte die eine Löwenzahnblüte schon gestern so rund und heiter in den Ritzen geblüht? Kalle sprang von der Möwe, stellte sie ab, suchte nach seiner Brieftasche. Zum Glück war die in der Innentasche sauber geblieben. Behutsam nahm er eine alte Kaugummihülle heraus, in die etwas eingewickelt war. Es waren die Stockrosensamen, die er am Anfang seiner Reise mitgenommen hatte, um sie einzupflanzen, falls er das Glück hätte, einen Ort zu finden, an dem er angekommen war. Er wollte Rhea fragen, ob sie nicht zwischen dem Rittersporn an ihrer Hauswand Platz hätten und ob sie sie dort gemeinsam eingraben wollten, jetzt sofort, zusammen mit der Ähre, die die alte Frau versehentlich in sein Leben gesät hatte, die Ähre, mit der alles begann und die hier im Wind und Salz, gedüngt mit den richtigen Wörtern, eine neue Ernte bringen mochte.

Etwas juckte ihn fürchterlich am Ohr. Unwillkürlich fasste er hin und das Etwas fiel in seine Hand. Ungläubig starrte er darauf.

Es war ein Marienkäfer.

So kam es, dass Rhea die Tür öffnete, weil sie Kalle lachen hörte. Der Unglauben in ihrem Gesicht spiegelte den seinen.

Später fragten sich Kalle und Rhea, ob alles nur deshalb diese Wendung genommen hatte, weil es ein Schaltjahr war. Hätte es diesen einen Tag mehr, den neunundzwanzigsten Februar, nicht gegeben, wäre Kalle gestern schon in Berlin gewesen. Er hätte nicht diesen letzten Gang ins Watt machen können, wo ihn die Erde festhielt und ihn zwang, ihr zuzuhören; er hätte nicht alle Bedenken über eine unsichere Zukunft im Schlickloch gelassen.

Er hätte an diesem letzten Wintertag nicht vor Rheas Haus gestanden. Lachend und barfuß, mit schwarzem Schlick auf der Stirn und in seinen Haaren, an seinem Anorak und seinen Hosen. Die Sonne hinter ihm warf seinen Schatten lang in die Zukunft, die eine Stufe herauf.

Als er Rhea in der offenen Tür sah, stolperte sein Lachen und er glaubte, der Boden verlöre schon wieder seine Festigkeit.

Denn der neunundzwanzigste Februar wurde in diesem Wimpernschlag zu einem Junimorgen, an dem es nach Erdbeeren roch, die Amseln sangen und alles möglich war.

Epilog

Ein launischer Aprilwind fegte durch das Dünental. Mal war er sanft und versprach Sommer, dann wieder zog er an meinen Haaren, rauschte in meinen Ohren und erzählte vom vergangenen Winter. Zwei junge Kaninchen hoppelten über meinen Weg. Sie machten Männchen, sahen mich einen Augenblick an und spitzten die Ohren, ehe sie davonstoben und in einem der zahllosen Löcher verschwanden, in die man nicht treten durfte wenn man sich keinen Knöchel brechen wollte.

Was machst du hier? war die Frage in ihren dunklen Augen gewesen. Ich war mir meiner Antwort nicht sicher. Unzufrieden war ich, aber warum? Noch eine rast- und ratlose Stunde wanderte ich auf dem Bohlenweg an der grünenden Heide vorbei und an dem Strandhafer, dessen Halme ordentliche Kreise in den Sand zeichneten wenn der Wind in sie fuhr. Erst als ich unversehens am Zeltplatz ankam wurde mir klar, was ich suchte.

Kalle.

So viele Menschen hatten mit Kalle sprechen dürfen, nur ich nicht!

Ich sah mich um. Noch war hier um diese Jahreszeit nicht allzu viel los. Dort, ganz am Rand, das kleine halbkugelförmige Zelt mit den deutlichen Gebrauchsspuren, das kam mir bekannt vor. Ein großer schlanker Mann war dabei, mit einem Stein einen Hering in den Sand zu klopfen, der sich gelöst hatte, so dass das Zelt zusammenzusacken drohte.

Er sah auf, als ich mich näherte, und lächelte mir zu.

»Hallo! Suchen Sie etwas?«

»Ja. Sie. Hallo. Ich bin die Autorin, die Ihre Geschichte geschrieben hat. Ich hoffe ich habe es Ihnen da oben in Dänemark nicht zu kalt und zu windig gemacht. Jetzt wollte ich Ihnen gerne begegnen. Da sind noch so viele Fragen offen.«

Sein Händedruck war warm und fest und sandig. »Hallo, wie schön, Sie zu sehen! Nein, das Wetter hat mir gut gefallen. Es passte zu meiner Stimmung. Sagen Sie, duzt man sich nicht, so zwischen Protagonist und Autorin? Setz dich doch.« Er fegte Sand von einem Baumstumpf und nahm selbst Platz auf einem anderen. »Nur mit den offenen Fragen kann ich leider nicht helfen. Das ist eine der Eigenschaften der großen Geschichte. Sie ist nie zu Ende.«

Die Sonne brannte erstaunlich heiß. Hinter den Dünen glitzerten die Priele im Watt, leuchtende, lockende Bänder in der Weite, fast zu hell, um sie betrachten zu können.

»Warum bist du nicht bei Rhea?« fragte ich.

»Weil die kostbaren Dinge Zeit brauchen, um zu wachsen. Wir haben beide schon so viel erlebt. Da stürzt man sich nicht mehr kopfüber in Abenteuer. Ganz vorsichtig und behutsam wollen wir miteinander umgehen. Nachher gehe ich zu ihr. Aber ich hänge noch an meinem Zelt hier draußen und sie an der Stille in ihrem Haus.« Er bot mir ein Glas Wasser an. »Man kann das Leben eines Menschen erst teilen, wenn man seine Geschichte verstanden hat. Rhea Jessens Geschichte ist so bewegt wie die Nordsee in einem Herbststurm. Ich fange gerade erst an, sie zu entdecken. Aber wem sage ich das.« Er sah mich forschend an. »Du hast doch schon begonnen, sie zu schreiben, nicht wahr?«

Er kannte mich. Wir hatten einen so langen Weg zusammen zurückgelegt, auch wenn wir heute erst zusammentrafen.

»Manchmal beneide ich dich«, sagte ich. »Nicht jeder hat das Glück, einfach so aufbrechen zu können auf der Suche nach sich selbst und einem vergessenen Gefühl.«

»Ich hatte es nicht vergessen, nur verloren«, verbesserte er mich. »Und ich hatte auch kein Glück. Meine Frau ist gestorben. Ich habe nur etwas aus dem gemacht, was übrig blieb.«

»Entschuldige. Du hast recht. Trotzdem, die meisten Menschen haben Verpflichtungen, die sie daran hindern, auf eine solche Suche nach dem Verlorenen oder nie Gefundenen zu gehen.«

Kalle bückte sich, ohne es zu bemerken, nach einer Möwenfeder und betrachtete sie mit derselben zärtlichen Sorgfalt, mit der er alles tat. »Das ist richtig. Aber die eine, große Geschichte ist so groß! Ich glaube daran, dass sich fast jeder einen Raum darin schaffen kann, der gerade groß genug ist, um etwas darin zu finden.« Er hob die Feder gegen das Licht und wartete, bis der Wind sie ihm aus den Fingern hob und Richtung Horizont davonwirbelte. »Wir machen uns nur oft zu klein für die große Geschichte. Wir denken darüber nach, wie wir aussehen und machen uns Sorgen, was die Nachbarn über uns tuscheln, was wir übermorgen essen werden oder warum wir noch nie in Thailand waren. Dabei ist unsere Geschichte in Thailand auch nicht größer.« Er breitete die Arme weit aus.

»Es bleibt ja überall unsere Geschichte. Je mehr wir stehen bleiben und ihr lauschen und sie betrachten, desto größer wird sie. Das ist mir mit jedem Kilometer auf meinem Fahrrad deutlicher geworden, aber erst hier habe ich es verstanden und darum ist meine Reise hier zu Ende gewesen. Hier bin ich angekommen. Denn hier, in dem Augenblick als ich Rhea Jessen begegnete, ist meine Geschichte so groß geworden, dass ich den Rest meines Lebens benötigen werde, um sie zu begreifen.«

Kalle stand auf und klopfte sich den Sand von den Hosen. »Und zu Rhea muss ich jetzt, ich möchte sie nicht warten lassen. Du kannst ruhig noch hierbleiben oder ein Weilchen in meinem Zelt sitzen, wenn du möchtest. Fühle dich wie zu Hause. Man sollte in jedem Buch zu Hause sein, dass man geschrieben hat.«

»Vielleicht mache ich das. Aber ich glaube, ich gehe lieber hinaus ins Watt, wo gerade so viel Licht unterwegs ist. Sammelst du eigentlich immer noch Worte, um die eine, große Geschichte aufzuschreiben?«

Er lächelte. »Ich weiß inzwischen, dass man sie nicht aufschreiben muss. Aber ich sammle trotzdem noch Worte dafür, weil ich Freude daran habe.« Er stapfte mit hochgekrempelten Hosen barfuß auf die Dünen zu wie ein Mann, der genau dort war wo er hingehörte. Im Gehen wandte er sich noch einmal um. »Du bist auch eines dieser Worte. Wie wir alle.«

Leseprobe

Wenn die Wellen leuchten

von

Patricia Koelle

Prolog

Im Wattenmeer
1748

Der Novemberorkan fegte über die Inseln, riss Reet von den Dächern und jagte die Büschel in den Himmel wie geisterhafte Vögel. Die Böen ließen Wände erzittern und pfiffen durch die Fenster, hinter denen sich Menschen duckten und einander Geschichten gegen die Angst erzählten. Das aufgepeitschte Meer nagte an den Stränden, bis die Sturmflut ganze Stücke verschlang.

Draußen auf See klammerte sich der Steuermann ans Ruder und versuchte, durch die Tropfen zu blinzeln, die ihm wie Nadeln ins Gesicht fuhren. War es der Wolkenbruch oder Seewasser? Er versuchte mit aller Kraft, nicht den Halt zu verlieren, und dachte an seine Katharina und den kleinen Emil zu Hause in Hamburg. Bis heute hatte er stets Glück gehabt, aber diesmal zweifelte er, ob er sie jemals wiedersehen würde.

Der Kapitän in der Kajüte fuhr ratlos mit dem Finger

über die Seekarte und starrte finster auf den Kompass, der sich benahm wie der Smutje, wenn er wieder vom Rum gestohlen hatte. Der Himmel würde heute keine Sterne anbieten, an denen er sich orientieren konnte. Er kannte die Route genau und hatte einen scharfen Instinkt, doch diese Gewässer waren tückisch und änderten ihr Gesicht schneller, als Seekarten gezeichnet werden konnten. Sein rechtes Schulterblatt schmerzte. Das war ein untrügliches Zeichen für Gefahr.

Von unten drang dumpfes Poltern herauf. Der Kapitän runzelte bang die Stirn. Wenn die Ladung der *Thalea* verrutschte, konnten sie innerhalb von Augenblicken verloren sein. Die wertvollen Kupferstäbe aus dem Harz, die für Brügge bestimmt waren, wogen schwer und trugen die Schuld an dem gefährlichen Tiefgang des alten Frachtseglers. Er hätte diesen Auftrag nicht annehmen sollen! Aber er benötigte den Verdienst dringend, und auf dem Rückweg würde die *Thalea* das berühmte flandrische Tuch in den Heimathafen bringen, und auch das versprach lohnenden Gewinn.

Doch nun konnte ihnen lediglich ein Wunder helfen, auch nur diese Nacht zu überstehen. Der Kapitän wusste, dass sie vom Kurs abgekommen waren. Er spürte, dass der Meeresgrund viel zu nahe unter dem Rumpf lag.

Um wenigstens dem Steuermann Gesellschaft zu leisten, hangelte er sich an Deck. Dort war es so finster, dass er von seinem alten Freund kaum den Umriss erahnen konnte. Er versuchte ein Gespräch, doch der Sturm heulte und pfiff in der Takelage, und die Wellen klatschten so laut gegen den Rumpf, dass eine menschliche Stimme hier ein Nichts war gegen die Gewalten.

Der Kapitän fuhr mit der Hand unter sein Ölzeug und sein durchnässtes Leinenhemd. Seine Faust schloss sich um das Amulett, das er trug, seit er zum ersten Mal zur See fuhr. Als junger Matrose hatte er es einst beim Glücksspiel gewonnen, in einer Hafenkneipe. An eine Wirkung glaubte er nicht, aber das Seemannsgarn dazu hatte ihm gefallen. Schaden würde es nicht.

Da! Er hatte die Gefahr gespürt. Für einen Moment blitzte hinter der unerbittlichen Wand aus Regen und Schaumkronen Steuerbord ein Licht auf, viel zu nahe, ehe es wieder vom Wasser verschluckt wurde. In diesem kurzen grellen Augenblick sah er die Panik im Gesicht des Steuermanns. Er sah auch den Matrosen, der sich längst vom Ausguck im Mastkorb heruntergerettet hatte und nun am Bug die Reling umklammerte. Selbst wenn er rechtzeitig ein Hindernis erblickt hätte, niemand hätte seine Warnung hören können. Da! Noch ein Licht. Diesmal vor ihnen. Leuchtfeuer! Was der Kapitän befürchtet hatte, war eingetreten. Das Unwetter hatte sie zwischen die Inseln getrieben, wo sie jederzeit auf eine Sandbank auflaufen konnten.

Die nasse, spannungsgeladene Luft roch nach Schlick und Schwefel. Er spürte, wie die Kanten des Amuletts scharf in seine geschwollenen Finger drückten. Das Schiff neigte sich gefährlich. Die Ladung! Wenn die Gurte nicht hielten …

»Jetzt bräuchten wir das Wunder«, murmelte er. »Jetzt!«

Der Steuermann sah es zuerst, packte den Kapitän am Arm und deutete aufgeregt nach Backbord. Ein bläulicher Schimmer stieg dort aus der Tiefe empor. Der Kapitän hangelte sich auf die Seite und spähte vorsichtig hinunter, hoffend, dass die nächste Welle seine klammen Fäuste nicht von der Reling reißen würde.

Und dann sah er es.

Der Fisch schwamm an der Seite der *Thalea*. Er war riesig, vielleicht vier Meter lang. In der Form ähnelte er einem Rochen, mit zwei wie Flügel ausgebreiteten Flossen, die sich gemächlich auf und ab bewegten. Anders als ein Rochen besaß er jedoch zusätzlich eine geschwungene Rückenflosse, die in knochigen Strahlen auslief, und einen spitzen, verlängerten Oberkiefer, beinahe wie ein Schwertfisch. Das blaue Leuchten ging von seiner Haut aus, die dunkel war, auf der jedoch eine Anzahl ungewöhnlich ringförmiger, blausilbern schimmernder Schuppen saß. Das Leuchten wurde stärker, erhellte nicht mehr nur die aufgewühlte Meeresoberfläche und die Seitenwand des Schiffes, sondern nun auch den Meeresgrund.

Der Kapitän sah die Felsen, die Sandbank dahinter, erfasste blitzschnell die Lage. Er wandte sich um, winkte dem Mann am Ruder in einer heftigen Geste: »Steuerbord! Hart steuerbord!« Er schrie es auch, und der Steuermann hörte es, denn auf einmal herrschte Stille.

Die Stille schien sich mit dem Licht auszubreiten. Der Sturm hielt die Luft an, der Wind schwieg und die Wellen beruhigten sich, als hätte ihnen der sanfte, gewaltige Flügelschlag in der Tiefe eine Weisung gegeben. Selbst das Stöhnen der Planken und das Knarren in der Takelage verstummten.

Auch die Mannschaft hielt den Atem an. Die *Thalea* fuhr dicht an den Felsen vorbei, die nicht enden wollten, und glitt endlich in offeneres Wasser. Der Weg war nun frei, alle an Bord sahen die sicheren Tiefen in dem rätselhaften Licht vor sich liegen. Ein Blick aus einem großen, dunkelblauen Auge traf den des Kapitäns, dann tauchte der Fisch ab, das Leuchten verlöschte allmählich, hing noch einen Moment in der Zeit wie die letzte Note eines Liedes, die nicht verklingen will.

Dann erst kehrte der Sturm zurück, auch die Bewegung in den Wellen, doch nicht mehr mit der alten Wucht.

Der Matrose stolperte hastig über das Deck. »Herr Kapitän, Herr Kapitän, was war das nur für eine Töveree?«

»Töveree?«

»Der Junge spricht Friesisch, Kapitän«, erklärte der Steuermann. »Töveree bedeutet Zauberei. Ja, was war das für eine Zauberei? Auch ich wüsste es gern. Das Tier hat uns vor den Felsen bewahrt. Das glaubt uns keiner, dass das kein Seemannsgarn ist. Nicht einmal meine Katharina.«

Der Kapitän zog das Amulett unter seinem Hemd hervor und betrachtete es gedankenverloren.

Ringförmig lag es in seiner Hand, schimmerte oben dunkler, unten heller, bläulich wie die Federn eines Eisvogels, wie der Himmel in einer klaren Winterdämmerung. Er wusste nicht, woraus es bestand, aber es wog überraschend leicht, nicht mehr als die Schuppe eines Fisches.

Rhea

1965

Nordseeinsel Amrum

1

Von namenlosen Wassermännern

»Da! Da ist es, das Kraabniinje! Es denkt, wir sehen es nicht, wenn es im Dreck hockt.«

»Es ist eben dumm, das Kraabniinje.«

»Dabei soll es schon acht Jahre sein. Acht Jahre, und so dumm!«

»Das ist eben so, wenn man 'nen Wassermann zum Vater hat.«

Die johlende Kindermeute umringte das Mädchen, das im Sand hockte, dort, wo die Ebbe schwarzen Schlick in einer Pfütze hinterlassen hatte. Es hatte die Arme um die Knie geschlungen und balancierte geschickt auf seinen bloßen Zehen. Dadurch wirkte die kleine Gestalt seltsam leicht in ihrem ganz eigenen Gleichgewicht zwischen Sand und Himmel. Ihre Haltung erinnerte tatsächlich an die der Kaninchen, die in den Dünen zu Hause waren. Sogar ihre dunklen Locken, die nicht einen, sondern zwei Wirbel hatten, ließ der Wind wie Kaninchenohren hochstehen.

»Da hockt es, und tut so unschuldig!« Ein Junge trat

heftig mit dem Fuß in den Sand und ließ feuchte Brocken so hoch fliegen, dass sie das Mädchen am Rücken trafen. »Dabei ist der Kutter vom Henner Fredrikson nur wegen ihm gesunken. Wär es nicht hier, wär der Sturm nicht gekommen und der Otto hätte seinen Vater noch.«

»Was meinst du, Björn, wenn wir es in der nächsten Flut versenken, ob dann kein Sturm mehr kommt?«, fragte ein anderer.

Der Spitzname machte Rhea keine Angst. »Niinje« hatten Kinder die Kaninchen schon immer genannt. Auch ihre Mutter Filine nannte sie manchmal zärtlich so. »Keine Angst, mein Niinje!« Und auch das »Kraab«, das man nun davorgesetzt hatte, war für Rhea kein Schimpfwort. Die Strandkrabben waren ihre Freunde, vor allem die jungen, daumennagelgroßen, die sich in den Muschelhaufen im Watt versteckten und von deren Existenz nur die wenigsten etwas wussten. Die Krabbenkinder waren so klein und unscheinbar, dass sie kaum jemand wahrnahm. Für Rhea waren es ihre Spielkameraden, die Freunde, auf die sie sich immer verlassen konnte.

Jede der winzigen Krabben trug ein anderes Muster auf dem Panzer, und viele erkannte sie daran wieder. Manchmal gab sie ihnen Namen, aber was war schon ein Name? Wichtiger war ihr, dass hier Kameraden waren, seelenverwandt mit ihr und dort zu Hause, wo auch sie zu Hause war. Manche hatten die Farbe des Sandes, andere waren schwarz wie der Schlick. Am spannendsten für Rhea war, dass auf jedem Panzer kleine dunkle Kreuze, winzige weiße Pfeile oder auch Striche und Punkte zu sehen waren. Als hätte jedes der kleinen Wesen ein Geheimnis oder eine bestimmte Botschaft.

Ganz gleich wie so eine junge Krabbe aussah, jede blickte Rhea aus winzigen intelligenten Knopfaugen an und bewegte dazu ihre reiskorngroßen Scheren wie jemand, der etwas sagen möchte.

Es schien, dass die kleinen Krabben Rheas Zuneigung erwiderten. Als Rhea sie das erste Mal in einem Miesmuschelhaufen entdeckt hatte, waren sie noch schüchtern gewesen und hatten das Weite gesucht oder sich so tief in die Muscheln verkrochen, dass sie unsichtbar wurden. Von da an saß Rhea ganz still in ihrer Kaninchenhaltung und beobachtete nur, bis die zarten Wesen Zutrauen fassten und sich so bewegten, als wäre das Menschenkind gar nicht da. Irgendwann fing sie an, das Gestikulieren der kleinen Scheren mit ihren Händen nachzuahmen. Und tatsächlich, nach einiger Zeit gab es unter den Krabben einzelne, die sogar über ihren Fuß liefen oder eine Pause machten und sie nachdenklich betrachteten. Rhea gewöhnte sich an, ihnen ihre Sorgen zu erzählen und ihre Freuden mit ihnen zu teilen.

Einmal sollten die Kinder in der Schule über etwas berichten, was sie interessant fanden. Rhea erzählte von ihren Freunden, den winzigen Krabben. Niemand verstand sie, selbst die Lehrerin belächelte sie. Seitdem galt sie nicht nur ihrer Herkunft wegen als »anders«. Es störte sie nicht weiter. Sie machte es wie ihre wahren Gefährten, die Krabben und die Muscheln, und zog sich in sich zurück, bis wieder Ruhe war. Zwar hatte Rhea keine Schalen und keinen Panzer, aber sie entdeckte, dass man sich auch in der Stille verkriechen konnte. Ihr Schweigen verunsicherte die Angreifer oder langweilte sie, bis sie verschwanden. Die Stille schützte sie wie die Panzer die Krabben, aber sie war nicht eng wie ein Panzer. Innen war sie weit wie das Meer und Rhea war frei darin, frei von allem, was bedrückte.

Doch noch nie hatte ihr jemand die Schuld an etwas so Großem wie einem Sturm und dem Tod eines Menschen gegeben. Rhea zog den Kopf ein und wusste nicht, ob die Stille tief genug war, um ihr auch diesmal helfen zu können.

»Eine gute Idee, Hans«, sagte Björn. »Wir werfen sie

am besten bei Nacht in die See, damit sie nicht ein anderer Dummer wieder herauszieht. Oder gar ihre dreckigen Krabbenfreunde.« Er setzte einen großen, schweren Schuh auf eine Krabbe, die unvorsichtig genug gewesen war, sich nicht in den Muschelhaufen zurückzuziehen.

Rhea, die sich bisher nicht bewegt hatte, sprang blitzschnell auf und schleuderte eine scharfe Muschelschale mitten in Björns Gesicht. Verblüfft blickte der Junge in große graue Augen unter entschlossenen Brauen. In ihnen war ein Sturm unterwegs. Björn war länger und auch älter als Rhea, aber er sprang zurück und fasste sich an die Nase. Aus einem kleinen Schnitt tropfte Blut. »Da seht ihr, wie gefährlich die Wassermanngöre ist!«, jammerte er weinerlich.

Hans packte Rhea und drehte ihr die Arme nach hinten. »Was soll ich mit ihr machen?« Er riss sie an den Haaren. »Haare abschneiden? Oder wollen wir sie gleich ertränken?« Sie stand reglos und wehrte sich nicht. Sie sah, dass die kleine Krabbe sich wieder aus dem Sand gearbeitet und den sicheren Muschelhaufen erreicht hatte, als der große Fuß sie nicht mehr in den Sand drückte.

Björn hielt sich noch immer ein Taschentuch an seine Nase. »Versenken wir sie jetzt. Je eher, desto besser!

Mein Vater sagt auch, das Bastardgör taugt nichts, genau wie ihre Mutter.«

In diesem Augenblick fegte eine Bö vom Meer her über den Kniepsand, nahm dort über der sonnenwarmen flachen Weite Fahrt auf und begann sich zu drehen. Sand wirbelte mannshoch auf und trieb direkt in Richtung der Kindergruppe.

»Au!« Die Jungen kniffen die Augen zu und rissen die Arme schützend hoch. Nadelstichscharf prasselte der Sand auf ihre Haut. Endlich wanderte der Wirbelwind weiter, entriss Björn das Taschentuch und trug es mit sich davon. Wie ein spöttisches Winken einer unsichtbaren Hand flatterte es Richtung Dünen.

»Lass sie los, Hans!«, sagte Sonja, eines der größeren Mädchen. »Wenn sie wirklich die Tochter eines Wassermanns ist, wird er erzürnt sein und erst recht Sturm schicken. Aber ich denke, sie ist einfach nur ein Waschlappen und nicht ganz richtig im Kopf. Lass sie los, wir haben Wichtigeres zu tun.«

Hans, dem der plötzliche Wirbelwind nicht geheuer schien, ließ sich das nicht zweimal sagen. Er stieß Rhea von sich, dass sie mit den Knien in den Schlick stürzte. Johlend rannte die Meute davon.

Rhea blieb sitzen. Der weiche Schlick an ihren Knien war angenehm. Die kleine Krabbe wagte sich wieder hervor und brachte zwei Geschwister mit. Wie um Rhea zu trösten, veranstalteten sie ein Tauziehen um ein kleines grünes Stück Blasentang.

Eine Bewegung ließ Rhea aufblicken. War einer der Jungen zurückgekommen?

Nein, es war Lilani, die vor ihr stand und sie anlächelte. Lilani kniete sich ebenfalls hin und zeichnete mit dem Finger ein Wort in den Sand, den die Ebbe an dieser Stelle so glatt wie eine Tafel zurückgelassen hatte.

Idioten

Rhea lächelte zurück. Es interessierte sie kaum, ob die groben Jungen Idioten waren oder schlau. Sie konnte und wollte nichts mit ihnen anfangen. Sie waren ihr meist schlichtweg egal. Aber Lilanis Gegenwart tat ihr gut. Lilani war ein Wesen, das in Rheas Welt ebenso gut passte wie die Krabben.

Lilani sprach nie, deswegen schrieb sie in den Sand. Auch sie kannte die Kraft der Stille. Der Arzt sagte, sie könnte sprechen, wenn sie wollte, doch da wären Geheimnisse in ihrer Vergangenheit, die niemand kannte, und Lilani leide wohl an einer Angst, die sie stumm machte. Rhea glaubte nicht, dass Lilani Angst vor etwas hatte. Sie wirkte so sicher, als könnte nichts ihr etwas anhaben. Sicher, weil auch sie in der Stille wohnte, noch viel mehr als Rhea, die sich nur manchmal dort hineinflüchtete.

Lilani, das Nachtkind. Man nannte sie so, weil sie so dunkel war, ihre Haut, ihre Haare, ihre Augen. Nicht nur das, sie liebte es auch, nachts auszubüchsen und umherzustreifen. Man hatte sie schon für einen Klabautermann oder den Geist des berüchtigten Hark Olufs gehalten, der legendäre Amrumer Seefahrer, der angeblich ein Wiedergänger war. Es war kein Wunder, dass der eine oder andere sich vor ihr erschreckt hatte, wenn er im Mondlicht nur ihr weißes Nachthemd und ihre blitzenden Zähne in der Dunkelheit gewahrte.

Wenn man ihr bei Tag gegenüberstand, sah man in ihren ruhigen Augen nur sich selbst. Sie waren zu dunkel, als dass man einen Ausdruck darin hätte lesen können. Wie ein Spiegel waren sie, wie ein tiefer See, wie der Nachthimmel. Manchen war das unheimlich, andere zog es an. Diejenigen störte es nicht, dass Lilani nicht sprach, denn wenn man in ihre Augen sah, fing man an zu denken, Dinge, die einem sonst nie in den Kopf kamen, und hatte genug damit zu tun.

Kapitän Reuwers und seine Frau hatten das Kind vor einigen Jahren in irgendeinem fernen Ozean auf einer Insel gefunden, nur mit einer Schwimmweste bekleidet und mutterseelenallein. Lena Reuwers konnte sich nicht mehr von dem kleinen Mädchen trennen, und so brachten sie es auf nicht ganz legalem Wege mit nach Hause. Abgesehen davon, dass sie nicht sprach, fügte Lilani sich gut ein. Am liebsten aber blieb sie für sich. Nur an Rheas Gesellschaft schien ihr etwas zu liegen.

Jetzt fügte sie zu dem Wort, das sie in den Sand geschrieben hatte, noch eines hinzu.

Idioten. Egal!

»Du hast recht.« Rhea nickte ihr zu und schob den Gedanken an die wütenden Jungen beiseite. Mit der harten Schale einer Islandmuschel begann sie, einen geschwungenen Graben auszuheben. Sie beobachtete, wie das Wasser hineinlief und dem von ihr vorgegebenen Weg folgte. Schon immer fand sie es faszinierend, wie sich die Dinge gegenseitig beeinflussten. Der Wind beeinflusste den Weg der Wolken. Der Sand gab den Weg des Wassers vor. Ein Hindernis wie eine Muschel änderte den Weg, den der Sand nahm, wenn der Wind ihn über das Watt pustete. Die Schnecken mussten Hindernisse und Gräben überwinden. Alles beeinflusste sich gegenseitig. Die Welt war wie ein Wollknäuel aus Wegen, aber sie lag nicht still wie ein Wollknäuel, sondern alle Fäden waren ständig in Bewegung. Rhea wurde nie müde, dieses wilde Geschehen zu beobachten und zu ergründen.

Aber heute konnte sie sich nicht darauf konzentrieren. Wider Willen bedrückten sie die Worte, die ihr der große Björn in die Ohren geschickt hatte. Sie musste an Otto denken, der nun keinen Vater mehr hatte, weil der im Sturm ertrunken war.

Was, wenn es wirklich ihre Schuld war? Sie konnte sich zwar nicht vorstellen, wie es dazu gekommen sein könnte, aber so voller Geheimnisse wie die Welt war, hielt sie alles für möglich.

»Rhea! Du hast wieder dein Brot vergessen!«

Rhea zuckte beim Klang der Stimme zusammen, aber es waren nicht die Jungen, die zurückkamen. Es war Filine.

Auch das unterschied Rhea von den anderen Kindern auf der Insel. Sie nannte ihre Mutter beim Vornamen. Filine wollte es so, und Rhea erschien es logisch, denn Filine war nicht wie andere Mütter.

Auch jetzt betrachtete sie ihre Tochter, die von oben bis unten voller Schlick war und auch so roch, mit einem Lächeln. Niemals hätte sie wegen ein bisschen Dreck an Kleidern geschimpft. Sie wischte nur eine nasse Haarsträhne aus Rheas Gesicht und reichte ihr ein Brot. Rhea wusste, dass zwischen den duftenden frischgebackenen Hälften nicht nur frische Butter, sondern auch ein paar Körner brauner Zucker verborgen waren.

»Hier!« Filine gab auch Lilani ein Brot. Statt eines »Danke« strich eine kleine dunkle Hand sanft Filines Arm entlang.

Die Kinder setzten sich auf einen angeschwemmten Baumstamm und kauten eifrig. Filine hockte sich dazwischen und summte ein Liedchen, während sie die langen Beine ausstreckte und versonnen zum Horizont blickte.

Eine der Eigenschaften, die Filine von anderen Müttern unterschied, war, dass sie nie in Eile war. Sie war immer ganz und genau da, wo sie gerade war, und nie mit den Gedanken schon woanders, bei der Wäsche oder beim Kochen oder der Feldarbeit.

»Filine«, fragte Rhea mit vollem Mund, »warum sagen die anderen, ich bin schuld an dem Sturm?«

»Das sagen sie?« Filine lachte hellauf, wurde aber sofort ernst, als sie die bekümmerten Augen ihrer Tochter sah.

»Sie sagen, ich bin schuld, dass Ottos Vater ertrunken ist, weil mein Vater ein Wassermann ist und der Sturm deswegen gekommen ist. Ist mein Papa ein Wassermann, Filine?«

Filine sprang vom Baumstamm und setzte sich im Schneidersitz vor die Kinder. »Ihr treibt euch doch so oft bei Elvar und Skem herum. Haben die Onkels euch denn nie die Sage erzählt, wie die Amrumer Dünen entstanden sind?«

»Nein. Aber eine Sage ist eine sehr alte Geschichte mit einem Kern, der wahr ist, sagt die Lehrerin. Dann gibt es wirklich einen Wassermann?«

»Das mit dem wahren Kern ist so eine Sache. Also, pass auf, die Sage geht so:

In den alten Zeiten war die Insel flach wie ein Blatt Papier. Nicht die kleinste Düne weit und breit. Eines Tages wurde ein Toter angeschwemmt. Man hatte Mitleid und gab ihm ein anständiges Begräbnis.«

»Auf dem Friedhof der Namenlosen?« Das war einer von Rheas geheimen Lieblingsplätzen, auch wenn er gruselig war.

»Ja. Aber man hatte nicht bemerkt, dass der Tote kein Landmensch war. Er war ein Wassermann. Und das Meer wollte ihn zurückhaben, weil ein Wassermann nun mal ins Wasser gehört und nicht an Land, auch wenn er tot ist. Darum kam ein Sturm, und der Wind und die Wellen warfen den Sand hin und her, um den Toten zu finden und sich wiederzuholen. So türmte sich der Sand auf und die Dünen entstanden, und weil bald Strandhafer darauf wuchs und den Sand festhielt, blieben sie bis heute erhalten.«

»Hat denn der Sturm den Wassermann dabei gefunden?« Rhea vergaß, ihr Brot weiterzuessen. Sie sah alles deutlich vor sich, die wütende See mit langen Wellenfingern, die die Insel absuchten.

»Das hat niemand je herausgefunden. Das Meer hat sich irgendwann beruhigt. Es beruhigt sich immer, egal, was passiert. Daran können wir Menschen uns ein Beispiel nehmen.«

»Aber Filine, war denn mein Papa nun auch so ein Wassermann?«

Alles, was Rhea über ihren Vater wusste, war, das er »auf der Durchreise« gewesen war.

»Dein Papa rauchte Pfeife und trug Stiefel. Glaubst du, ein Wassermann würde Stiefel tragen? Und wie sollte er Pfeife rauchen?«

Rhea stellte sich das vor. Nein, ein Wassermann würde gewiss barfuß gehen wie Skem Rossmonith, den noch nie jemand in Schuhen gesehen hatte. Rhea lief selbst am liebsten barfuß. Unter Wasser konnte man bestimmt erst recht keine Schuhe gebrauchen. Und das mit dem Pfeiferauchen ging schon gar nicht.

»Aber warum sagen sie das dann?«

»Hast du schon mal einen Wassermann gesehen?«, fragte Filine.

»Nein.«

»Siehst du. Und niemand hier außer mir hat deinen Vater je gesehen. Darum sagen sie das.«

»Wie hat er denn ausgesehen, Filine?«

Filine wuschelte ihr über den Kopf. »Er hatte Haare wie du. Die immer aussehen, als ob der Wind drin wohnt, sogar wenn gar kein Wind weht.«

»Ich bin froh, dass er kein Wassermann ist. Die Geschichte ist unheimlich.«

Filine stand auf. »Vor Geschichten muss man keine Angst haben. Es kommt immer darauf an, was man im Kopf daraus macht. Wäre es nicht schön, wenn es da draußen Wassermänner gäbe? Sie würden vielleicht mit den Seehunden in der Flut tanzen, wenn der Mond scheint, und Lieder von den Tiefen singen. Und sind nicht eigentlich alle Fischer Wassermänner, die auf den Wellen unterwegs sind und Wind und Wetter trotzen, um Krabben und Fische zu fangen?« Sie steckte die leere Brotbüchse wieder ein. »Ich muss zurück an die Arbeit. Viel Spaß euch noch.«

Rhea aß nachdenklich ihr Brot zu Ende. Der braune Zucker knirschte wunderbar zwischen ihren Zähnen. Lilani war verschwunden. Sie war wie die Wolken, entweder war sie da, oder eben nicht. Das Nachtkind kam und ging ohne Abschied oder Gruß, und das so leise, dass man es selten bemerkte.

Rhea kehrte zurück zu ihrem Graben, doch die Flut war inzwischen aufgelaufen und hatte ihn verschluckt, mitsamt den Miesmuschelhaufen und den Krabben. Sie würde warten müssen, bis wieder Ebbe war, ehe sie ihre winzigen Gefährten wiedersah.

Ärgerlich blickte sie auf die zerbrochenen Muschelschalen, Tangfetzen und Treibholzstücke, die am Flutsaum lagen. Wenn sie dort doch nur endlich das entdecken würde, was Filine sich schon so sehr wünschte, seit sie selbst ein kleines Mädchen gewesen war. Seit Filine ihr davon erzählt hatte, suchte Rhea danach. Wenn sie das kleine Wunderding nur für ihre Mutter finden könnte, dann würde Filine ihr sicher mehr von dem Mann erzählen, den niemand je gesehen hatte und der ihr Vater war. Aber die Wellen wollten und wollten es nicht hergeben.

Sie ließ das Meer allein und lief durch die Dünen ins Kiefernwäldchen. Dort pflückte sie Löwenzahn, Klee und Margeriten. Vorsichtig schlüpfte sie durch das Tor in den Friedhof der Namenlosen, wo man alle die beerdigte, die am Strand angespült wurden, ohne dass man je erfuhr, wer sie waren und woher sie kamen. Der Rost an der Klinke färbte Rheas Finger rot.

Zwei lange Reihen Holzkreuze standen da, die alle ein wenig schief geworden waren, mit nichts als einem hineingeschnitzten Datum darauf. Efeu bedeckte die vielen Hügel so dicht, dass man keine Erde mehr darunter sah, außer bei den beiden neuesten Gräbern. Hier war es unheimlich und wunderbar friedlich zugleich. Selten war an diesem Ort jemand, selbst die Vögel schienen ihn zu meiden, und die dichten Büsche hielten den Wind ab.

Rhea legte behutsam auf jeden Hügel eine Blüte, genau in die Mitte vor das Kreuz. Sie achtete sorgfältig darauf, dass sie keinen einzigen der Namenlosen ausließ.

Falls ihr Vater doch ein Wassermann war und vielleicht hier unter den grünen Ranken gefangen lag, weil das Meer ihn nicht gefunden hatte.

Patricia Koelle
Wenn die Wellen leuchten
Roman
FISCHER Taschenbuch

ISBN 978-3-596-29761-0

Voraussichtlicher Erscheinungstermin:
Juni 2017